「少しずつでもいいので自分でも何か作れるようになってくださいよ。いつまでもこの関係が続くとは限らないんですから」
……も一之瀬の
たい」

TSUKISHIRO MIDUKI
月代 深月
16歳
172cm
目立つことなくひっそり暮らしていきたいと自堕落な生活を送っている少年。10月生まれ。
中学時代はバスケ部に所属していた。
根は優しい性格をしていて亜弥に対しても周囲とは違う関わり方をして、関係が続いている。
好物は亜弥の作るものなら何でも好きだが強いていうなら鶏肉料理。
亜弥に日頃の恩を返す隙を窺っている。
ICHINOSE AYA

一之瀬 亜弥

16歳
154cm

聖女様と呼ばれる学校一の美少女。5月生まれ。
私服では肌を露出しない服装が多い。深月の前でだけは毒舌で腹黒い本性を出しているため、
彼からは黒聖女と呼ばれている。
人を寄せ付けない完璧超人と思われているが、心を許してくれた人には
感情豊かな面を見せる。意外と世間知らず。深月の家に通い妻状態。

SHIBATA HIYORI

柴田 日和

16歳
148cm

深月のクラスメイトで明の彼女。7月生まれ。私服は可愛い系の服で少しサイズの大きめを
好んで着ることが多い。中学時代はテニス部に所属していた。

深月とよく言い合いをするが仲が良い。

亜弥と友達になりたいと思いつつ、機会を窺っている。

とある出来事により、念願の亜弥に近づく機会を得て全力でアプローチ中。

「……ほんと、毎日頑張っていて
偉いな、一之瀬は……
俺は、そんなお前を少しでも
幸せに出来ればな、と思うよ」
年相応の無垢な表情。いつもは、
深月の前でもどこか
気を張っている部分があってこんな表情は
なかなか見せてこない。それが、
今は膝に乗っかっている。無防備な状態で。

黒聖女様に溺愛されるようになった俺も彼女を溺愛している 2

ときたま

HJ文庫
1091

口絵・本文イラスト　秋乃える

CONTENTS

プロローグ

――私は何を言い出しているんですか。

静かな授業中。いつもなら集中している時間帯。であるにもかかわらず、一之瀬亜弥《いちのせあや》は文字を書くのもままならないほど意識が別の方向を向いていた。

昨晩、アパートの隣人《りんじん》である月代深月《つきしろみづき》に言ってしまった。食費折半でいいのなら晩ご飯を作りに来てあげると。

本当はそんなことを言うつもりはなかった。

深月から猫《ねこ》のぬいぐるみを貰《もら》い、嬉《うれ》しかったのは事実だ。そのお礼として昨日の晩ご飯はいつもより豪華《ごうか》にお弁当を作ったりしたが、深月の家に晩ご飯を作りに来ようなんて考えてもいなかった。

なのに、どうしてだかムキになって言った。自分と話すよりも温かい内に食べようと深月にお弁当を優先されたのが悔《くや》しくなって。

深月とは一緒《いっしょ》に食卓《しょくたく》を囲むほど仲良くなったつもりもなければ、そうしたいと思っている訳でもない。ましてや、彼氏《かれし》の家に嬉々《きき》として手料理を振る舞《ふま》いに来る彼女《かのじょ》になんてなったつもりもなるつもりもない。だというのに、深月からすれば温かい間に食べたくなって当然であることなのにもう少し構ってほしい、とあの瞬間《しゅんかん》は思ってしまった。

——……今はそんなことないのに、どうしてあの時だけ。

思い返しただけでも恥《は》ずかしくて顔が熱い。授業中に男の子のことを考えているなんて誰《だれ》にも知られていないだろうかと心配にもなる。

——月代くんが申し訳なさを感じなくて済むようにと思って食費は半分ずつで、と言ったけど……まさか、本当に今晩から一緒に食事をすることになるなんて……献立《こんだて》、どうしましょう?

腕《うで》を曲げて自信満々に任せるように言っていた昨夜の自分はどこへ行ったのか。

今更《いまさら》になって不安になってくる亜弥はメニューをありったけノートに書き記し、気持ちを落ち着かせようとする。

当然、授業には集中出来なかった。

◇◇◇

「……えっ、唐揚《からあ》げ定食売り切れ？」

「おー、まじだ。どうすんの、深月」

「……しょうがない。カレーにする」

　昼休み。クラスで唯一《ゆいいつ》の友人と呼べる田所明《たどころあきら》と校内にある学生食堂に来ていた深月は券売機の前で肩《かた》を落とした。食べる頻度《ひんど》が多めのお気に入りの唐揚げ定食が今日は既《すで》に売り切れていた。

　食堂には豊富な数のメニューがあり、どのメニューも作る量は限られている。売り切れることがあっても不思議ではないが、食べたかったので悔しい。入学して以来、初めてだ。

　ただ、いつまでも悩《なや》んでいるのは深月の後ろで待機している生徒に悪いのでお金を券売機に入れてカレーの券を購入《こうにゅう》する。

「先に席、確保しといて」

「あいよ。ちゃんと見つけろよ」

「見つからなかったら連絡《れんらく》する」

　明は母親に作ってもらったお弁当を持参しているので先に席を確保しておいてもらう。

誰でも気軽に利用できるのが食堂だ。今日もいつものように人が大勢居て、早く席を確保しないとどこもかしこも埋《う》まってしまう。

カレーを受け取った深月は明が歩いて行った方向に歩を進める。

ぶつかってカレーが溢《こぼ》れたりしないように注意を払《はら》いながら歩くこと少しして、明の姿を見つけた。深月は明の前に腰《こし》を下ろす。両隣《りょうどなり》に見ず知らずの生徒が居て挟《はさ》まれてしまっているが文句は言えない。

「なんか、いつにも増して人多くない？」

「原因はあれだろ、あれ」

「ああ、なるほど」

明が向いた方向に視線をやって深月も理解した。

亜弥だ。亜弥が居る。一つの席で亜弥を囲うように複数の男女が座《すわ》っていて昼食を共にしていた。

「相変わらず、聖女様はスゲー人気だな」

遠い目をしながら明が呟《つぶや》く。深月も同意するように頷《うなず》いた。

深月が暮らしているアパートの隣《となり》に住んでいる亜弥は学校では聖女様と呼ばれている。

幼さを残しつつも整った容姿はどこか作り物を感じさせてしまうほど完璧《かんぺき》だ。目は大きく、桃色《ももいろ》の唇《くちびる》は潤《うるお》いに満ちている。きめ細やかに手入れされた肌《はだ》は初雪のように白くて汚《けが》れることを知らないでいる。そんな肌と対になるようなほど、圧倒的《あっとうてき》な黒さを誇《ほこ》る長髪《ちょうはつ》はまるで宇宙のように輝《かがや》いていてとても綺麗《きれい》だ。

そんな目を惹《ひ》く容姿に加え、運動も勉強も得意で誰に対しても驕《おご》らずに優《やさ》しい完璧超人《ちょうじん》。

保健委員になってから聖女様と呼ばれるようになった亜弥だが、そう呼ばれるのも仕方がないだろうな、と思う。

しかし、深月は知っている。

本当の一之瀬亜弥という女の子は聖女様ではないということを。

容赦《ようしゃ》のない毒舌《どくぜつ》で攻《せ》め立てては深月の嫌《いや》がる顔を見て喜ぶ腹黒い女の子。

それが、亜弥の素であり深月は勝手に黒聖女様と呼んでいる。

今日も今日とて、亜弥は聖女様としての笑《え》みを浮《う》かべながら過ごしているのが遠くからうっすらと見て取れる。

「しかし、聖女様と一緒に食事して苦しくならないもんなのかな」

「どういう意味だ？」

「聖女様と一緒にご飯って想像しただけでも緊張《きんちょう》で押《お》し潰《つぶ》されそうだろ。俺《おれ》は無理だな」

嫌がるように明は首を横に振ってからお弁当を食べ始めた。

言いたいことは分からなくもないな、と深月は初めて亜弥と食事を共にした日のことを思い出す。部屋の掃除《そうじ》を手伝ってもらったお礼として一緒にファミレスに晩ご飯を食べに行ったが緊張を伴《ともな》っていた。

けれど、ドリンクバーが初めての亜弥と言い合いをしたり、野菜が足りないと言われて分けられたりして緊張などすぐに消え去った。

——だから、慣れてるから大丈夫《だいじょうぶ》だよな。今晩からのことも。

昨晩、いつものようにお裾《すそ》分《わ》けを持ってきてくれた亜弥から提案された食費折半でいいなら深月の家に晩ご飯を作りに来てくれるという現実味のない話。元々、貰ってばかりだったため金銭問題はいつか解決しようと思っていた。

それでも。それでもだ。まさか、作りに来てくれるようになるとは思ってもいなかった。

一人暮らしを始めてから深月はどうしてもお惣菜《そうざい》を食べる機会も増え、冷めている状態でも問題なく食べられる。だが、亜弥が出来立てを食べさせてくれた時に改めて思い知らされた。出来立てこそ至高なのだと。

だからといって、気軽に毎晩出来立てが食べたいとは恐《おそ》れ多くて言えるはずがない。それに、亜弥の料理なら冷めていても美味《おい》しいし、自分で温め直したら済む話だと認識《にんしき》していた。

しかし、食費を半分出すだけで亜弥の手料理が出来立ての熱々ほやほやで食べられる。

――そんなの、嬉しくて断れないに決まってるだろ。

魅力的《みりょくてき》な誘惑《ゆうわく》と憧《あこが》れに勝てるはずがなかった深月はやはり思う。亜弥は誰にでも優しくて謙虚《けんきょ》な皆《みな》にとっての聖女様――みたいな女の子ではなく、毒舌で腹黒く、人が断れない提案を嬉々としてやってくる黒聖女だと。

――ほんと、もうちょっと自分の身も心配してくれないと。か弱い女の子なんだし。

常日頃《つねひごろ》からお世話になっていて、さらにこれからもっとお世話になる相手に変な気を起こすつもりはさらさらないが不安にはなるのだ。亜弥からも信頼《しんらい》されているだろうし、自分でも亜弥に手を出している姿は想像出来ないが力競《ちからくら》べで亜弥に負けるはずもない。明が言うように緊張で押し潰されて思考を放棄《ほうき》してしまわないとは限らないのだ。

一緒に食事をするだけだと必死に言い聞かせているが仕方がないだろう。

総じて美少女だと言われる亜弥がエプロンを翻《ひるがえ》しながら自分のためだけに手料理を振舞ってくれる。いくら淡白《たんぱく》な深月でも緊張しない訳がない。ちょっとだけ不安だ。

「なーに遠くから聖女様見ただけで赤くなってるんだよ。この前の猫の一件で助けてもらったから好きになったのか？」

数日前、公園に捨てられていた猫を先に発見したのは亜弥で後から声を掛《か》けたのが深月だったが、助《すけ》っ人《と》に呼んだ明と明の彼女である柴田《しばた》日和《ひより》には猫を見つけた順番を入れ替《か》えて説明している。

だから、明はありもしない想像をしているようだ。

「カレーが辛《から》くて体が熱くなってきたんだ」

「カレーはカレーってか。しょうもないな」

「言い出したのはお前だ」

明と馬鹿《ばか》げたやり取りをして深月は昼休みを過ごす。普段《ふだん》と変わらない様子を徹底《てってい》して。

夕方、深月は隣に住む亜弥の部屋の玄関《げんかん》に足を踏《ふ》み入れていた。

自分の部屋の玄関と広さも作りも同じなのになぜだかいい匂《にお》いがするような気がして微《び》妙《みょう》に居《い》心地《ごこち》が悪い。

そわそわと落ち着きなく過ごしていると奥《おく》から亜弥が出てきた。

「何をきょろきょろしているのですか」

「気にするな。それより、昨日は弁当ありがとうな。めちゃくちゃ美味しかった」

「お粗末様《そまつさま》です。じゃあ、これ。お願いします」

「了解《りょうかい》」

亜弥から渡《わた》されたのは沢山《たくさん》の食材が詰《つ》め込《こ》まれたバッグ。

昨日の夜、亜弥から貰ったお裾分けの弁当箱を学校終わりに返しに来たところ亜弥は呼び鈴《りん》を鳴らしても出てこなかった。まだ帰ってきていないのかとそのまま待ち続けていれば両手に大量の食材が入ったバッグを手にした亜弥が帰ってきた。

不思議そうに目を丸くする亜弥に用件を話せば中に入ってくださいと招き入れられ、現在に至る。

どうやら、亜弥は食器を持ってこようとしていたらしく、深月に食材を運んでもらいたかったらしい。食材を運んで、食器を持っていって、と往復するのは面倒《めんどう》だったのだろう。食材が詰め込まれたバッグと引き換《か》えに渡した弁当箱と共に奥へと引っ込んだ亜弥が食器が入ったカバンを手にして戻《もど》ってきた。ついでに制服からラフな私服へと着替《きが》えも済ませて。

戸締《とじ》まりを終えた亜弥と一緒にすぐ隣の深月の部屋に入る。

「買い物くらい、任せてくれてよかったんだぞ」

「月代くんに任せても買い忘れとかありそうだったので。売ってる場所分からなかったとか理由を付けて。あ、キャベツ取ってください」

「自分でもありそうだと思ってしまった……ん」

買ってきたばかりの食材を亜弥と冷蔵庫に入れていく。

「でも、店員に聞けば解決するだろうし量が多くなる時は任せてほしい。それくらいしか役に立てる出番はないだろうし」

「なら、こうしましょう。少なく済む時は私が行って、量が多くなる時は月代くんにお任せする。買ってきてほしい物のメモはお渡しするのでどうですか？」

本当なら、作ってもらう立場にいるからこそ深月は雑用を全《すべ》て任せてもらいたいが亜弥がそれでいいというのなら、特に文句はない。

「じゃあ、そうするとするか。食材はこれで全部だな。次はどうする。一之瀬が持ってきた皿でもしまおうか？」

「いえ、これは今晩使う予定ですのでこのままで」

「そうか」

「私は食事の用意をするのでのんびりとお待ちください」

ということで、することがなくなってしまった深月はソファに腰掛《こしか》けながら料理中の亜弥をぼんやりと眺《なが》める。運動をする時や掃除をする際には亜弥は長い髪《かみ》が邪魔《じゃま》にならないように髪型《かみがた》を変えるらしい。それは、料理中も同じだった。

腰まで伸《の》びる髪を後ろで一つにまとめ、ポニーテールにしている。

——うーむ、何とも言い難《がた》い状況《じょうきょう》だ。

亜弥とは付き合っている訳ではない。なのに、彼女でもない女の子が自分の家のキッチンでポニーテールを右へ左へと揺《ゆ》らしながら料理をしてくれている。夢のようだ。

——ていうか、やっぱ、俺も何か手伝うべきだろ。

買い出しも料理も亜弥に任せっきりで自分はただソファに座って何もしない、というのはいささか態度が大きすぎるだろう。料理の手伝いは出来ずとも食器を出すことくらいは深月にだって可能だ。

亜弥の邪魔にならないようにキッチンに入り食器を用意する。

「これとこれでいい？」

「あ、はい。ありがとうございます」

深月が手伝えることは一瞬《いっしゅん》で終わってしまった。それでも、何もせずにただ待っているよりは少しは役に立ったという実感に満足する。亜弥が助かったと感謝しているかは分からないが。

そうして今度こそソファで料理が出来上がるのを待っていれば部屋の中に香《こう》ばしい香《かお》りが充満《じゅうまん》してくる。

その香りを深月は知っている。唐揚げだ。深月の大好物である唐揚げだ。

今日のメニューが唐揚げだと分かった途端《とたん》に急激に空腹に襲《おそ》われた。早く出来ないかなあ、と舌舐《したな》めずりして待っていれば「出来ましたよ」と亜弥から声を掛けられ、深月は急いで食卓についた。

机には山盛りにされた唐揚げが載《の》っている。それと、ご飯に味噌汁《みそしる》、サラダ。何というか理想の食事といったメニューだった。

「さ、食べましょう」

「いただきます」

手を合わせて深月は早速《さっそく》唐揚げを一つ口に含《ふく》む。深月好みに衣《ころも》がカリカリとしていて、中からは肉汁《にくじゅう》が溢《あふ》れてきてとても美味しい。頬《ほお》が落ちそうだ。一つ、また一つと手を止めずに食べ続けていれば亜弥がクスリと笑った。

「そんなに急いで食べなくても唐揚げは逃《に》げませんよ。本当に好きなんですね」

「鶏肉《とりにく》料理なら何でも好きだけど、唐揚げが一番好き。それに、今日はずっと食べたかったんだ」

「どうしてまた」

「いやあ、食堂で唐揚げ定食が売り切れで食べられなくてな。すっかり唐揚げの口になってたから嬉しい」

そう言ってまた唐揚げを一つ口にして、深月は思い出した。

「そう言えば、一之瀬も居たよな」

「そうですね。初めて利用しました」

「もうすぐ二学期も終わるってのに初めて？」

「普段はお弁当を作っているので」

「凄《すご》いな。俺はだいたいが食堂かコンビニ飯のどっちかだわ」

「月代くんらしいですね。余ったおかずとかでいいなら持って行きますか？」

「いや、急におかずとか持ち出したら明に勘《かん》づかれそうだからやめとく。それに、食堂のメニューも美味しいからな」

「確かに。美味しかったです」

「一之瀬は何を食べたんだ？」

「内緒《ないしょ》です」

「内緒にするようなことか？」

「内緒です」

きっぱりと言い切った亜弥は教えてくれそうになく、深月は首を傾《かし》げる。食堂には変なメニューはないし、人に言えないようなメニューだってない。なのに、亜弥は頑《かたく》なに教えようとしない。

変な奴《やつ》、と思いながら味噌汁を飲んでいれば。

「因《ちな》みに、私が作った唐揚げと食堂の唐揚げ……どちらがお好きですか?」

「そりゃ、一之瀬が作ってくれる方が俺は好きだな」

「そうですか。なら、もう食堂に行く必要もなさそうですね」

「極端《きょくたん》だな。食べたくなったらまた行けばいいだろ」

「大変だったんです。大勢の方に囲まれて。ゆっくり、食事するのも難しいくらい。教室で食べる方が落ち着いて居られます」

「あ〜なるほどなあ」

食堂での亜弥が大勢の生徒に囲まれていたのを思い出し、深月は同情するように亜弥の気持ちを理解した。せっかくの食事時だというのにあれだけ大勢に囲まれていれば気が休まらないだろう。深月の前では黒聖女でも、学校では亜弥は聖女様なのだ。疲《つか》れるはずである。

「それに、もう調査する必要もなさそうですので」

「調査?」

疲弊《ひへい》するどころか、どこか勝ち誇ったように鼻を鳴らす亜弥は楽し気な様子だ。

わざわざ食堂に何を調査しに行ったのか分からないが亜弥が楽しそうにしているのならそれでいいのだろう。

唐揚げを食べてご飯を流し込む。美味しさに幸せを感じる深月は改めて思った。

――俺は一之瀬を幸せにするために何が出来るんだろう。

昨夜、ふっと芽生えた、亜弥の笑顔を見るために幸せにしたいという感情。亜弥は深月に出来立ての料理を振る舞うことで幸せにしてくれている。ならば、深月も精一杯《せいいっぱい》お返しをしなければ割に合わない。

それに、深月は亜弥の笑顔を見ているだけで幸せになれるのだ。

亜弥のためにも、自分のためにも何が出来るのか。深月は唐揚げを咀嚼《そしゃく》しながら頭を悩ませた。

「これとこれは大丈夫。こっちは足りないっと」

放課後、亜弥《あや》は保健室で備品の残りがどれくらいなのかの確認《かくにん》作業をしていた。

本来なら、保健委員の仕事内容ではないが、真面目《まじめ》な性格を信頼されて先生から手伝うように頼《たの》まれたのを断れなかったためだ。

「ふう。結構、減っているのもありますね」

冬期休暇《きゅうか》中に足りない物や減った物をまとめて仕入れておくのだろう。

他の生徒が必要な時に、困らないようにしっかりとメモしていく。これを、会議中の先生に後で手渡《てわた》せば仕事は完了《かんりょう》だ。今日は買い出しの必要もないので集中して作業を進めていく。大きな音は出さないように気を付けながら。

誰かは知らないが、五限目の授業中にサッカーボールが顔に当たったらしい生徒が治療《ちりょう》に来て、今もカーテンで仕切られた奥のベッドで眠《ねむ》っているらしい。会議に向かう先生から教えられた。

――災難な方ですね。血もだいぶ出たようですし。

赤く染まった大量のガーゼが袋《ふくろ》に詰められた状態で捨てられていて、見ているだけでも痛々しい。本人からすれば、痛くて当然だっただろうし休んでいるのなら起こしたくない。

さっさと作業を終わらせて、先生が戻ってくるのを廊下《ろうか》で待っていようと考えていれば扉《とびら》がガラリと開けられた。早速《さっそく》、先生が戻って来たのだろうかと視線を向ければ一人の男子生徒が立っていた。怪我《けが》の手当てでもしに来たのだろう。亜弥は彼《かれ》のことを知っている。頻繁《ひんぱん》に怪我をして保健室へと来ているから。

「せっかくですが、今は先生がいないのでお家に帰った方が早いと思われます。ご自分で手当てが出来るのならご自由にどうぞ」

「いや、いいんだ。よかったよ、聖女様が居てくれて」

「私に何かご用ですか?」

学校で聖女様と呼ばれているが亜弥は気に入っている訳ではない。でも、もうそれが板についいて定着してしまい、自然と浮かべてしまう聖女様としての笑み《え》で聞き返した。

「好きだ。付き合ってほしい」

唐突《とうとつ》な告白に笑顔を崩《くず》さないまま、またですか、と亜弥は辟易《へきえき》した。

クリスマスが近いからかこうして気持ちを伝えられることが最近は特に多い。

邪魔者《じゃまもの》だと言われ続けた自分にこうして好意を抱《いだ》いてくれることは喜ぶべきことなのだろう。けれど、誰とも付き合うつもりはない。そもそも、彼のことはよく怪我をする人としか知らない、亜弥にとって無関係の相手。好きという気持ちが芽生えもしない。それは、彼に限った話ではない。誰に対しても同じ。

だから、返事もいつもと同じようになる。

「ごめんなさい」

聖女様のまま断る。懐《ふところ》に入れるつもりはさらさらないと示しながら。

「じゃあ、友達から始めよう」

「私、友達というのがよく分からないんです。何をして、どこからがそう呼べるのか。だから、何も知らないあなたと友達なんて、分かりもしない関係を築くことは出来ません」

そもそも、彼と友達になったからといっても、付き合ったりはしないだろう。

何も知らない彼がとても魅力《みりょく》に溢れた人で周りから勿体《もったい》ないと言われることがあったとしても、下心を抱かれた状態で近付かれたのだ。何をされたってしょせんは付き合いたいからだと思って亜弥は好きになれない。好きにさせるための行動だと理解していてもだ。

亜弥はそういうのとは関係のない世界で生きていたい。

「だから、俺を知ってもらうためにも友達から始めようって言っているんだ」

これまで、亜弥は自慢《じまん》にならないが何度も告白をされたことがある。その全てをお断りしていれば、大抵《たいてい》の人がすぐに去って行ってくれる。中にはその場で泣き出すような困った人もいたけれど、大概《たいがい》の場合が亜弥の疲労《ひろう》も少しで済んでいる。

けど、彼はなかなか去って行ってくれない。しつこくて参ってしまう。

「友達になるくらいでガード堅《かた》くしなくてもいいじゃねえか」

望んでいる返事をしないからか彼がイライラし始めているのを言葉についた棘《とげ》で察した。

──そんな風になるなら、さっさと消えてくれればいいのに。めんどくさい。

遠回しにだが、友達になろうと言ってくれた深月《みづき》の誘《さそ》いも亜弥は断っている。なのに、どうしても深月と彼を比べてしまう。深月は彼のように途中《とちゅう》でイライラしたりすることもなかったし、自分の気持ちを優先しようともしなかった。あくまでも、こちらの気持ちを尊重してくれていた。

誰とも友達になるつもりもないが、深月のように自分だけでなく相手のことも考えられる人の方がまだ信じられる。

「何を言われたって私はあなたと友達になりたいとは思いません」

「なんでだよ！」

「そう思えないからです。もういいですか。仕事がありますので」

決して、聖女様としてのイメージを崩さないようにしたまま、気持ちは変わらないことを伝える。

これでいい加減納得《なっとく》してくれただろう、と作業に戻ろうとすれば後ろから腕を掴《つか》まれた。

驚《おどろ》いて振り返ればすぐそこまで彼が迫《せま》って来ていた。

「ちょっと顔が可愛《かわい》いからってなんだよ、その態度は。こっちはお前に会うために部活引退してからもわざと怪我作って保健室に通ってるんだぞ」

「い、いた……放してください」

「そもそも、なんで保健室に居る時でも手当てしてくれないんだよ。こっちはお前に触《ふ》れてほしくて痛いのも我慢《がまん》してるってのにさあ」

絶対に敵《かな》うはずがないと分からされる強い力で腕を掴まれながら言われても亜弥にはこれっぽっちも響《ひび》かない。そんなこと言われても知らないし、怖《こわ》い。そんな風に思われたって嬉しくもないし、気味が悪いだけ。

だいたい、怪我の具合を見るためにも手当ては基本的に先生が行うことになっていて、保健委員の役目ではないのだ。たとえ、役目だったとしても彼には絶対に触れたくないと今、思ったが。

と、そんな軽蔑《けいべつ》をしている場合ではなかった。

「なあ、いいだろ。友達になって遊ぶくらい、誰だってしてることじゃないか」

腕を掴む彼の手にさらに力が加えられ、亜弥の目には自然と涙《なみだ》が滲《にじ》んでくる。

「わ、わかっ――」

こうなれば、話だけ合わせよう。今は合わせておいて、後から全部断ればいい。

今はさっさと解放してほしかった。一秒でも早く、彼を視界の外へ追い出したかった。

だから、圧倒的な力の前に屈《くっ》しそうになって、とてもとても嫌だけど――首を縦に振ろうとした瞬間、閉められていたカーテンが勢いよく開けられた。

突然《とつぜん》のことで驚いた亜弥は目を丸くした。彼もびっくりしたのだろう。唖然《あぜん》とした様子で第三者が現れた方向を向いている。

自分達しか居ないと思っていた場所にもう一人、誰かが居ると知ったのだ。驚くのも無理はない。

しかし、何よりも亜弥が驚いたのはそのことにではない。むしろ、そのことは知っていた。

だとしても、それが深月だとは思いもしなかった。気持ちよく寝《ね》ているところを起こされて機嫌《きげん》が悪いのか深月は両方の鼻の穴にガーゼを突《つ》っ込んだまま短く口にした。うるさいんだけど、と。

すると、邪魔をされたと腹を立てたのか彼は亜弥の腕を乱雑に放すとすたすたと深月のもとまで歩いていく。

「関係ない奴は黙《だま》ってろよ」

「うるさいんだよ。こっちは気持ちよく寝てたっていうのに馬鹿みたいにギャアギャアと。病室は静かにする所って習わなかったのか？」

「っ。てめえ……」

深月の舐めくさり切った言動に彼の眉間《みけん》には皺《しわ》が寄り、怒《いか》りを露《あら》わにした。今にも深月の胸《むな》ぐらを掴み出しそうな勢いの彼に見ている亜弥の方が不安になる。だというのに、依然として深月は態度を崩さない。ベッドに座ったまま、睨《にら》み上げるように鋭《するど》い瞳《ひとみ》を向けている。

確かに、快眠《かいみん》を邪魔されて機嫌が悪くなることは理解出来る。

けれど、それは喧嘩《けんか》を売る必要まであることなのだろうか。

——どう見たって月代《つきしろ》くんの方が体格差では負けているのに。

深月の身長も亜弥からすれば羨《うらや》ましくなるくらい大きいが彼は深月よりも少し大きい。身長だけでなく、体格までもだ。男子としては細い深月と比べて、彼は制服の上からでも分かるほどがっしりしている。

もし、手を出されるようなことがあれば深月は確実に負けることが目に見えているというのに。

どうして深月は敵いそうにもない相手に臆《おく》さずにいられるのか亜弥には不思議だった。

「なーんか、見たことがあるなと思ったらお前、体育祭で目立ってた奴か。はっ。俺はお前みたいな熱を持たない奴が大嫌《だいきら》いなんだ。あの時みたいにすっこんでろよ」

深月と睨み合っていた彼が急に訳の分からないことを言い始めた。

「あっそう。別に、あんたに好かれてなかろうがどうでもいい」

しかし、亜弥には分からなくても深月には通じることらしい。気にもしていないが。

「ていうか、あんたの言う熱っていうのはさっきのきっもち悪い熱弁のことか？　あんなの向けられても寒くなる一方だと思うけどな。実際、聞いてるだけの俺は鳥肌《とりはだ》が立ちまくった。ついでに、吐《は》き気《け》も催《もよお》した」

顔をしかめて吐きそうな真似《まね》をする深月。彼のことを本当に舐めている。

「そんなことねえよ！」

「あるんだよ。一之瀬《いちのせ》に聞いてみろ」

訳の分からない内容に途中から置き去りにされていたのに急に話題を振られても亜弥は咄嗟《とっさ》に声を出せなかった。

——怖かった。嬉しくなんて全然ない。気味が悪い。大嫌い。

言ってやりたいことは山ほどあるのにさっきの彼の力を思い出すと委縮してしまって声が喉《のど》を通らない。何より、余計なことを言って深月に被害《ひがい》が及《およ》ぶようなことは出来なかった。

それを、亜弥は深月の言葉を否定したと捉《とら》えたのだろう彼が得意気な表情を晒《さら》す。

「ほらな、何事も全力でぶつかれば人の気持ちは変えられる。俺は聖女様と友達になってクリスマスを過ごすんだ。分かったら邪魔をするな」

「……どれだけ幸せな頭をしてるんだ。泣いてるだろ、アイツ」

深月に言われて亜弥は急いでうっすらと涙が滲んでいた目元を拭《ぬぐ》った。

最悪だ。学校では、泣き顔なんて誰にも見せないように、何があっても泣かないために一層気を引き締《し》めて、我慢して、耐《た》えているというのに深月は目ざとく見つけてくる。

今すぐにでも同情を買うような様を見せないように目元を拭う。なのに、拭えば拭うほど涙腺《るいせん》が緩《ゆる》みそうになって歯を食いしばりながら隠《かく》すように俯《うつむ》いた。

自分の身は自分で守らなければ、誰も助けてくれない世界では生きていけない。

だから、亜弥は何事にも人が居る前では屈しないようにしてきたのに今は誰かに助けてほしいと求めてしまう。そんなのここには一人しか居ないというのに。

そして、こんな時に限って深月は察してくれるのだ。

「好きな女の子にあんな顔させてあんたは満足なのか」

「……黙れ」

「あの顔を見れば分かるだろ。あんたのこと怖いって拒絶《きょぜつ》してるってことが」

「っ。いい加減に——」

気持ちを代弁してくれた深月の顔が彼に胸ぐらを掴まれたことによって初めて歪《ゆが》んだ。苦しそうにしていて。そして、手を出されることを覚悟《かくご》したかのように目を閉じて備えている。

深月が痛い思いをしてしまう前に亜弥は急いで二人のもとに駆《か》け寄って彼に頭を下げた。

「ごめんなさい。今は誰ともお付き合いするつもりはありません」

そして、今度はちゃんと伝えた。聖女様としてではない、一之瀬亜弥として。深月を守るためにも、自分の気持ちを。

「それに、あなたとお友達になるつもりもありません。金輪際、ありません」

彼の目を見て、臆さずに言うことが出来たからだろうか。何か言いたそうにしながら彼はしばらく睨んできたが、視線を逸《そ》らすことなく向かい討《う》てば深月の胸ぐらを乱暴に突き飛ばして保健室を出て行った。

舌打ちと「可愛くねえ奴」と言い残して。

「最後まで自分勝手な奴だ」

咳《せ》き込みながら中指を扉に向けて立てている深月に亜弥はため息を溢《こぼ》した。子どもがするようなことを隠れて行うなんてとんだ救世主である。

「どうして、あんな喧嘩を売るような真似を……おかげで助かりましたけど、私のことなんて放っておけばよかったのに。あれくらい、慣れているし……あなたにはもう、私のせいで怪我を負わせたくありません」

亜弥が深月と交流をするようになったのは、階段から落ちたところを助けてもらい、怪我を負わせたからだ。

今更、深月と関《かか》わるようになったことを後悔《こうかい》はしていない。嫌なことも言われるし、煩《わずら》わしいこともされるけれど、なんだかんだで、楽しい日々を過ごしているから。晩ご飯も一緒《いっしょ》に食べるようになったし。

でも、それとこれとは違《ちが》う。亜弥は自分のせいで深月に痛い思いをしてほしくないのだ。

なのに、深月はさぞかし当たり前のように口にした。

「別に、怪我したっていいよ。お前が手当てしてくれるんだから」

亜弥は自分のせいで深月に怪我を負わせたら手当てはするに決まっているが。

——そんな風に信じ切られるとこそばゆいです。

まるで、亜弥のことなら何でもお見通しかのようにケロリと答えた深月に亜弥は何とも言えない気持ちになり、足元から力が抜《ぬ》けた。

◇　◇　◇

弱々しく床《ゆか》に座り込んだ亜弥に驚いて深月はベッドから急いで下りた。

「大丈夫か？」

「だ、大丈夫です……あなたのせいで気が緩んだだけですので」

「俺のせい？」

原因にされた理由はよく分からないが亜弥をベッドに座るように促《うなが》す。

ベッドに座った亜弥をよく見れば体が小刻みに震《ふる》えていた。それが、亜弥がどのように感じていたのかをよく表している。怖かったのだ。体格でも力でも敵わない男子から腕《うで》を掴まれて言い寄られれば、普段はどんなに気が強くて、毒舌ばかり口にする女の子でも目に涙を滲ませるのは当然のことだろう。

そんな風に亜弥を怯《おび》えさせたあの男子に深月は再び苛立《いらだ》ちを募《つの》らせると同時に保健室に居てよかったなと思う。

六限目をサボって気持ちよく寝ていれば、大きな声に驚いて飛び起きた。

何事だ、と覚醒《かくせい》しきっていない頭のままカーテンで仕切られた奥へと目を向ける。当然、何も見えやしない。それでも、少なくとも男女が一人ずつ居て、告白の真っ最中だということは伝わってきた。

かなり、一方的な言い分でめちゃくちゃなことを男子が言っている。気の毒だな、と言われている女子に同情を抱いていればその子の声に聞き覚えがあった。最近、耳にすることが多くなった亜弥の声だ。

保健室に居る理由は分からないがこんな場所でまで災難だな、と改めて同情していれば雲行きが怪《あや》しくなり始めた。

痛がる亜弥の声が響いた。それでも、男子の言い分は勢いを落とさない。

流石《さすが》に、見過ごせなくなってカーテンを開ければ亜弥の目に涙が滲んでいるのが確認出来て物凄《ものすご》く腹が立った。

別に、深月にとって亜弥は彼女《かのじょ》でもなければ友達と呼べるような存在でもない。

それでも、お世話になっている亜弥を涙ぐむまで追い込んでいる相手に何もせずにはいられなかった。

だから、後先考えずに言葉を並べた挙句、何も悪いことをしていない亜弥に頭を下げさせる結果になってしまった。

「思い出すだけでも鬱陶《うっとう》しいな、アイツ」

深月はスマートに助けられなかったことを考えないようにしながら名前も知らない彼を悪者にして、亜弥に同意を求めるように口にする。

けれど、実際に怖い思いをさせられた亜弥は愛想《あいそ》笑《わら》いを浮かべたまま何も言わない。

「俺の前でなら本音を言っていいんだぞ」

「言えませんよ。彼は私に好意を寄せてくれていたんですから」

つまり、亜弥は自分を好いてくれていたから泣かされても文句は言わないらしい。

――俺には嫌《きら》いとか言うくせに。まあ、俺は恋愛《れんあい》的な好意を寄せてないってのを一之瀬も分かってるからなんだろうし、どうでもいいけど。

どこまでも他人に好かれる聖女様で居ようとする亜弥に深月は呆《あき》れた。

「泣かされても文句一つ言わないんじゃいいようにされるだけだぞ」

「いいじゃないですか。私が耐えれば済む話ですし」

「それでも、時と場合ってのがあるはずだ。アイツは確かにお前が好きだったんだろ。それは、聞いてるだけの俺《おれ》にも伝わってきた。でも、だからって何をされてもいいって話にはならない。ましてや、一之瀬とアイツは恋人《こいびと》でも何でもないんだ」

さっきのは、力で相手を制圧しようとしているだけの最低の行為《こうい》だと、深月は思う。仮に、恋人同士であったとしても深月は暴力を振《ふ》るおうとは決して思わないが。

それでも、亜弥は何も言おうとしない。いや、口にしようとしても言葉が喉を通らないのか口を開けては閉じる、を繰《く》り返している。

何がそこまで亜弥を我慢させているのかは分からないが辛そうにしているのだけは見て取れる。

だから、深月はそんな顔を止《や》めさせたい。

「俺はさ、初恋《はつこい》もまだだから恋《こい》をしてる奴の気持ちは分からない。だから、これは友達から聞いた話だけどな。告白するのってスゲエ勇気がいるらしいんだ」

もし、付き合えなかったことを考えると友達にすら戻れなくなるかもしれない。それは物凄く怖い。けど、強くなる気持ちは抑《おさ》えられないんだ——と、聞いてもいないのに深月の友達である明《あきら》は彼女の柴田《しばた》日和《ひより》に告白した時のことを武勇伝のように語っていた。

「どんな人にも真剣《しんけん》に思う相手が居て、その気持ちを馬鹿にしていいものではないと思う」

おおむね、先程《さきほど》の男子は聖女様に怪我の手当てをしてもらえばすぐに治る、などという誰《だれ》が言い出したかも分からない現実味のない噂《うわさ》を真に受けたりして、変な方向へと突っ走ってしまったのだろう。

裏を返せばそれだけ亜弥に対して真剣だったということだ。

「けど、お前が何を思おうがそれはお前の自由だ。聖女様だからとか、好意を寄せられたからとか考えなくていい。本当に何も感じてないならいいけどな、たまには本音を吐き出すのも必要だと思うぞ。辛そうにしてるんだし」

深月は先程の男子を馬鹿にはしない。だが、何を感じようとそれはされた側の特権だ。

特に、亜弥は好き勝手言われて怖い目に遭《あ》わされたのだ。やり返したって、誰も咎《とが》めたりはしない。

「誰にも告げ口したりしないからさ」と、深月が加えれば亜弥は少し考えた素振《そぶ》りを見せてから俯き、そして、弱々しい瞳を向けて見上げてきた。

「……あの人のこと、嫌いって言ってもいいですか？」

不意になった上目遣《うわめづか》いに深月はたじろいだが、すぐに不安そうに揺れる亜弥の瞳を見て頷《うなず》く。

「言え。どんどん言え。俺も大嫌いだ」

「あ、ああいう、乱暴な人は嫌いです」

それからの亜弥は溜《た》まっていたものを吐き出すように胸の内を吐露《とろ》した。

「だいたい、どうしてあんな風に言い聞かせようとしてくる人に付き合わないといけないのですか。何も予定はないですけど、あなたとクリスマスを過ごすはずがないでしょう。そもそも、あなたに可愛いとか思われなかろうがどうでもいいです。煩わしい。大嫌いです」

頻繁に嫌いですと言われている深月だからこそ分かる。普段は嫌悪《けんお》感をそこまで出さない亜弥も今ばかりは前面に出していることが。掴まれていた腕の部分を埃《ほこり》でも払《はら》うようにしながら「汚《けが》らわしい」と毒づいている。

――随分《ずいぶん》と溜まってたんだな。まあ、普段から文句言うような奴でもないからな、一之瀬は。

「大丈夫《だいじょうぶ》だ。可愛くないなんてアイツの負け惜《お》しみみたいなものだから聞く必要ない。お前は可愛いよ」

真っ白な色をした手を丸めながら、地団太まで踏み出しそうな勢いの亜弥を宥《なだ》めるために言えば、興奮して赤くなっていた亜弥の頬がより一層色味を増した。

「そ、そんなこと言われなくても分かっています」

ツンとした態度で言い切った亜弥は腕を組んでそっぽを向いた。

「流石、自意識高い一之瀬さんだ」

「余計なお世話です。言ったのはあなたでしょう」

「事実だし」

聖女様と呼ばれてしまうほど亜弥の容姿は整っている。

そこに、異論を唱える気はなく、深月だって可愛いと思っているからこそ言ったのだが、亜弥の機嫌を損《そこ》ねてしまった。

「し、知りません。もう黙ってください」

励《はげ》まそうとしたが逆効果だったらしく、亜弥の火に油を注いでしまったことを反省する。

しばらく、言われた通りに口を閉じていれば亜弥の機嫌も落ち着いたようだ。

「それにしても、喧嘩を売る相手はよく考えないといけませんよ。彼、大きかったんですから」

「仕方ないだろ。腹立ったんだから。それに、本気出せば勝てた」

強がってみせたが亜弥には呆れたような目を向けられた。

「鼻にガーゼ突っ込んだ鼻血小僧が何を言ってるんですか」

「鼻血小僧って酷《ひど》いなあ……お、流石にもう止まってるな」

深月はガーゼを取り外すと既《すで》に血が付いた大量のガーゼが入っている袋の中に詰《つ》め込《こ》む。

「そもそも、顔にサッカーボールが当たるってどういう状況ですか」

「なんで、知ってるんだよ」

「先生に教えられたんです」

「ああ、なるほどな」

「それで、ゴールキーパーでも任されていたからそうなったのですか？」

「いや、休憩《きゆうけい》中だった」

「は？」

「俺の出番じゃないから座《すわ》って考え事をしてたらボールが跳《と》んできてて、気付いたら目の前だったんだ。避《よ》けられるはずもなくて、こうなった」

亜弥の笑顔《えがお》を見るためには何が出来るんだろうか。最近の深月は気が付けばそのことばかりを考えていることが多い。晩ご飯を共にするようになって数日が経《た》ったが深月はまだ何も亜弥に返せていない。

食費は約束通り払うようになったが、それ以外は何もしてやれてなくて深月は焦《あせ》っているのだ。

だから、授業中であっても暇《ひま》な時間になったからあれこれ考えていればクラスメイトが蹴《け》ったボールが顔に直撃《ちょくげき》するという事故に見舞《みま》われた。鼻血が出て、先生から保健室に行くように言われ、先生に治療してもらった。それなりに痛みもあって授業をサボることにして、ベッドで寝ていれば今に至ったという訳だ。

「試合に出てもいないのに怪我をするってどんなドジっ子ですか」

「とんだ災難《かげ》だった」

そのお陰《かげ》で亜弥の危機に立ち会えたのだから不幸中の幸いだったことにしておくが。

淡々《たんたん》と答える深月が可笑《おか》しかったのか、亜弥はクスクスと口に手を当てて笑い始めた。

笑われるのは癪《しゃく》だが、ずっと硬いままだった表情が柔《やわ》らかくなったので許しておく。

――俺に何かあれば笑うことが多いんだよな、一之瀬《いちのせ》って。やっぱり、黒聖女様だ。

楽し気な亜弥を拝みながら深月はふと思った。

亜弥を楽しませるためだけに痛い思いはしたくないなあ、と考えていれば保健室の扉が勢いよく開けられる。

「おーす、無事かー深月。荷物持ってきてやったぞー……？」

陽気な声と共に深月の制服やらカバンやらを持ってきてくれた明が入ってくる。

しかし、てっきり深月だけだと思っていたからなのか手を上げていた明は亜弥の姿を認《にん》識《しき》した途端に動きをピタリと固めた。そのまま、深月と亜弥を交互《こうご》に見比べることを繰り返した後、何かを察したように大人しくなる。

「あ、あー、邪魔《じゃま》したな？」

「別に。邪魔じゃないけど」

「荷物、ここに置いておくからな。そんじゃ」

明が入ってきた途端に聖女様としての笑みを浮《う》かべた亜弥と二人きりで保健室に居るからといって、何も邪魔をされた訳ではない。むしろ、明の存在のどこにそう感じる部分があるというのか。

なのに、明は何も聞かずに深月の荷物をそこら辺に置くと逃げるように去って行った。力強く扉を閉めて。

——なんか、盛大な勘違《かんちが》いをされた気がする。厄介《やっかい》なことにならないといいけど。

二人きりになれる家では亜弥と関わっているが一歩外に出れば深月も亜弥もお互《たが》いに干渉《かんしょう》しないようにしている。そもそも、違うクラスで関わる機会もないし、亜弥に晩ご飯をご馳走《ちそう》してもらっているなんて周りが知れば羨ましがられ必ず面倒《めんどう》な状況《じょうきょう》になるのは目に見えているからだ。

それを阻止《そし》するためにもいかにも別世界の住人だと演じているが今は仕方がない。

深月だって、こんなことになるとは思ってもいなかった。

だから、明には変なことは誰にも口外するなよ、と内心で念押《ねんお》しはするものの本人が居ないのだから無意味だと考えないようにする。

「とりあえず着替《きが》えよ」

明のことは他人のことを面白《おもしろ》おかしく話すような人間ではないと信じているので気にしないようにして、着替えるために体操着の上着を脱《ぬ》げば亜弥が驚いたように目を丸くして、慌《あわ》ててそっぽを向いた。

「ど、どうして突然《とつぜん》脱ぎだすのですか！」

「いや、帰るのに体操着のままなのは嫌《いや》だなって」

「だ、だからって……せめて、見えない所で着替えてくださいよ……」

消え入りそうな声で口にする亜弥に深月は困惑《こんわく》した。

「ちゃんと下にシャツは着てあるぞ」

流石に、ズボンは亜弥に見えないようにと考えていたが、上着だけでもこんなに亜弥が動揺《どうよう》するとは思ってもいなかった。決して見ないように目を力強く瞑《つぶ》りながら首を横にしている。耳は真っ赤にして。深月は裸《はだか》ではなく、シャツ姿だというのに。

「そ、それでもです。とにかく、着替えるならそっちで」

手で追い払うようにして亜弥はカーテンの奥《おく》へと引っ込んだ。しっかりとカーテンを閉めて外の景色が見えないようにして。

「……いや、お前が隠れてどうするんだよ。ズボンを穿《は》き替《か》えてる時に誰か入ってきたら問題になるんだけど」

そう言ってみるものの亜弥が出てくる気配はなくて、深月は急いでズボンを穿き替える。保健室でいつ誰に見られるかも分からないのに下着を晒す自分に何をやっているんだろうな、と冷静に思いながら手際《てぎわ》よく着替《きが》えを済ませた。

無事に制服に着替えられたことに安堵《あんど》しつつ、整えながら亜弥に声を掛《か》ける。

「そう言えば、また頻繁に告白されてるらしいな。クリスマスが近いから?」

「……そうだと、考えています。あなたにはまた自意識過剰《かじょう》だと言われそうですが」

「クリスマスって恋人が欲《ほ》しくなるらしいからそうなんだろう。クラスにも居たし」

昼休み、聞いてもいないのに明から、亜弥へ告白して玉砕《ぎょくさい》する男子が増えていることを教えられた。高校生になって初めてのクリスマスを好きな女の子と過ごしたくなって必死になっているんだろうな、と呟《つぶや》く明に深月は大変だなあ、と呑気《のんき》に思っていたが今日みたいなことが続くと慣れているであろう亜弥も疲れてしまうのではないだろうか。

「……憂鬱《ゆううつ》です。ただでさえ、クリスマスなんて何も楽しくないのに」

早く終わらないかな——と、暗い声音《こわね》で呟かれたのが耳に届いた。

それが、クリスマスにかこつけて呼び出されるのが億劫《おっくう》に感じているからなのか。

それとも、クリスマスという祭日そのものに興味がなくて口にしたのかは分からない。

けれど、呼び出されることに嫌気《いやけ》を感じているのなら解決出来るのではないだろうか、と深月は提案しようとして口を閉じた。

どうしてもカーテンの奥に居る少女にそれを伝えるのは気恥《きは》ずかしい。

でも、今ではなくても数日後には必ず話し合うことになる話題なのだ。

顔を見合わせてするよりも、顔が見えない今の方が幾分《いくぶん》かマシだろう。

「……困ってるならさ、クリスマス……イブも当日も一緒に過ごすか？」

クリスマスを男女で過ごす——というのは、深月にとってどうしても意識してしまう内容である。聖夜は恋人と過ごす日、とは思わないが世間がそういう日だと設けている。実際、亜弥への告白が増えているのもそういうことだろう。

そんな日に、恋人でもない自分と誰からの告白も断っている亜弥が一緒に過ごしてくれるのだろうか。

もし、過ごすことになったとしても問題はないだろうか、と言ってから不安を覚えたはずなのに深月は亜弥からの返事がなくて、続いた沈黙《ちんもく》の時間に耐え切れなくなって言葉を続けてしまう。

「よ、予定があるって言ったら諦《あきら》めるしかなくなるだろ?」

なんだか、諦めの悪い男みたいだな、と深月自身が思っていればカーテンが開けられ、亜弥が首から上だけを出してきた。

「い、いいのですか?」

甲羅《こうら》の中に手足を引っ込めた亀《かめ》みたいな状態のままで亜弥が恐《おそ》る恐る聞いてくる。

「あ、ああ。お前の陰の守護者になれるならいくらでも使ってくれ」

「そ、そうではなくてですね。お祭りなのにお友達やご家族と過ごすのではなく、私なんかがご一緒してもいいのかなと」

「あいにくと、俺にも何も予定がないんだ。だから、一之瀬がご飯作ってくれたら嬉《うれ》しいなあって。ああ、でも、これは強要したつもりじゃなくて、出前とか頼んでもいいし、ケーキも用意するし」

綺麗《きれい》な誘い文句が見つからない。変なことを言っていないかと思うと手に嫌な汗《あせ》がじんわりと滲んでくる。

「えっと、だな……ああ、いい言葉が分かんねえ。とにかく、いつも世話になってる礼もさせてほしい」

てんやわんやになりながら、深月は伝えた。どうして、こんなにも執着《しゅうちゃく》してしまっているのかは自分でも分からない。

今年は家族と過ごしていた去年までと違い、一人で過ごすつもりだった。

実家に帰ることもしなければ、明や日和から遊びに誘われたが付き合いだして初めてのクリスマスに水をさすようなことをしたくなくて、断っている。心のどこかで亜弥の手料理を食べられたら幸せだろうなとは考えていたが、クリスマスだ。そこまで望んではいなかった。

だから、亜弥の興味を引くように色々と理由をつけてしまうのが不思議だった。

「そ、そういうことなら。断る言い訳にもなりそうですし」

てっきり、必死過ぎる深月の姿に引いているのかと無言の亜弥に思っていたがそんなことはなかったらしい。小さく首を縦に振って、亜弥は誘いに乗ってくる。その姿に深月の方が受け止められずにいた。

――え、本当に？　本当に一之瀬とクリスマスを過ごすのか？

言い出したのは深月だし、必死に説得しようとしたのも深月だ。

だが、まさか、亜弥と本当にクリスマスを過ごすことになるとは思ってもいなかった。

というか、皆《みな》の憧《あこが》れである聖女様とクリスマスを過ごすことになったという衝撃《しょうげき》が大きすぎてすんなりと受け入れるのが難しい。

何か恥《は》ずかしい思いをしているのか頬《ほお》をうっすらと赤くしている亜弥は困ったように口にする。

「で、ですが、どう言って断ればいいのですか？」

「さ、さあな。そこまでは考えてない。一之瀬が楽にやり過ごせるようにしてくれたらいいよ」

「勝手な人ですね」

案だけは授《さず》けて、具体的な方法は考えていない深月に亜弥は盛大に呆れた。

でも、そんなの深月にはどうでもよかった。

「……そっか。今年は一人じゃないんだ」

小さな声で呟いた亜弥が嬉しそうに微笑《ほほえ》む姿に視線を奪《うば》われていたから。

見ているだけで胸が熱くなってきて、深月は「ングッ」と変な声が出そうになるのをどうにか飲《の》み込んで耐える。それから、むせるように咳き込んでいれば冷たい視線を感じた。

先程までの笑顔が嘘《うそ》のように冷めた眼差《まなざ》しを浮かべて亜弥がじぃーっと見てきている。

「と、ところでさ、一之瀬はなんで保健室に居たんだ？」

あの目には深月のもどかしい気分までも見透《みす》かされそうで誤魔化《ごまか》すように尋《たず》ねれば、亜弥は思い出したかのようにカーテンの奥から出てきた。

「そうです。備品のチェックをしていたんでした。先生が戻《もど》ってくる前に終わらせないと」

慌ただしく用事を再開した亜弥が保健室の中をあっちへ行ったり、こっちへ行ったりしながら動き回る。

「大変そうだな。手伝おうか？」

「大丈夫です。月代くんに手伝ってもらう方が余計な手間が増えそうですので」

「あっそ。もういいよ」

せっかくの親切心から言ったのに目もくれずに断られてしまった。

確かに、亜弥の言う通りではあるだろうが、納得がいかずに深月はベッドで大の字になる。

すると、何をしているんですか、と言いたげな様子で亜弥が見てきた。

「……帰らないのですか？」

「もう少し寝ていこうかと」

「寝るなら何もここではなくて家で寝ればいいじゃないですか」

「酷いこと言うなよ、保健委員。こっちは怪我人《けがにん》だぞ」

鬱陶しいくらい口角を上げて言ってやれば、亜弥は眉根《まゆね》を寄せながら頬を膨《ふく》らませた。

「好きにすればいいじゃないですか。月代くんなんて嫌いです」

迷惑《めいわく》そうにした亜弥に仕返しが出来て深月は勝ち誇《ほこ》ったようにニヤリと頬を緩める。

亜弥が口にした、言われ慣れた嫌いという言葉には先程まで込められていた嫌悪感などは微塵《みじん》も感じられず、深月は緩んだ頬を元に戻せないまま目を閉じる。

既に眠気《ねむけ》はなくなったが、保健室に居残るためにも寝たふりをしようとした時だ。

「……ありがとう、ございました。助けてくれて」

不意に届けられた囁《ささや》きに深月は今一度亜弥を見る。

けれど、亜弥がこちらを向くことはなかった。美しくて艶《つや》やかな黒髪《くろかみ》が波打つ夜の海のように揺《ゆ》れているだけ。

深月は何も言わずに、体を反転させて寝たふりをした。寝ていると思ったからこそ、亜弥は素直《すなお》になったのではないかと思ったから。

——そうか。クリスマスってことは何かプレゼントを用意した方がいいのか。

クリスマスプレゼントという、新しく増えた悩《なや》みの種にどうしようかと頭を働かせながら深月は亜弥の用事が終わるまで保健室に居残った。

今日くらいはストーカーのように亜弥の後ろを歩きながら帰宅したっていいだろう。

さっき、あんな怖《こわ》い思いをしたばかりなのだ。念には念を入れて。

第2章　聖女様と尾行する者達

終業式を翌日に控《ひか》えた今日、学校は午前で終了《しゅうりょう》した。

家に帰ってお昼を食べるもよし。そのまま学校に残って食堂で食べるもよし。自由な選《せん》択《たく》が可能だ。

「すっかり世間はクリスマスモードだねえ」

深月《みづき》は友人である明《あきら》と日和《ひより》の三人で寄り道をしていた。

学校が終わり、電車に乗って、普段《ふだん》はあまり来ない大きな商業施設《しせつ》が立ち並ぶ、深月が暮らしている区域よりは明らかに発展している区域にまで来ている。

明後日《あさって》はクリスマスイブということもあり、日和が言うようにあちこちのお店がクリスマス仕様に様変わり中だ。

そんなお店が並んでいる通りを抜けて、大きなショッピングモールに入る。

ここは、多くの飲食店を始めとして本屋さんに映画館、ゲームセンターなど、老若男女《ろうにゃくなんにょ》誰《だれ》もが利用出来るように様々なお店が経営されていて、深月も何度か足を運んだことがある場所だ。

「ここ、ここ。やっぱ、食べ放題だよね！」

「……おかしい。確かに、奢《おご》るとは言った。けど、食べ放題だとは言われてなかったはずだ。どうしてこうなった？」

ほんの少し前のこと、公園で亜弥《あや》が捨て猫《ねこ》を見付けて深月は無視出来ない亜弥のことを放っておけなくて、一緒に新しい飼い主を探すことにした。明と日和にも協力を求めた結果、無事に日和の友達である安原雫《やすはらしずく》に飼われることになり、そのお礼として日和にケーキを奢る約束をしていたのだ。

けれど、日和から言われていたのは駅前にある洋菓子《ようがし》店のケーキだったはず。食べ放題などというお金が掛かるような場所は指定されていなかった。

「しょうがないじゃん。今日はちょっと早いけど三人でのクリスマスパーティーなんだから。豪勢《ごうせい》に行かないと」

「うん。それは、分かってるんだけどな？」

以前、一人で寂《さび》しいだろう、と深月は明達に余計なお世話でクリスマスに一緒に遊ばないかと誘《さそ》われた。

しかし、中学を卒業してから付き合うようになった明と日和にとって今年のクリスマスは恋人になって初めての二日間だ。二日もあるんだし気にするなよ、と二人からは言われたが深月は遠慮《えんりょ》した。

そのことがきっかけとなり、日和から今日クリスマスパーティーをしよう、とついさっき言われて今に至る。

ちょうど、二人への礼を、と思っていたので二つ返事でいいよ、と答えたのだが駅前に着けば洋菓子店には目もくれずに電車に乗ったのでどうすることも出来なかった。

出掛《でか》ける前に奢るとも言ってしまった手前、後にも引けなくなっているのが現状だ。

「まあまあ。細かいことはいいじゃない。早く入ろ」

「全然、細かくなんてないと思うんだけど」

「諦めてヒヨの願いを聞いてやってくれ。ヒヨの笑顔を見るがために」

「俺のことを考えてくれる奴《やつ》はいないのか」

すっかり日和は食べ放題の虜《とりこ》になっているし、明はそんな日和を微笑ましそうに眺《なが》めている。深月の味方は誰もいなかった。

でも、これが二人の通常運転だと知っている深月は呆れつつも嫌な気はしていなくて。

「ほら、さっさと入るぞ」

二人の背中を押《お》して入店し、店員に席へと案内される。

ここは、スイーツの食べ放題を売りにしているが食べられるのはスイーツばかりではない。カレーやパスタなどのフードメニューも食べることが可能だ。

「カバンとか見とくからヒヨと深月で先に取ってきていいよ」

「ありがとー、アキくん。ほら、行くよ、深月」

「へいへい。お供しますよ」

バイキング形式のため、深月は日和と先に食べたい物を選びに行く。

制限時間があるとはいえ、空《す》きっ腹《ぱら》にいきなり甘《あま》い物を入れたくない深月はフードメニューからパスタを選んでお皿に盛った。

「ん～どれにしよう～」

目の前に広がる膨大《ぼうだい》な種類のスイーツに日和は目を輝《かがや》かせている。

「せっかくなんだ。食べたい物を満足するまで食べろ」

「そうだよね。食べないと勿体《もったい》ないもんね。深月のお金が」

「そうだぞ。俺の財布《さいふ》が二重の意味で泣かないようにしてくれ」

「アイアイサー」

軍人のようにビシッと返事をした日和はチョコケーキや焼き菓子《がし》、ゼリーなどをお皿に載《の》せて満足そうに頷いた。席に戻ると入れ替わりで明が選びに行き、カレーを入れたお皿を持って戻って来た。

「んー！　人のお金で食べるケーキはさいっこーう！」

「そうか。それは何よりだ」

　写真を撮《と》り終えてから手を合わせ、早速《さっそく》チョコケーキを口に放《ほう》り込んだ日和が頬に手を添《そ》えながら満面の笑《え》みを浮かべる。ジタバタと足を動かしながら食べる姿はさながら小さなお子様だ。

「はい、アキくん。あーん」

「ちょ、今カレー食ってるんだけど」

「アキくんは私とカレー、どっちが大事なの？」

「ヒヨに決まってるだろ」

「じゃあ、食べられるよね」

「あーん」

　カレー味になった口に明はチョコケーキを入れる。

「ほんとだ。めちゃくちゃ美味《おい》しい」

「だよねだよね」

　いかにも日和に共感しているように明は振《ふ》る舞《ま》うが一瞬《いっしゅん》だけ渋《しぶ》い顔をしたのを深月は見《み》

逃《のが》さなかった。

「今はカレー食べてる最中だったんだから後にしてやれよ」

「美味しい物はすぐにアキくんと共有したいの」

「ヒヨは優《やさ》しくて可愛《かわい》いなあ〜」

「完全に馬鹿《ばか》になってやがる……」

明は日和に苦しめられているのではなく、自分から苦しめられにいっているだけなのではないかと深月は思った。二人はとても幸せそうにしているが。

「じゃあ、お返しに。ヒヨにはカレーをあげるよ」

「いいよ、お返しは。私はスイーツを攻《せ》めるから」

「あ、はい。そうですか。深月、カレー食べる？」

「要《い》らない」

「……そう」

カレーにチョコレートを入れることはあると聞いたことがあるが、カレーを食べている最中にチョコケーキを食べるのは明にとって悪い組み合わせだったようだ。スプーンを動かす手が先程よりもゆっくりになっている。

そんな明を他所《よそ》に日和は呑気に話し始めた。

「明日で二学期も終わりかあ～早かったなあ」

「早いよな。来年こそはヒヨと同じクラスになりたい」

「なれるよ、私達の愛の力でね」

「まだ三学期が残ってるっていうのに気が早いだろ、二人とも」

「そんなことないよ。気が付いたらもう二学期が終わるんだよ？　一年なんてあっという間なんだから」

「……まあ、そうだな」

去年までは忙《せわ》しない毎日だったが、今年はダラダラとした毎日を過ごした。忙《いそが》しさでいえば、去年までの方が圧倒的《あっとうてき》だ。なのに、去年までよりも今年の方が時間の経ち方が早いと感じてしまうのはそれだけ充実《じゅうじつ》した毎日を過ごしている証拠《しょうこ》だろう。

明に日和。そして、後半は亜弥のお陰だ。

「でも、まずはクリスマスが先じゃないのか。二人にとっては」

「そう。ちゃーんと二人で過ごす予定を組んでるんだ。ね、アキくん」

「ああ。早くこいこいクリスマス」

「早くきてきてクリスマス」

「急《せ》かさなくても明後日はちゃんと来る」

クリスマス――と明と日和が声を揃《そろ》えて懇願《こんがん》する。二人の気が逸《はや》るのも仕方がないのだろう。恋人になって初めてのクリスマス。どんなことをして過ごすのかは知らないが楽しみで仕方がないという気持ちが深月にまで伝わってきた。

「クリスマスといえばさ、一之瀬《いちのせ》さんにもいるらしいね。クリスマスを一緒《いっしょ》に過ごす相手が」

クリスマスの話題になっていたからなのか、日和が思い出したかのように口にする。

パスタを食べ終わり、デザートを用意しようと席を立っていた深月は体が石のように固まった。

保健室での一件からまだ二日しか経っていない。なのに、どうして日和が亜弥にクリスマスを一緒に過ごす相手がいるのを知っているのかは至って簡単なことである。

保健室での一件から翌日、クリスマスにクラスの皆で遊びませんか、と誘われた亜弥が過ごす相手がいると断ったことで一気に学年中に噂が広まったからだ。

たかが一人の女の子にクリスマスを一緒に過ごす相手がいるだけで大袈裟《おおげさ》な、と深月は思うがそれだけ亜弥が人気だということを改めて突《つ》き付けられるとその相手が自分だということに緊張《きんちょう》を覚える。

学年の誰にも――明と日和にも深月が亜弥のクリスマスを共にする相手だとは気付かれ

てはいない。しかし、動揺した深月は何事もなかったかのように座り直す。内心はバクバクだ。

「確か、鼻血小僧《こぞう》っていうのが聖女様のお相手なんだっけ？」

「うん、そうらしいよ。誰と過ごすのか聞かれた一之瀬さんがそう言ったんだって。鼻血小僧っていうのはどこのどいつだ、ってクラスの一部の男子が憎《にく》たらしそうに騒《さわ》いでた」

「あ〜俺達《おれたち》のクラスもそんな感じだわ。な、深月」

「馬鹿《ばか》騒《さわ》ぎしてて煩《わずら》わしいよ、まったく」

いかにも自分には縁《えん》のない話だと思わせるように深月はポーカーフェイスを極《きわ》める。けれど、本音は今すぐこの場から消え去りたかった。いつどこで正体に気付かれるのではないかとハラハラして変な汗まで出てくる。別に、二人には知られても大きな問題にはならなそうだがこれまでの事情を説明させられそうであまり知られたくはない。

必死に焦る心境を隠《かく》して涼《すず》しい顔をし続けていれば明が正面からじいっと見てきた。不味《まず》いことになった、と危険をいち早く察知した深月は明から逃れるように視線を逸《そ》らす。明には見られているのだ。亜弥が鼻血小僧とクリスマスを過ごす、と言い出した前日に亜弥と保健室にて二人で居るところを。

はたから見れば、聖女様と呼ばれる人気者と存在感の薄《うす》い男子がただ偶然《ぐうぜん》に保健室で一緒になっただけの風景。

だけど、公園で亜弥が捨て猫を見つけた時も二人で居たことを明は知っているのだ。変に勘繰《かんぐ》っていたとしてもおかしなことではない。

何より、明の目はほとんど真相に辿《たど》り着いているように深月には見えた。

「深月は鼻血小僧が誰なのか知ってるんじゃないか？」

「え、そうなの？　だれだれ？」

余計な明の一言に日和が思い切り食い付く。

こんな面白くもない話よりもスイーツに食い付いておけばいいのに、と内心で舌打ちをしながら深月は知らないふりを徹底《てってい》した。

「俺《おれ》が知るはずないだろ。誰だよ、鼻血小僧って」

「なーんだ。やっぱり、深月も知らないいんじゃん。つまんないのー」

「鼻血小僧って言うんだし、普段から鼻血をよく出す親戚《しんせき》の子とかじゃねえのか」

「あ、なるほどねえ。その線はいいかも。やるね、深月も」

「ふっ。日和よりは賢《かしこ》いからな、ここが」

とんとん、と深月が頭を叩《たた》いてみせれば日和はぷっくりと頬を膨らませた。

「なによ。私と赤点回避《かいひ》組のくせに」

「さーて、甘い物でも取りに行こうかな。頭を使って疲《つか》れたし」

いい感じにはぐらかすことに成功して深月は話がぶり返される前に撤退《てったい》する。

大量に並ぶスイーツを前にして悩んでいるふりをしながら安堵の息を吐《つ》いていれば背後に気配を感じた。

「……深月」

「うっわ。こっわ。驚《おどろ》かすなよ」

振《ふ》り返った先に居たのは明だった。明は疑うような目をしたまま音もなくついてきていて、思わず深月は飛び退《の》いた。

「何？　何だよ？」

「鼻血小僧ってのが実は深月じゃないかと俺は考えてるんだけど、違《ちが》う？」

「……何で、そう思ったんだ？」

「簡単なことだ。聖女様が鼻血小僧と過ごすって言い出す前日、深月は二人で居ただろ。保健室で聖女様と」

やっぱり、それが原因でさっきから疑っていたのか明は、と深月は表情を崩《くず》さないように気を張りながら構える。

「だからといって、俺が鼻血小僧ってのは考え過ぎじゃないか？」

「そうでもないんだな、これが。だって、あの日、深月は鼻血を出してたから」

得意気な明が決定的な一言を突き付けてくる。そうなのだ。何も亜弥は深月が鼻血も出していないのに鼻血小僧とかいう訳の分からない存在を作り出したりはしなかっただろう。でも、どう言い訳しようか悩んだ挙句、誤魔化すのにいいあだ名だと思ったのかもしれない。なぜならあの日、深月は鼻血小僧だったのだから。

そのことを知っている明にこれ以上言い訳を重ねるのは苦しくて深月は観念した。

「降参するよ。鼻血小僧ってのはたぶん俺のことだ」

「やりぃ……って、ちょっと待て。深月……聖女様とクリスマスを過ごすのか？」

推理が当たっていたことに喜んだのも束《つか》の間《ま》、すぐに明は冷静になって耳打ちしてくる。

「近いな……それに、それはハズレだ。俺があの一之瀬とクリスマスを過ごすなんてあり得ると思うか？」

「思わない」

「即答《そくとう》だな、おい」

「じゃあ、なんで聖女様は鼻血小僧とか深月のことを言い始めたんだ？」

「それは、たぶん俺のせいだ。実はあの日さ、告白されてたんだ。一之瀬」

「ああ、らしいな。なんか、聖女様の腕《うで》を掴《つか》んで無理に迫《せま》ろうとした先輩《せんぱい》が居たんだろ。

噂《うわさ》になってるから耳にした」

「そうなんだ」

聖女様にクリスマスを共にする相手がいる、という噂が流れ始めた頃《ころ》にもう一つ、聖女様に乱暴なことをして無理に交際を迫ろうとした三年の先輩が居た、という噂が流れ始めた。

保健室で亜弥に告白をしていたあの男子は、深月は知らなかったことだが結構な人気があったらしい。容姿が良くて、野球が上手で一年や二年の後輩《こうはい》からも注目を浴びていたんだとか。

それが、同じ野球部の後輩から漏《も》れたのか年上が年下の女の子に手を出すなんて男として最低だ、と学年の間で囁《ささや》かれるようになった。

「ちょうど、その場面にマッチングして聖女様が疲れてるように見えたからさ、アドバイスしたんだよ。自分を守るために嘘でもなんでもついて誤魔化せばいいのにって」

「それを真に受けたから、聖女様は鼻血小僧とクリスマスを過ごすって言い始めたと？」

「根拠《こんきょ》も何もない推論だけどな」

観念したとはいえ、深月も全《すべ》てを教えるつもりはなくて、次から次へと嘘を並べた。

あり得る可能性だ、と明はすっかり信じたようで「なるほどなあ」と腕を組んで納得《なっとく》している。

「でも、勝手に言われて迷惑してねえの？」

「まあ、顔と名前が知られた訳じゃないし。誰《だれ》も俺が鼻血小僧だとは思わないだろ」

「確かに。深月の隣《となり》の席の奴もまったくと言っていいほど深月を疑ってなかったな」

「そういうことだ。それに、一之瀬にはうどんを見つけた時の礼を出来てなかったからちょうどいいよ」

うどんとは亜弥が見つけた捨て猫を新しい飼い主である雫が命名した名前である。毛が真っ白だったから、という安直な理由に深月も亜弥ももう少しいい名前はなかったのかと思っているがうどん自身は気に入っているらしい。

元々、うどんを見つけたのは亜弥であるが明や日和に協力を求めるうえで深月が見つけたことにしているため、より言い逃れの熟練度を高めるために利用しておく。

「明と日和にはこうして礼をすることが出来ても、一之瀬には礼を言うことしかしてなかったからな。このクリスマスパーティーに招待する訳にもいかないし」

「聖女様とクリスマスパーティー……想像しただけでも息が詰《つ》まりそうだ」

もし、ここに亜弥が居たことを想像して明は表情を青ざめさせる。大袈裟だな、と深月は思った。

「とにかく、そういうことだから鼻血小僧の正体が俺だってことはバラさないでくれよ」

「オーケー、任せろ。保健室に二人で居たことも誰にも言ってない」

「流石《さすが》だ。不慮《ふりょ》の事故でたまたま居合わせただけなのにごちゃごちゃ言われるのも面倒だからな」

しっかりと明と約束を結び、各種スイーツをお皿に盛って深月と明は席に戻る。

すると、日和はすっかりお怒《いか》りモードだった。

「二人ともおっそーい」

「悪い。どれも美味しそうで選ぶのに時間が掛かった。な、明」

「そうなんだ。ごめんよ、ヒヨ。一人にさせて」

「アキくんは甘い物がそこまで得意じゃないでしょ。それなのに、こんなに時間が掛かるかなあ？」

「だからこそ、美味しく食べられそうなのを選ぶのに時間が掛かったんだよ。明は日和みたいにオールウェルカムじゃないからな」

「ふーん……ま、いいや。時間も限られてるんだし、細かいことは気にしないで。じゃ、私もおかわり選びに行ってくるー」

入れ替わるように日和が席を立った。あれだけあったスイーツ数種類がもうなくなっていた。

「それにしても、日和はどれだけ食べたら満足するんだ？」

「可愛いだろ」

「クリスマスプレゼントはダイエット器具をプレゼントすればいいとお勧《すす》めする」

「人の彼女《かのじょ》に辛辣《しんらつ》過ぎる……プレゼントはちゃんとヒヨが喜んでくれそうな物を贈《おく》るつもりだよ」

「明からの贈り物なら何でも喜ぶだろ、日和は」

「そこが厄介《やっかい》なところなんだよ。好かれ過ぎて嬉《うれ》し辛《つら》い」

「はいはい。惚気《のろけ》は結構だ」

「何だよー。好きな子は喜ばせたくなって当たり前だろ」

不服そうに唇《くちびる》を尖《とが》らせる明を深月は無視するものの明の気持ちを分からなくもない。

深月もずっと悩んでいるのだ。亜弥へのクリスマスプレゼントを。

別に、亜弥には恋愛《れんあい》的な好意を抱《いだ》いている訳ではないが人としては好きである。いつもお世話になっているし、どうせなら亜弥が喜んでくれる物を贈りたいと思うものの、何を贈れば亜弥が喜んでくれるのかが深月は分からない。ネットで調べてみても意見はそれぞれ違っていてまったく参考にならなかった。

それでも、亜弥の笑う姿を見たいと密《ひそ》かに思っている。

「……確かに、喜んではほしいよな」

「え、実は内緒《ないしょ》にしてたけど深月にもクリスマスを過ごす相手が？　だから、俺達の誘いにも乗らなかったのか？」

「もしものことを想像しただけだ。どうせ贈るなら喜ばれる方が嬉しいだろうからな」

「なーんだ、通常運転の深月かー。期待したのに」

「何の期待だ」

「まあ、深月にもいつかそう思う日が来ることを願って、後でプレゼント選び手伝って」

「日和にはダイエット器具だ」

「だから、それはもういいって……」

肩《かた》を落として呆《あき》れる明だが仕方がないだろう。

深月だって亜弥へのプレゼントで悩み続けているのだ。それなのに、友達が彼女へ贈るプレゼントを一緒に考えられるほどの余裕《よゆう》はないのだから。

スイーツをたらふく平らげた後、深月は三人のままショッピングモール内を散策することになった。

季節はクリスマスシーズン。どのお店に入ってもクリスマス仕様の商品が目に付く。

「うわあ。もふもふで気持ちいい」

寝具店《しんぐてん》にて、お試《ため》しのふかふか毛布が敷《し》かれたベッドに日和が横になりながら感嘆《かんたん》の声を漏らす。両腕《りょううで》を伸《の》ばしながら右へ転がったり、左へ転がったりする日和はとても自由にしている。まるで、家で過ごしているようだ。家での日和の様子を深月は知らないが。

そんな日和をプレゼント選びに必死になっている明が凝視《ぎょうし》している。日和の一挙手一投足を見逃《みのが》さないつもりなのだろう。

——なるほど。これが、プレゼント選びにかける気持ちか。見習おう。

早速、今晩から亜弥の一挙手一投足を見逃さずにプレゼント選びのヒントを探《さぐ》ろうと深月は決意した。亜弥からは不審《ふしん》な目を向けられそうではある。

「今度はどのお店に入る？」

ベッドに座《すわ》ったままの日和が足をパタパタと動かしながら口にした。

「ヒヨはどっか行きたい店はないの？」

「私？　私は服でも見たいかな」

「なら、そうしようよ。ヒヨが行きたい店に行こう」

少しでもプレゼント選びのヒントを得ようと明は必死である。普段から、相思相愛で仲睦《むつ》まじいのだから日和が何を欲《ほっ》しているのかすぐに分かったりするものではないのかと深月は思うものの、初めてのクリスマスだからこそ失敗したくない明の気持ちを理解する。

「深月もそれでいいよな。な！」

「いいよ。特に行きたい店もないし」

これといって興味のあるお店がない深月は明の協力をすることに決めた。

本音を言えば洋服店にも深月は興味がない。亜弥の好きな物を知っていればそれが売っているお店に一人ででも行きたいが、知らなければ今は何を見てもプレゼントになり得るしなり得ないしで混乱するばかり。

どこに行ったって一人で悩むだけならば明と日和と一緒に居た方が楽しい。

ということで、いくつか経営されている洋服店を片《かた》っ端《ぱし》から見ていくことになった。

主に明と日和がお互《たが》いに似合いそうな服を選び合い、深月は傍《かたわ》らで二人を眺め続ける。

たまに明と日和から似合いそうな服をお勧めされて着てみるものの、オシャレに興味がない深月はいまいちよく分からなくて購入《こうにゅう》までは至らない。

「深月ってほんと自分に無頓着《むとんちゃく》だよね」

「なあ。今のジーンズとか似合ってたのに」

「ジーンズは動きづらい。ジャージの方が楽」

そんなことを話しながら別の洋服店に入店し、散策をしていた時だ。

「あ、一之瀬さんだ」

日和が同じ店内をうろうろしている制服姿の亜弥を発見した。深月もしかとその姿を視界が捉《とら》え、思わず悲鳴みたいなものを出しそうになり、慌《あわ》てて言葉を飲み込《こ》んだ。

――え？　え？　なんで、一之瀬がここに？

洋服店に居るのだから亜弥も服を見に来ているのだろう。

そんなことは状況《じょうきょう》から容易《たやす》く判断出来る。深月は亜弥に何も知らせていないし、本当にただの偶然で同じショッピングモールの洋服店に存在している。奇妙《きみょう》な縁だなと深月は思った。

しかし、それでも分からないのは亜弥がメンズ用のコーナーに居ることだ。パーカーを手にしては目を閉じて、合っていなかったのか元に戻している。

「なんか探してるね」

「男物なんて聖女様に必要なくない？」

「分かんないよ、アキくん。一之瀬さんも家では案外、大きめのダボダボパーカーを着てグータラしてるかもしれないし」

いつも亜弥が着ているのは体のシルエットがはっきりとは現れない大きめのセーターだ。この寒い時季には暖かいし、普段はそんな風には見えないがふとした時に強調される女の子特有の膨らみを隠すためにも大きいサイズの服を好んでいるのだろう。

けれど、男物の服を着ているところを深月は見たことがない。

結局、亜弥は何も買わないまま洋服店を出ていった。

「……ねえ。折角《せっかく》だからさ、一之瀬さんを尾行しない？」

日和が目を輝かせながら提案した。とてもワクワクしている。

「却下《きゃっか》だ。趣味《しゅみ》が悪い」

当然ながら、深月は断った。変に尾行などして気付かれ、亜弥に嫌《きら》われるのは嫌《いや》だからだ。

「俺も嫌かな。聖女様が何を買おうと興味ないし」

明も乗り気ではないらしい。明からすれば亜弥よりも日和へのクリスマスプレゼントが第一だからだろう。

「そっか。じゃあ、私は行ってくるね」

「「え？」」

多数決で負けたからかあっさりと日和は亜弥の後を追い掛《か》けて行った。

多数決に負けても関係なく自由にするのなら日和が聞いてきたことには何の意味があったのか。

呆然《ぼうぜん》として固まってしまった深月は同じく呆然として固まった明と顔を見合わせると慌てて日和を追い掛けた。

日和はすぐに見つかった。日和が見据《みす》える先には当然のように亜弥が居る。

次に亜弥が入っていたのは防寒具が売られている店舗《てんぽ》だった。深月は日和を先頭にして亜弥に気付かれないようにそっと遠くから見守る。

「……マフラーでも買いに来たのかな？」

「……よく見て、ヒヨ。聖女様の首元を」

「……あ、本当だ」

亜弥は既《すで》に真っ白い先端《せんたん》にポンポンが二つ付いた可愛らしいタイプのマフラーをしている。

「……じゃあ、手袋《てぶくろ》かな。アキくん」

「……どうだろう？　観察しないと」

なんだかんだ言いつつ、明もノリノリで尾行している。結局のところ、明は嫌なことでも日和が居ればそれだけでいいのだろう。乗り気じゃないのは深月だけだった。

「……あ、また男物の方に」

亜弥はまた女子よりも男子の方が似合いそうな色合いばかりの防寒具が陳列《ちんれつ》されているコーナーをあっちへ行ったり、こっちへ来たりしている。マフラーだったり、手袋だったりを手に取っては戻《もど》すことを繰《く》り返しながら。

「……あれはプレゼントを選んでる感じかな？」

「……ヒヨもそう見える？　俺もそう見えるんだけど――」

明が日和には気付かれないように視線だけをチラッと向けてくるが深月は首を横に振って応じる。自分は何も知らないと教えるために。

「……鼻血小僧に渡《わた》すプレゼントでも買ってるんじゃないか？」

「……そう考えるのが妥当《だとう》だよね。でも、何を買おうか迷ってる感じかな？」

色々と悩んでいるのか亜弥はうろうろとその場をうろついてはじっと足を止めて考えている。

そんな亜弥を見て、日和がうずうずとし始めた。困っている亜弥に声を掛けようと考えているのかもしれない。

今にも飛び出しそうな日和に深月は尾行していたことが亜弥にバレたり、鼻血小僧の正体が自分だと亜弥に言われてしまうのではないかと考えたりして危機感を覚えた。

しかし、日和が動く前に亜弥に近付く人影《ひとかげ》があった。女性店員だ。

いきなり女性店員から声を掛けられた亜弥は小さく飛び跳《は》ねて驚いていた。

「……なんか、いつもの一之瀬さんっぽさがないね」

聖女様としての亜弥と素の亜弥は全然違っているが学校での亜弥しか知らない日和からすれば、女性店員の気さくな雰囲気《ふんいき》に目を回しそうになっている亜弥が印象とはガラッと違っているのだろう。

どうにか愛想《あいそ》笑《わら》いを浮《う》かべて女性店員と亜弥は話しているが会話の内容は聞こえない。

しばらくして、亜弥は女性店員とどこかへと消えていく。それすらもついて行こうとした日和を深月は止めることにした。

「もうこの辺で満足しただろ。一之瀬にもプライベートってものがあるんだ。尾行されてたなんて知れば嫌がるぞ」

ただでさえ、亜弥は注目される頻度《ひんど》が高く、煩わしそうにしているのだ。私生活まで誰かに見られていると知れば凄《すご》く嫌な気持ちにさせてしまうだろう。

「でも、もし困ってるなら助けてあげたいじゃん」

「店員が声を掛けたんだ。大丈夫《だいじょうぶ》だろ」

「正論言われると何も言い返せなくなるよ……しょうがない。ここまでにしようっと。せっかく、一之瀬さんに近付けるチャンスだと思ったんだけどな」

友達が多い日和は亜弥とも友達になりたいようだが、誰とでも分け隔《へだ》てなく接する亜弥がどこか他人に壁《かべ》を築いていると察しているそうで慎重《しんちょう》になっているらしい。明から聞いた話だ。

それでも、亜弥と友達になるという野望を捨ててはいないようだ。

「だからって、尾行されてたなんて知られればもっと距離《きょり》を置かれるんじゃないか」

「そこは、私のコミュ力で乗り切る！」

「無謀《むぼう》だなあ」

呆れたものの、誰とでも仲良くなれる日和なら乗り切れそうな気も深月はしてしまった。

それからは、大人しく亜弥の尾行を止めて店舗を順番に見て回る。

「それにしても、鼻血小僧って本当に誰なんだろうね」

日和は鼻血小僧の正体についてかなり気になっている様子だ。誰から告白されても断り続けている亜弥だからこそ、ついつい興味が出てしまうのだろう。鼻血小僧という不思議な存在に。

明は疑うようにチラチラと見てくるが深月は気付いていないふりを続ける。明からすれば、亜弥はクリスマスの誘いを断るために鼻血小僧という存在を口にしているのにプレゼントを選ぶなんて本当に誰かと過ごすのではないかと状況に混乱しているのだろう。

「さあ。誰なんだろうな」

あくまでも深月は自分とは関係ないという態度を取り続けて乗り切った。


明と日和から一緒に初詣《はつもう》でに行こう、と誘われて新年の約束を交《か》わしてから深月は二人と別れた。

アパートに着いた時には既にうっすらと空が暗くなっている。まだ夕方だというのに。寄り道するとは思っておらず、学校に行く前に干しておいた洗濯物《せんたくもの》を取り込むためにベランダに出た。

少し冷たくなってしまった衣類を取り込みながらふと亜弥のことを考える。尾行《びこう》を終えてから亜弥とはすれ違うことも見掛《みか》けることもなかった。あれからどうしたのかを深月は知らない。

無事に買いたい物は買えたのだろうか。それが、亜弥が自分で使うための物ならば深月は買わせてほしかったと思う。

だが、あの悩《なや》み具合を見ていればそうではない気がしてならない。

そして、そうなれば問題は相手が誰かである。もし。もしも、深月のためにあれだけ悩んでいると遠くからでも見て分かるほどに考えてくれていたのなら、深月は頬《ほお》が熱くなると同時に申し訳なくなる。

亜弥からすれば内緒にしておきたかったことだろう。深月にしても、クリスマスの朝にサンタクロースから貰《もら》ったプレゼントの中身を開ける前に知ってしまったようなものである。亜弥が何を買ったのかは知らないけれど。

そもそも、本当に亜弥が深月に渡すためにあれほど悩んでくれていたのかは定かではない。けれど、もし仮に深月に渡す想定で亜弥がいるのだとしたら、深月はちゃんと向き合いたかった。

「でも、何を贈れば一之瀬は喜んでくれるんだ……？」

考えても分からないのなら本人に直接聞こうかとも思うがそれは最終手段に残しておきたい。

最終のクリスマス当日まではイブも含《ふく》めて二日間の猶予《ゆうよ》がある。

——必ず、何かしらのヒントを得てみせる。得られなかったら素直《すなお》に聞く！

改めてそう決意していれば隣からベランダに出るための窓ガラスを引く音が聞こえた。

深月と亜弥のベランダには隔てるための壁があり、向こう側は当然見ることが出来ない。

だが、何者かがパタパタと足音を響《ひび》かせながら動いている。亜弥だろうか。いつも決まった時間に洗濯物を取り込んでいそうな真面目《まじめ》な性格をしている亜弥がこの時間になるのは珍《めずら》しい。

――一之瀬もついさっき帰ってきたばかりなのかな。

「くしゅん」

少しではあるが尾行していた後ろめたい気持ちがあり、声を掛けるべきか深月が悩んでいれば可愛らしいくしゃみが聞こえてきた。

「くしゅん」

「……真似《まね》をしないでください。というか、居たのですか」

声を掛けるよりもこうする方が亜弥も反応するかもと思い、真似をしてみれば盛大に下手なくしゃみをしてしまい深月は後悔《こうかい》するものの、想定通りに反応が返ってきて口角を上げた。

「くしゃみって誰かのを聞いてしまうと釣《つ》られてしまうことがあるだろ。真似じゃない」

「なんですか、その屁理屈《へりくつ》は。だいたい、月代《つきしろ》くんのくしゃみはもっとまともでしょう」

普段《ふだん》、自分がどんなくしゃみをしているのか覚えられている事実に深月は恥《は》ずかしさを覚えた。

「寒いから出たんだよ」

「負け惜《お》しみですね。まあ、そういうことにしておいてあげましょう。今日はよく冷えますから」

息を吐く音が亜弥から聞こえてくる。手に息を吐いて寒さを紛《まぎ》らわせているのだろう。

「それにしても、冷たくなる前には取り込んでそうな一之瀬がこの時間まで洗濯物を放っておくなんて何かあったのか？」

「今日は少しお買い物に行っていたのでこの時間になっただけです」

「ふうん」

どうやら、深月達《たち》が尾行を終えた後も亜弥も買い物を続けていたようだ。

「そう言う月代くんこそ。この時間に洗濯物を取り込むのは珍しいのでは？」

「俺は明と日和に誘《さそ》われて早めのクリスマスパーティー……という名の昼ご飯一緒に食べてきたんだ」

「へえ」

聞いてきたくせに亜弥はあまり興味がないようで他人事《ひとごと》のような返事をする。

実際に、亜弥にとっては深月がどこで誰と何をして過ごしていようとどうでもいいのだろう。深月だって同じ立場なら聞くだけ聞くはしても内容までを詳《くわ》しく知りたいとは思わない。

しばらく風に体を晒《さら》していたからか深月は今度こそ本当にくしゃみが出た。寒気を感じて身震《みぶる》いする。

「うう……それにしても、今日は本当によく冷える。こう寒いとあったかい鍋《なべ》でも食べたくなるな」

「なら、今晩はお鍋にしますか？」

「いいの？」

「構いませんよ。あなたが食べたい物をリクエストしてはダメという決まりは設けていないんですし」

なんとなく、作ってもらう立場だから出された物だけを食べるべきだと深月は認識《にんしき》していた。どれも文句なしで美味《おい》しいし。

「だからといって、毎日唐揚《からあ》げとかは困りますけど」

「そんなわがまま言うつもりないよ」

「どうでしょうね。月代くんはお子様ですし。どれだけ好物を食べても飽《あ》きがこなそうです」

「そりゃ、お前の作ってくれる唐揚げなら毎日だろうと美味しく食べられる自信があるけどさ。せっかく、一之瀬に作ってもらってるんだし、もっと色んな料理を食べたいよ。毎日の楽しみだし、生きがいにもなってるから」

だからこそ、互いに有益なことがあって利害が一致《いっち》した関係ではないから深月はどうにかして亜弥を幸せにしたいなと思う。毎日、幸せにしてくれている恩を返すという意味も含めて。

「そういう風に言われても困るのですけど。重たいですし」

「俺なんかの胃袋《いぶくろ》を掴んでしまったんだ。もう少し、責任を取るつもりで頼《たの》む」

「なんですか、それ……まあ、また以前のような食生活に戻られても私が気になるばかりなのでもう少し責任は取ってあげるつもりですが」

亜弥は呆れたような物言いをするがその声は僅《わず》かに弾《はず》んでいるように深月には聞こえた。ここからだと、亜弥の顔は見えないので正確には分からないが。

もうしばらくは亜弥の手料理を食べ続けられることが保証され、深月も嬉《うれ》しくなる。

「でも、少しずつでもいいので自分でも何か作れるようになってくださいよ。いつまでもこの関係が続くとは限らないんですから」

嬉しくなった直後に深月は現実に叩き落とされたが亜弥の言う通りだった。

これから先の人生に亜弥が隣に居るとは限らないし、居ない方が確率として大いに高いだろう。大人になるにつれ、住む場所も変われば生活だって変わる。それなのに、亜弥の料理が食べたいがためだけに亜弥に一緒に居させようとするのはあまりにもわがままだ。

そう頭では分かっていていてもいざ亜弥の手料理が食べられない日がやってくることを考えると深月には感じるものがある。

「それは、悲しいな……叶《かな》うなら、いつまでも一之瀬に作ってもらいたいし、一之瀬の手料理を食べていたい」

一緒に晩ご飯を食べるようになったのはまだ数日でも亜弥の手料理はもっと前から食べている。胃袋を掴まれている自覚はあるし、舌だってすっかり亜弥の味付け好みに改造されてしまった。

それがなくなるというのはお気に入りだった料理店が閉店してもう二度と通えなくなるのと同じで素直に深月は胸の内を吐露《とろ》する。

すると、亜弥はいきなり激しく咳《せ》き込み始めた。

「大丈夫か？」

「だ、大丈夫です……それより、何か食べたいお鍋の具はありますか？」

「あるから今から買ってこようかなって。一之瀬はどう？　ついでに買ってくるけど」

「後ほどメッセージで送るのでお願いします。家に残っている食材だってあるので節約可能なところは節約しないと」

「そうだな。それじゃあ、また後で」

深月は残っていた洗濯物をかき集めるようにして取り込むと急いでアパートを飛び出した。

——帰ったら温かい鍋。楽しみだ。

寒空の下を足取り軽くスーパーへと向かう深月は知るよしもなかった。

「……他意はない。他意はない」

頬を真っ赤に染めた亜弥が寒空の下でぶつぶつと呟《つぶや》いていることなんて。

鍋に入れる食材を購入して帰ってきた深月は玄関《げんかん》に見慣れた自分のではないスニーカーがあるのを目にして、亜弥が既に来ていることを察する。

奥《おく》へと進めばやはり亜弥が居た。キッチンで鍋に入れるための野菜を切り始めている。

軽快に包丁を動かしながら一定のリズムを奏《かな》でる亜弥を深月が呆然と眺《なが》めていれば視線を向けられた。

「おかえりなさい。お邪魔《じゃま》しています」

「ただい、ま……どうやって入ったんだ？」

購入した食材が入った袋《ふくろ》を冷蔵庫の前に置き、深月は尋《たず》ねた。

鍵《かぎ》はしっかり締《し》めてスーパーに向かった。なのに、亜弥が居て深月は驚いている。

「……ほら、以前にあ、合鍵《あいかぎ》を渡してくれていたじゃないですか」

手を止めた亜弥がズボンのポケットからキーケースを取り出し、収納されている二本の鍵を示すように見せてきた。

一見すると、違いのない鍵が二本。だが、一本は確かに深月がうどんを一時保護していた時に亜弥に渡しておいた合鍵だ。あれから色々とあって返してもらうのも渡していたのもすっかり忘れていた。

「人の家に勝手に入るのはどうかと思いましたけど、お鍋の用意を進めておいた方が冷たくなって帰ってくる月代くんもすぐに温まるのではないかと思いましてですね。すみません」

早口で言い訳を並べた亜弥は最終的にペコリと頭を下げた。

「怒《おこ》ってないし謝《あやま》る必要ないよ。むしろ、感謝の気持ちでいっぱいだ」

思い返せばこれで亜弥が無断で侵入《しんにゅう》するのは二度目だが何か困り事が起きた訳ではない。亜弥に迎《むか》えられることに動揺《どうよう》はしたけれど。

頭を上げた亜弥は安堵《あんど》の息を吐く。深月が嫌な思いをするかもしれないと危惧《きぐ》していたのだろう。

「……それでなのですが、これ、どうしましょうか？」

深月が渡した合鍵を手にしながら亜弥は口にした。確かに、恋人《こいびと》でも、保護者でもない他人の亜弥に合鍵を渡しておくのも変な話だ。亜弥もそう思っているからこそ、合鍵の行《ゆく》方《え》を気にしているのかもしれない。居心地《いごこち》悪そうにもじもじしている。

「そのままでいいよ。いつでもすぐに出迎えられる訳でもないし、そんな時は勝手に入ってくれる方が助かるからさ」

「ほんと、少しは警戒心《けいかいしん》というものを抱いた方がいいです」

「今更《いまさら》、お前に何を警戒すればいいんだ。俺《おれ》が得することしかされてないってのに」

特に気にする素振《そぶ》りもなく深月が口にすれば亜弥はきょとんと目を丸くさせた。かと思えば、どうしてだか不服そうに唇を尖らせる。

「それなら、お言葉に甘《あま》えてもうしばらく預からせていただきます。ほら、早く手を洗って食材をしまったり、お鍋の用意をしたりしてください」

「お、おう」

急《せ》かされて深月は言われた通りにした。冷蔵庫に食材をしまい、床下《ゆかした》収納庫から卓上鍋《たくじょうなべ》を取り出す。野菜を切っている亜弥の隣で卓上鍋を洗っていれば亜弥が不思議そうに口にした。

「それにしても、卓上鍋なんてよくお持ちですよね。一人暮らしなのに」

「一人だから小さい鍋でいいって断ったのに母さんに持たされたんだ。友達沢山《たくさん》作ってみんなで囲みなさいって。ホットプレートとかタコ焼き器も一緒《いっしょ》に。使ったことはないけど」

「親御《おやご》さんも報《むく》われませんね」

「ほっとけ。それに、今日報われたから母さんも喜んでくれるよ」

「相手はただのお隣さんですけどね」

「相手が居るだけで十分だ……っと、洗い終わったぞ。次は何をすればいい？」

「そうですねえ」

洗い物が終わり深月は次の指示を待つ。出来れば亜弥が切った食材を運んでほしいや鍋を温めておいてほしいなど、深月でも出来る範囲《はんい》での手伝いが希望だ。

亜弥は包丁を動かす手を止めて考えている。すると、おかしな点を発見した。

普段から行儀《ぎょうぎ》がいい亜弥が足を足裏で擦《さす》っている。まるで、寒空の下、かじかむ手を少しでも温めようと擦るように。

もしかすると、と思い深月は亜弥にぐっと顔を近付ける。真っ白な頬に徐々《じょじょ》に朱色《しゅいろ》が浮かんでくるがそれだけで亜弥の見た目に変化はない。しかし、体が小刻みに震《ふる》えていた。

「ち、近いです……いきなり、なんなのですか」

後退《あとずさ》る亜弥に押《お》し返されながら深月は部屋の中を見渡《みわた》す。エアコンは稼働《かどう》していなかった。

「……一之瀬、寒かったりする？」

「……今日は本当によく冷えますから」

やっぱりそうだったのか、と反省しつつ深月は急いでリモコンを操作してエアコンを働かせた。温かい空気が少しずつ部屋の中を流れ始める。

一人暮らしするにはやや広いこの部屋は暖めていないと冬場はかなり冷《ひ》え込んでしまう。今日は朝を最後に深月がショッピングモールから帰ってくるまで誰も居なかった。普段なら、帰宅して真っ先に部屋を暖めるが洗濯物を取り込んだり、買い出しに行ったりして頭から抜《ぬ》けていた。

そんな冷たい空気が充満《じゅうまん》した部屋に居れば亜弥が冷えてしまうのも当然だ。

「エアコンくらい俺が居なくてもつけていていいんだぞ」

「家主のあなたが居ないのに勝手なことは出来ません」

「勝手に家に入っておいてよく言うよ。それに、食材の準備はしておいてくれただろ」

「キッチンはもう私の領域なので」

「なんだよ、それ……とにかく、寒いなら暖かくすること。作りに来てもらって一之瀬に風邪《かぜ》を引かせたら面目《めんぼく》がなくて合わせる顔もなくなるから」

「……善処します」

「そうしてくれ」

変なところで強情《ごうじょう》で意地っ張りな亜弥に深月はため息が漏《も》れそうになる。

しかし、亜弥へのプレゼントの方針が決まった気がした。

——後で早速《さっそく》調べてみよう。

「はあ……冬は鍋に限るな。あったまる」

「そうですねえ」

一人暮らしというのもあって、やや小さめのダイニングテーブルで亜弥と向き合って鍋を囲む。よく煮《に》込《こ》まれた野菜やお肉、豆腐《とうふ》などが体の芯《しん》まで温めていく。

「はい、どうぞ」

「お、あんがと」

お玉ですくわれた野菜を亜弥からお皿に入れられる。

深月のお皿の中身が減ってきたタイミングで亜弥が自然な感じで次をよそってくれるか

ら、本当に気の利《き》いたいい子だな、と思う。お返しに深月も亜弥のお皿の中身が減れば主にお肉を多めに献上《けんじょう》した。

「鶏肉《とりにく》なのによいのですか？」

「そんな、俺が鶏肉は誰《だれ》にも渡したくないような目で見なくても……」

「どういう目をしているのですか、それ……ありがとうございます」

そんな風にしながら、用意していた具材がなくなるまで食べ進めた。

「お野菜なら切ればまだありますけどどうします？」

「いや、そろそろ締めにしよう」

「ですね。じゃあ、ご飯よそってきます」

「え、締めはラーメンだろ？　麺《めん》買ってきたぞ、俺」

「え、最後は雑炊《ぞうすい》でしょう？　ご飯炊《た》いていますし」

顔を見合わせて互いに首を傾《かし》げる。何を言っているんだ、と理解が出来ないように。

「いやいや、雑炊もいいけど鍋の締めはやっぱりラーメンだろ」

「別に、なんでもよいのですがお鍋の出汁《だし》と卵を絡《から》めた雑炊こそ定番でしょう。別に、これといって食べたい訳ではないのでなんでもいいのですけどね」

意見が噛《か》み合わず、深月は空気がピリッとしたのを肌《はだ》で感じた。

鍋料理の締めは家庭によって様々だし、深月も雑炊は好きだ。ただ、月代家では決まってラーメンを食べていた。茹《ゆ》で時間を短くした麺がちょっと硬《かた》いままの状態で食べるのが特に好きである。

だから、譲《ゆず》りたくはないが亜弥の口ぶりからすればよほど雑炊を食べたいと思っているのだろう。そんなつもりを感じさせないようにしているのがよりそう思えるように拍車《はくしゃ》を掛けている。

それに、普段から相手を第一に考え、一歩遠慮《えんりょ》しているのが亜弥だ。こんな時くらい亜弥の望みを叶えてあげたい。

「じゃあ、今日のところは雑炊にするか。せっかく、ご飯炊いてくれたんだし、一之瀬が作ってくれる雑炊食べてみたいし」

「いえいえ。ラーメンでいいのですよ？　食べたいのでしょう？」

譲ってみれば、亜弥は首を横に振《ふ》って断ってくる。わがままを言う子どもを見るような目の大人びた表情は、譲る方が大人だとでも勘違《かんちが》いしていそうだ。可愛《かわい》くない奴《やつ》め、と内心で悪態をつきながら深月も譲るつもりはない。

「雑炊でいいよ。麺なら保存しておけるし、また次の機会にでも食べよう。冬は始まったばかりなんだしな」

「……また、私とお鍋を囲んでくれるのですか？　こうして、意見が噛み合わないかもしれないのに？」

「そんなの些細《ささい》なことだろ。まあ、一之瀬がもう口論したくないってんなら諦《あきら》めるけど、また一緒に囲んでくれると俺は嬉しい」

「……じゃあ、その時はラーメン食べさせてくださいね。お鍋でラーメンって食べたことがないので」

どこか嬉しそうにしながら席を立った亜弥が放った一言に深月は衝撃《しょうげき》を受けた。

「やっぱり今日はラーメンにしよう。めっちゃ美味しいから。美味しさを知ってもらいたい」

「今更そんなこと言われてももう無理です。今日は雑炊です。私はなんでもよかったんですけどね」

口ではそんなことを言いながらもウキウキした様子で亜弥は卵を溶《と》く。溶いた卵と白米を出汁が入った鍋に入れていく。煮立つ出汁と卵の香《かお》りに深月は食欲がそそられる。亜弥の口角にもうっすらと弧《こ》が描《えが》かれていた。とても楽しそうである。

そんな面倒臭《めんどうくさ》い亜弥に作ってもらった雑炊は実に美味しくて、深月はおかわりを二回頼んだ。

第3章　聖女様とクリスマスイブ

十二月二十四日。クリスマスイブ。昨日が終業式だったため、今日からは冬休みである。

休日はお昼頃《ひるごろ》まで寝《ね》ていることが多い深月《みづき》はこの日もそのつもりだった——のだが、自然と早くに目が覚めてしまった。

ベッドで寝そべりながらスマホを見る。日和《ひより》から明《あきら》と自宅で過ごしているという連絡《れんらく》が届いていた。写真付きで。日和は真っ赤なサンタ帽《ぼう》を頭に乗せていて、すっかりクリスマス気分である。

深月も亜弥《あや》と過ごす約束をしているがそれは夜からだ。予約しておいたケーキは夕方に取りに行くし、亜弥へのプレゼントも昨日の内に用意した。夜まではすることがなくて暇《ひま》だ。

もう一眠《ひとねむ》りしようかどうか迷っていると亜弥からの連絡が届いた。

『今日、お昼前に伺《うかが》ってもいいですか？』

まさかの内容に深月は弾《はじ》かれたように体を起こす。何度見返しても内容は変わらない。

既に見ていることは亜弥も既読《きどく》の二文字を見て分かっているだろう。すぐに見てしまったし、いつまでも返事をしない訳にもいかずに深月は画面をタップする。

『いいよ』

しばらくすれば、その三文字に既読がついた。

『では、お昼前に伺わせてもらいますね』

これは、お昼ご飯を作ってくれるということだろうか。分からない。分からないが眠気《ねむけ》はすっかりなくなってしまった。

妙《みょう》に落ち着いてもいられなくなった深月はソワソワとしながら亜弥が来るのを待ち続けた。

約束をした時間に亜弥を出迎《でむか》えれば考えていた通りにお昼ご飯を作ってくれるつもりだったらしく、早速キッチンに立ってくれている。

「しかし、なんでまた今日はいきなり昼ご飯も……有難《ありがた》いし、嬉しいけど」

「なんで、と言われましても私がご飯を作れば嬉しいと言っていたではないですか」

「言った。確かに、言った」

でも、それは深月からすれば晩ご飯を想定していたことであり、お昼は適当に済ませようと思っていたのだ。

「それに、月代《つきしろ》くんのことです。どうせ、お昼は適当に済ませようとしていたのでしょう?カップ麺とかで」

「なんで、そこまでお見通しなんだ」

「月代くんが食べそうな物は簡単に分かりますよ。ここに積まれているのですから」

亜弥がチラッと視線を向けた先には今日から始まった冬休みのお昼ご飯として用意しておいたカップ麺が積まれている。

それを昨日の内に見ていたからこうしてお昼ご飯まで準備してくれているのだろう。

「なるほど。とりあえず感謝します」

優《やさ》しい亜弥に深月は腰《こし》を曲げて頭を下げた。

「大袈裟《おおげさ》ですよ。月代くんのおかげでクリスマスに誘われることが減ったのでそのお礼だとでも思っていてください」

「でも、今度は鼻血小僧《こぞう》について沢山《たくさん》聞かれたんじゃないか?」

「それは、仕方がないです。私が言い出したことですので。それに、お誘いを断る方が大変なので鼻血小僧は鼻血小僧って説明するだけで済むので楽出来ましたから」

「そうか。それは何よりだ」

そういうことなら感謝もほどほどにして、たんまりと亜弥の手料理を堪能《たんのう》することに決める。

「それにしても、本当に大袈裟だよな。たかが、一人の女の子がクリスマスを誰と過ごそうと自由だっていうのに」

「有難い限りではありますよ。お誘いのお声掛けを頂けるのは。でも、私にそのつもりがないので皆《みな》さんには申し訳ないことを重ねています」

「あんまり自分を悪く思う必要はないだろ。一之瀬《いちのせ》が誰と過ごそうと過ごすまいと好きにすればいいんだし」

「ええ。なので、こうなりました。今日はよろしくお願いしますね、鼻血小僧くん」

「お願いしますねって何をするつもりだよ」

「それは後ほど」

亜弥は深月と何かしたいのだろうか。といっても、深月の家には遊べる物はあまりない。ゲームならあるが、亜弥と二人でテレビゲームをしている姿を想像すればお互《たが》いに無言のまま遊んでいる姿が浮かんできて楽しくなさそうだ。

何やら上機嫌《じょうきげん》の亜弥は後ろで結んだ黒髪《くろかみ》を揺《ゆ》らしながら鼻歌を歌っている。

亜弥が何を考えているのかはさっぱりだが楽しそうにしているならそれだけでいい。

「そうだ。鼻血小僧だなんて言ってしまいましたけど、月代くんには何も被害《ひがい》が及《およ》びませんでしたか？」

「まったくと言っていいほど、無害だったから心配するな」

「それはそれでどうなのですか……あれほど、鼻血が出ていたというのに」

「俺のことなんて誰も興味がないんだろ。でも、明には気付かれそうになったから危なかった。嘘《うそ》をついて乗り切ったけど」

「ちゃんと月代くんのことを見ててくれる方なのに嘘をついてよろしかったのですか？」

「まあ、知られたら知られたでいいんだけど、わざわざ教える必要もないかなって」

「どこで誰に聞き耳をたてられているか分かりませんものね。保健室でのことだって、どこから漏れたのか分かりませんし」

「そうだな」

保健室での一件時、あの場に居たのは深月と亜弥と亜弥に告白していた男子の三人だけだった。それなのに、大雑把《おおざっぱ》にだが亜弥がどんな目に遭《あ》っていたのか噂《うわさ》として広まっている。亜弥からすれば不思議で仕方がないのだろう。

「それにしても、月代くんはお友達とクリスマスを過ごさなくて本当によかったのですか？」

「二人の邪魔をするつもりはないから」

「お二人はどこかお出掛《でか》けでも？」

「今は明の家で過ごしているらしい」

「てっきり、お付き合いされているのだからどこかにお出掛けでもしているのかと思っていましたけど、私達と同じなのですね」

　あっさりと口にした亜弥に深月は言葉を詰《つ》まらせる。

　──いや、同じではないだろ。向こうはお家デートなんだし。

　いったい、亜弥は何を思ってそう口にしたのか分からないが恐《おそ》らく何も考えずに言ったのだろう。

　亜弥の天然発言だと理解しているのに深月はどうしてもそう意識してしまいそうになり途端《とたん》に居心地が悪くなった気がした。

　──これは、デートなんかじゃない。デートなんかじゃない。

「失礼なことでも考えていません？」

　必死に言い聞かせていれば振り返りもしないまま亜弥が残酷《ざんこく》なことを言ってきた。

　──いったい、誰のせいだと思っているんだ。

　原因を作ったのは亜弥のくせにこの言いぶり。深月はつくづく思う。理不尽《りふじん》だと。

二枚のカードを亜弥が手にしている。右側のカードに深月が手を伸《の》ばせば亜弥の表情が暗くなり、左側のカードに手を伸ばせば亜弥は弾けたように表情を明るくさせる。

深月が右側のカードを取り上げれば「ああっ」と亜弥から悲鳴のような声が出た。

「また俺の勝ちだな」

唇《くちびる》を噛みしめながら亜弥が悔《くや》しそうに見上げてくる。

どうして、こんなことになっているのかといえば、簡単なこと。亜弥と遊んでいる最中だ。

昼食を食べ終え、洗い物なども済ませた深月は亜弥とソファに座《すわ》りながら無言の時間を過ごしていた。

よくよく考えれば亜弥とこんなに早い時間から過ごすのは滅多《めった》にないことで話題がない。

普段なら、亜弥が晩ご飯を作っている間と食べている間、深月が洗い物をしている僅かな時間しか共にしていない。その間ならば、学校での話題とかで時間を潰《つぶ》すことが可能だが今日からは冬休みでそういうこともない。

以前なら、うどんが居たので一緒に遊んでいるだけで時間が過ぎていったが今回はそれもなく、深月は頭を抱《かか》えた。

——というか、一之瀬はどうするつもりなんだ？　何かするようなことも言っていたけど何もしないし。分からん。

すると、ごそごそと亜弥が自前のカバンを漁《あさ》り始め、トランプを取り出した。

「神経衰弱《すいじゃく》しましょう！」と、亜弥から勝負を挑《いど》まれ、深月は受けて立ったのだが記憶力《きおくりょく》勝負は完敗だった。連続で何枚合わせていくんだ、と文句を言いたくなるほど亜弥の記憶力はよくて、亜弥は努力を欠かさないが元から頭がいいことを知り、実力差を突《つ》き付けられた。

まあ、神経衰弱を二人で遊べばどちらかの一方的なゲームになることはあるだろう。だから、悔しいとか納得《なっとく》がいかない、とかは思わない。けど、ターンが回ってさえこないのは楽しくない。

なので、今度はババ抜きをしようと深月から提案し、現在に至るという訳だ。

「……どうして。どうして勝てないのです」

最後の一枚になったジョーカーのカードを見ながら亜弥が嘆《なげ》いている。

『いいでしょう。またコテンパンにしてあげます』と、始める前から勝った気でいた亜弥はいざ勝負すれば驚《おどろ》くほど弱かった。プレーヤーが二人のため、必然的にジョーカーはどちらかが持っている状況《じょうきょう》になるが、亜弥はジョーカーを引くとすぐに顔に出す。オロオロと慌《あわ》て始め、しきりにカードを入れ替《か》えた。

それだけなら作戦として深月もジョーカーの行方が分からずに亜弥に勝つことを苦戦していたかもしれない。でも、手札が二枚だけになった状態であれだけ顔に出せばどちらがジョーカーなのかはすぐに分かってしまう。

「おかしい……おかしいです。こんなにも負け続けるなんて絶対におかしいです」

「何もおかしくないんだよなあ……」

自分のくせに気付かずに負けた悔しさから亜弥は何度も勝負を挑んでくるが深月は全《すべ》て返り討《う》ちにしている。そのことがよほど信じられないようで亜弥が目を細めて睨《にら》んできた。

「反則です。ズルです。月代くんはいかさまをしています！」

「してないわ、いかさまなんて。しなくても勝てる。激弱なんだから」

突拍子《とっぴょうし》な決めつけに深月はしっかり反論する。

「嘘です。そうだ。私の後ろに鏡でも置いてあってどの数字がどこにあるか見ているのでしょう。そうに違《ちが》いありません」

負け続けて拗《す》ねる幼子のような亜弥に深月はため息が漏れる。

「するかよ、そんなこと。たかがババ抜きで……というか、お前の後ろに何もないのを知ってるだろ」

「何か証拠《しょうこ》があるはずです」

無罪なのに疑い続ける亜弥に深月は呆《あき》れた。ジトーッとした目で見られても困るだけだ。

「自分に実力があると思《おも》い込《こ》んでるのも可哀想《かわいそう》だから教えるけど、めちゃくちゃ顔に出てる」

「ほ、本当ですか？　私、ポーカーフェイスは得意な方なのですけど」

「普段はそうかもしれないけど、一之瀬は結構、顔に出やすい方だと思うぞ」

それこそ、関《かか》わり始めた時は本当に無表情というか、感情が読めずに何を考えているのか分からなかった。今だって、亜弥の理解者になったと大それたことを胸を張って言えるほど己惚《うぬぼ》れてもいない。

でも、喜んだり、怒ったり、悲しんだり、楽しそうに笑ったり――と、表情をコロコロと変えてくれるようになったおかげで少しは亜弥の考えていることが想像くらいは出来るようになった。

亜弥はそれが信じられないようで頬《ほお》を触《さわ》って確かめているが深月にとってはそうだ。

「月代くん相手に読まれているようじゃ気を引き締《し》めないといけませんね」

「あれ、なんか馬鹿《ばか》にされている？」

「いえいえ、そんなことないですよ」

ニッコリと愛想笑《あいそわら》いを浮《う》かべる亜弥に早速上手に隠《かく》せていないじゃないか、と深月は言いたくなった。こういうやり取りも裏を返せば深月だから大丈夫《だいじょうぶ》、という信頼《しんらい》ではあるのかもしれないと思うと尚《なお》のこと言い難《にく》い。

「とにかく、もう一度勝負です。負けたままでは終われません」

「いいのか。また泣きべそかくぞ」

「か、かいてないです。それに、作戦を用意しましたからもう負けません！」

ということで、気合いの入った亜弥ともう一度勝負する。配られたカードの中にジョーカーが交じっていた深月はあまり意味がなくても真顔を貫《つらぬ》く。これが、真のポーカーフェイスだと教えるために。

亜弥の指がジョーカーを掴《つか》み、引き抜いていっても表情は変えない。

絶望するかのように亜弥は顔色を暗くさせかけたが首を振って、表情を変えないように気を付けている。

「そうそう。それでいいんだ」

「上から目線で偉《えら》そうな……だいたい、月代くんだってよく顔に出てますから」

「え、俺が？」

「そうですよ。私がジョーカーを引けば悪魔《あくま》みたいに口角を上げて笑うんです。今だってそう。人の心はないのですか？」

「たかがトランプごときで人かどうか疑われるとは……」

どうやら、得意だと思っていたポーカーフェイスが深月も出来ていなかったらしい。自分ではそんなつもりはなかったので、亜弥に指摘《してき》されるまでこれっぽっちも気付かなかった。

「でも、それは、お前の反応がいちいち面白《おもしろ》くて可愛いからなんだけどな」

亜弥と過ごすのは楽しいから深月も気が緩《ゆる》んでしまうのだ。

だが、今は勝負の真っ最中。亜弥に勝つためにも頬を叩《たた》き、改めて気を引き締める。

そうして、カードを引こうと顔を上げれば亜弥が固まっていた。虚《きょ》を衝《つ》かれたように目を丸くしながら呆然《ぼうぜん》としている。

「ぼーっとしてどうした？　それが、作戦？」

「ち、違います。今にその余裕《よゆう》な態度を崩《くず》してやりますから」

声を掛《か》ければ亜弥はハッとしてカードを持ち直す。恨《うら》みがまし気な視線を向けながら。

ジョーカーを引かされただけで大袈裟な、と思いつつ亜弥の表情をよく見ようと深月が顔を近付ければ亜弥はぎゅっと目を閉じた。

「これで、どのカードがジョーカーか分からないでしょう？」

「な、なんて作戦だ……！」

「さあ、正々堂々勝負です」

物凄《ものすご》く得意気に亜弥が言うので一応は驚いたふりをしたが深月は笑いを堪《こら》えるのに必死だった。

確かに、目を閉じることでカードを見なくて済み、亜弥の心情が顔に出ることもない。

しかし、誰でも考えられそうな安易な作戦でそこまで威張《いば》れるようなものではないだろう。

それに、あからさまに突き出されたカードが一枚だけあって怪《あや》しい。いかにも、これがジョーカーですよ、と言っているようなもの。ただ、それも作戦かもしれない、と気を付けながら深月はその隣《となり》にあるカードを引き抜けばカードには数字が書かれていた。目を開けた亜弥はまさしく悪魔の笑《え》みを浮かべているジョーカーと目を合わせてショックを受けている。

「は、早く引かせてください……」

悔しそうに口にしながら亜弥はカードを引いていく。声は震えていて今にも泣きだしてしまうかもしれない。

――散々勝って満足もしたし、今回は譲ってやるとするか。またいかさまを疑われても面倒《めんどう》だしな。

深月は、引かれる側になるとまた目を閉じて構える亜弥が不自然に突き出している一枚のカードを引き抜いた。やはり、想像通りのジョーカーで目を開けた亜弥が表情を一気に明るくさせる。

もう持っていくなよ、と念じながら亜弥に引かせればすぐにジョーカーが手元から消え、亜弥の顔にまた絶望の色が差す。もしかすると、亜弥はジョーカーにも好かれるのかもしれない。

流石《さすが》に可哀想に思えて、深月は亜弥の作戦に手も足も出せないふりを続けて負けた。

「ふ、ふふ……やっぱり、月代くんはいかさまを使わないと勝てないのです」

「じゃあ、もう一勝負するか？」

聞き捨てならないことを言われ、深月は食い気味に聞き返す。

「いえ、やめておきましょう。仕方がないので引き分けにしておいてあげます。月代くんの運もなかなかだったということで」

「何が運だ。実力差だっていうのに」

流石に、亜弥も気付いているのだろう。深月がわざと負けたことに。

でも、それを認めてしまえば自分がわざと負けてもらわないといけないほど弱者であることも認めることになり、したくない。そんな気持ちが伝わってくる。

「まあ、俺への評価はなんでもいいや。それより、まだトランプで遊ぶのか？」

「いえ、トランプももう終わりましょう。まだまだあるので月代くんも選んでいいですよ」

まるで、青色の猫《ねこ》型ロボットのポケットのように亜弥のカバンからは色々と出てくる。

オセロにジェンガ、すごろくなど。どれで遊んでも楽しめそうだが二人だと盛り上がりに欠けそうな気がするものが多い。

とりあえず、二人で遊べるオセロで対戦してみたが深月が勝った。

途中《とちゆう》までは亜弥の黒が盤面《ばんめん》を支配していたが四か所の角を制したことで一気に逆転に成功し、亜弥が「オセロはもうおしまいです！」と負け惜《お》しみみたいに拗ねて終わった。

そして、今度はジェンガで戦っている最中――なのだが、深月は不安になっている。

リビングに置いたテーブルで亜弥と近距離《きんきより》になり、木のブロックを抜いては上に重ねていくのを繰《く》り返す。お互いに無言になって集中しているから会話も生まれず、空気は死んでいた。

――一之瀬とは恋人とかじゃないけど、本当にこれでいいんだろうか。

アパートから一歩外に出ればクリスマス仕様の楽しいことが沢山待っている。夜まではまだまだ時間だってある。それなのに、この部屋で大した盛り上がりもないまま亜弥を過ごさせてもいいのだろうか。亜弥は楽しんでいるのだろうか。

「さあ。次は月代くんの番ですよ。早くしてください」

「……一之瀬。楽しんでるか?」

こんなことを聞いたって周囲の雰囲気《ふんいき》に合わせる亜弥は空気を読んだうえで答えるかもしれない。

けれど、深月が思っているよりも亜弥はずっと口角を緩めていた。

「急になんですか。楽しんでますよ」

「それならいいんだけど……」

「……月代くんはこういうので遊ぶのは楽しくないですか?」

曖昧《あいまい》な態度が不安になったのか、せっかく緩んでいた亜弥の口が真横に結ばれ、深月は慌てて首を横に振る。

「いや、一之瀬と遊んでるだけで楽しいよ。でも、二人だといまいち盛り上がりには欠けるというか……女の子を楽しませる方法なんて俺は知らないし」

明や日和などは自分から空気を盛り上げてくれるタイプだが深月も亜弥もそういうタイプじゃない。二人とも口数は少ないし、騒《さわ》いだりもしない。おまけに、深月は女の子を楽しませるようなことを経験していないからどうすれば満足してもらえるのかも分からない。

「……私は盛り上がった空気というのはあまり得意ではありません。だから、月代くんとの空間は独特なもので不愉快《ふゆかい》ではないですし、月代くんが気にすることではないです」

「一之瀬がそう言うならそれでいいか」

「ええ。そもそも、月代くんが女の子の扱《あつか》いに慣れている方が不自然ですよ」

「俺のことを貶《けな》しているのかな?」

「いいえ。こういう遊びにも付き合ってくれる優しい男の子だ、と私は嬉《うれ》しいですよ。今まで遊ぶ機会なんてなかったですから」

「そんなに持ってるのに?」

「昔、父親が置いて行ったんです。自分は遊び相手になってくれないくせに」

棘《とげ》のある言い方をする亜弥からは父親とはあまり仲が良くないことが伝わってくる。稀《まれ》に見せる、愁《うれ》いを帯びたような亜弥の表情からはそれ以上のものは何も感じられない。

「ま、高校生にもなって父親と遊びたいとは思っていないのでどうでもいいんですけどね」

亜弥は作り笑いを浮かべて、空気を変えようとする。詮索《せんさく》はしてほしくないのだろう。

——こういう時は本当に隠し事が上手《うま》い。

本当は、亜弥が持ってきた数々のオモチャで亜弥は深月とではなく、父親と遊びたかったのではないだろうか。

「だから、こうして月代くんが遊び相手になってくれているだけで私は楽しいです」

本音を聞き出すつもりもなく、深月は深く踏《ふ》み込まない。

それでも、亜弥が遊びたいと願っているのなら深月はただただ付き合う。父親の代わりにはなれなくても、亜弥が満足して本来の笑《え》みを浮かべてくれるまで。

「なら、遊び尽《つ》くさないとな」

「その通りです。それよりも、早くしてください。これで崩れても私の負けにはなりませんからね」

「分かったよ」

改めて、深月は積み重ねられたジェンガに目を向ける。二人で何度も抜いたり、置いたりを繰り返した結果、下の方にはかなりの隙間《すきま》が出来ている。あと、数回もしない内に崩れてしまうだろう。

となれば、亜弥に勝つには攻《せ》めるしかない。攻めて、意外と焦《あせ》ることも多い亜弥に失敗してもらおうというのが算段だ。ちょうど、下の方に安全そうなブロックが一つ、残っている。

「……それ、狙《ねら》うのですか？」

「うん。ダメ？」

「……ダメ、ではないですけど」

　亜弥も狙っていたブロックなのだろう。見逃《みのが》してほしそうに聞こえる。当然、見逃したりせずに深月はブロックを抜き、上に重ねた。

「さ、一之瀬の番だ」

「月代くんの意地悪」

「文句を言ってないで早く」

「分かってますよ」

　そう言いつつ、負けたくないであろう亜弥はゆっくりと全体を見渡している。角度を変えてあちこちから見るから顔がすぐ横まで近くなったり、振られる黒髪から甘《あま》い香りがしてきたりと深月の動悸《どうき》が揺さぶられた。

　ここだと決めた場所から慎重《しんちょう》にブロックを引き抜いた亜弥は生き残り、深月の番となる。

　動悸を落ち着かせ、手が震えないように意識しながら安全そうなブロックを探す。ここまでくれば、深月が狙いを定める場所に亜弥が狙いを定めるのも自然で「そこですか……」と不安そうに呟《つぶや》いている。

　勝ちを譲れば亜弥は笑みを浮かべてくれるだろうがこれは勝負の世界。今回は勝ちを譲《ゆず》ったりしない。

「えい」

「っ⁉」

ブロックを掴んだ瞬間《しゅんかん》、深月は不意に横腹を亜弥に突かれた。突然《とつぜん》のことに驚いたのとくすぐったくなり、勢いよく手を引いてしまった。ジェンガの崩れる音が部屋に響《ひび》く。

「お、お前なあ……」

「わ、私の勝ちですね。わーい。やりました！」

突かれた箇所《かしょ》を押《お》さえながら亜弥を睨めば、亜弥は視線を泳がせながら丸めた手を天井《てんじょう》に向けている。その姿に無性《むしょう》に腹が立った深月はやり返した。無言で亜弥の横腹に人差し指を突き刺《さ》す。

「ひゃっ。な、何をするんですか」

お腹《なか》を触られて亜弥はびくっと体を跳《は》ねさせたが深月は無視してぐりぐりと人差し指を押し付けた。

「お、女の子のお腹に指を刺すなんて最低です。変態です」

「うるせえ。仕返しだ」

痛がらせるつもりはないので力は込めないが、安易に手を出すとこうなることを思い知らせるためにもぷにぷにと絶妙《ぜつみょう》に触り心地《ごこち》のいい感触《かんしょく》を堪能しながら、深月は続ける。

「た、確かに今のは私が悪かったですけど月代くんに負けるのはどうしても嫌《いや》だったのでつい魔《ま》が差したというか……」

大人しく反省しない亜弥に深月は無言を貫く。

「わ、分かりました。私が悪かったです。反省します。それで、あの、いつまで続けるのですか……？」

ようやく反省した亜弥が不安そうに聞いてきて、深月は指を離《はな》した。

「これに懲《こ》りたらもうするなよ」

「……月代くんの心狭し。いいじゃないですか。勝ちを譲ってくれたって」

拗ねたように頬を膨《ふく》らませた亜弥が不満そうに漏《も》らす。お腹を触られたことが恥《は》ずかしかったのか若干《じゃっかん》の涙目《なみだめ》になって、恨めしそうに視線を向けられた。

昔は勝利こそ全てだと思っていたが今の深月は勝ちにこだわりがある訳じゃない。

それでも、あんなやり方をされての負けは嫌だった。それだけの話である。

——それにしても、女の子のお腹ってのはなんかこう、やばかった。今までに味わったことのない感触で途中から仕返しとかどうでもよくなってたし……ほんと、俺《おれ》のためにももうしないでほしい。

指に残る亜弥のお腹の感触を思い出しながら、深月はもう二度と仕返しするようなことが起こらないように願う。

「聞いているのですか、月代くん」

「聞いてるよ。でも、お前も自分が悪いって認めたんだ。反省しろ」

「そうですけど……納得がいきません」

「納得しろよ……だいたい、なんで俺にそんなに負けたくないんだよ」

「癪《しゃく》だからです」

「あっそう……」

単に深月よりも下の立場になるのが亜弥は心底嫌だったらしい。とんでもない負けず嫌《ぎら》いだ。

「なあ、ちょっと休憩《きゅうけい》にしないか」

「そうですね。この機会に一息入れましょう」

勝負ばかり続けて疲《つか》れた深月が提案すれば、亜弥も同意する。ちょうどおやつ時なので深月はキッチンに向かった。

「なんか食べる？　って言っても、スナック菓子《がし》しかないんだけど」

「あ、クッキー焼いてきたのでどうぞ」

亜弥のカバンから可愛くラッピングされた袋《ふくろ》に入れられたクッキーが出てくる。でも、量はそこまでない。なので、深月は薄くスライスされたじゃがいものお菓子や棒状のじゃがいものお菓子をお皿に出して持っていく。そこに、亜弥のクッキーも並び豪華《ごうか》になったように見える。

「私、こういうお菓子を食べるのは初めてです」

「色々と経験してなさ過ぎだろ」

「機会がありませんでしたから。一人で食べるのには量が多そうですし」

深月なら余裕で完食出来る量だが、女の子からすれば苦しい量なのだろう。日和なら関係なく食べきりそうだが、あまり食べない亜弥なら仕方がないのかもしれない。

「じゃあ、気に入ったらいつでも言ってくれ。半分こくらい喜んでするから」

「ありがとうございます。いただきます」

スライスされた方のお菓子を手に取り、亜弥は恐る恐る口にする。パリッといい音を鳴らしながら咀嚼《そしやく》する亜弥の暗褐色《あんかつしよく》の瞳《ひとみ》が輝《かがや》いた。

「とっても美味《おい》しいです」

「そうか。それは、何よりだ。そっちの棒状の方も美味しいぞ」

今度は棒状のお菓子を食べてまたも目を輝かせる亜弥。気に入ったようだ。

ポリポリと音を鳴らしながら食べ進める姿はどこかハムスターを彷彿《ほうふつ》とさせる。

嬉しそうに頬を緩める亜弥は可愛《かわい》くて、いい目の保養にしながら深月は亜弥が焼いてきてくれたクッキーを口にする。

サクッとした食感にほのかに甘い味。バターの風味が香っていて実に美味しい。

「ど、どうですか？」

「ん、凄《すご》く美味しい」

不安そうに見ていた亜弥に答えれば亜弥は安心したように胸を撫《な》で下ろした。

「お菓子作りも得意なんだな」

「教えてくれた方の教え方が完璧《かんぺき》だっただけですよ。私はその通りに作っているだけですし」

「その人に教えてもらえれば俺でも料理が上達したりするのかな」

「するでしょうね。かなり、厳しいので月代くんが耐《た》えればの話ですけど」

「優しい人の方がいいから却下《きゃっか》だな」

「まず月代くんはその性格から叩き直《なお》された方がよろしいですね」

クスクスと楽しそうに笑う亜弥。作り笑顔じゃない、本来の亜弥のまま。

これまで、亜弥が家族の話をする時は決まって苦しそうにしていたが、今は違う。きっと、亜弥に料理を教えたのは母親や父親ではないのだろう。

その人が亜弥に熱心に作り方を教えてくれたおかげで深月は今こうして美味しいクッキーにありつけている。感謝したくなって、深月は両手を合わせた。目を閉じて、ありがとうございます、と念じていれば不思議に思ったのだろう。亜弥が尋《たず》ねてきた。

「何をしているのですか？」

「その人に感謝してるんだ。一之瀬に美味しいクッキーの作り方を教えてくれてありがとうって」

「確かに、私も感謝しないとですね。たくさん、お世話になりましたから。料理に掃除《そうじ》に洗濯《せんたく》に。今の私があるのはあの方のおかげです」

「料理もなのか。なら、俺もますます感謝しないと」

あれほど美味しい手料理を作れるように亜弥を成長させてくれたことに顔も名前も知らない相手とかは関係なく、深月は感謝の気持ちでいっぱいだ。

——感謝と言えば、この機会に済ませておくか。

一度、深月は自室に入り、亜弥には見つからないように隠しておいたプレゼントを入れてある紙袋《かみぶくろ》を手にしてリビングに戻《もど》った。

亜弥の隣に座って咳払《せきばら》いを数回繰り返す。挙動不審《きょどうふしん》な態度に亜弥が訝《いぶか》し気《げ》な視線を向けてくる。

そんな亜弥の目が丸くなった。深月の差し出した紙袋を目にして。

「まあ、その、なんだ。クリスマスプレゼント。いつも、世話になってるし」

「は、はあ……」

亜弥は目をぱちぱちと瞬《まばた》きさせたままなかなか受け取らない。いつまでも差し出したままでいるのはいたたまれなくなってくる。

「……早く受け取ってくれない？」

「そ、そうですね。ありがとうございます」

文句みたいに口にすれば、亜弥は大事そうに両手で受け取って細くて無駄《むだ》な脂肪《しぼう》のない太腿《ふともも》に紙袋を乗せた。

買っておいたのだから、さっと渡《わた》せばいいのにまさかこんなにも緊張《きんちょう》するとは思ってもいなかった深月は一仕事終えた後のように体力を消耗《しょうもう》した気がする。こういうのは苦手なのだ。

「か、確認《かくにん》してみても？」

「どうぞ」

変に緊張が伝わってしまったのか亜弥の態度もなんだか覚束《おぼつか》ない。ゆっくりと紙袋の取っ手部分を広げて中から入れていた物を取り出す。

「ルームシューズ？」

深月が用意したのはこの前の寒がっている亜弥からヒントを得たルームシューズだ。かかとをしまうことも踏むことも出来て、内側には足を温めてくれる素材が使われているとネットに書かれている。かかとの部分には可愛い猫の顔が刺繍《ししゅう》されていて、色もピンクと亜弥に似合いそうで深月はこれだと確信した。

手頃《てごろ》な価格で亜弥に気遣《きづか》わせることもなく、使い勝手もいいはずだ。

これからの時季に使ってもらえれば嬉しいが亜弥が気に入ったのかは分からない。

刺繍された猫の顔を見ながら亜弥は穏《おだ》やかな笑みを浮かべる。印象は良さそうだ。

「ふふ……可愛い」

「使う機会があれば使ってくれ」

「これから寒くなるので助かります。愛用させてもらいますね。早速《さっそく》、試《ため》してみてもいいですか？」

「そうしてくれると助かる。サイズとかも気になるし」

「あ、中からお菓子が」

「そ。ちょっとしたサプライズ的なやつ」

ルームシューズの中には個包装されたチョコやクッキー、キャンディーなどをまとめて袋に詰め込んだプレゼントも仕組ませておいた。ルームシューズを傾《かたむ》けたことによるちょっとした遊び心に亜弥も楽しんでくれているようでクスクスと笑っている。

「ん、ちょうどいいです。温かいし履《は》き心地も文句ありません」

「よかった」

一度、亜弥の生足を触った時のことを思い返しながらサイズを選んだため大きな誤差はないと思っていたが、亜弥の言葉を聞けて深月は安心した。ルームシューズに足を入れた亜弥はどこかくすぐったそうにしながら部屋の中を歩いては履き心地を確かめている。

別に、亜弥が喜んでいるか分からないからといって深月は嬉しいとか言葉で表してほしい訳じゃない。本当は気に入らなくても用意してくれたから、と遠慮《えんりょ》して嘘を言われることだってあるからだ。

だから、ちゃんと見る。亜弥のことを。そうすれば気に入ってもらえたかどうかは分かるから。

満足そうに亜弥が部屋の中を周回するのを目で追いながら深月は安堵《あんど》の笑みを浮かべる。

——成功かな。はあ、どっと疲れた……でも、不思議と幸せな気分だ。

クリスマスを一緒《いっしょ》に過ごすことになってから、ずっと考えていた亜弥へのプレゼント。随分《ずいぶん》と悩《なや》まされたがまずまずな結果を残せたことだろう。ソファに背中を預けながら深月は緊張から解放され、ぼーっと天井を見上げる。

するとと、視界を遮《さえぎ》るように亜弥が立った。もじもじと居心地《いごこち》悪そうに肩《かた》を揺《ゆ》らしていて、手は後ろにされている。

「これ、どうぞ」

深月の眼前に勢いよく亜弥から突き出されたのはラッピングされた袋だ。

「その、私からも、クリスマスプレゼント、です」

パチクリと瞬きをして深月が固まっていれば不安そうな声で亜弥が口にする。

「……受け取らない、のですか？」

「ああ、いや。ありがとう……」

両手で受け取ってから深月は姿勢を正す。膝上《ひざうえ》に乗せてじーっと見つめ続ける。

いつまで経《た》っても微動《びどう》だにしない深月の隣に座り直した亜弥は落ち着かないのかソワソワとしている。

「開けてみても――」

「――ど。どうぞ」

いいか、と聞く前に食い気味に頷《うなず》かれた。いつも雑に開封《かいふう》することが多い深月も丁寧《ていねい》にラッピングを外していく。不安げな亜弥に一挙手一投足を見られながら、中に入っていたネックウォーマーを取り出した。

「首元、寒そうだったのでよかったら使ってください」

冬に備えて深月は防寒具を揃《そろ》えていない。最近は、制服の下にパーカーを着て暖を取っているがマフラーや手袋《てぶくろ》などは持っておらず、登下校はいつも寒い思いをしながら歩いていた。

寒くても我慢《がまん》出来ないレベルではないと手はポケットに突っ込んで背中は丸めていたがこれからは手をポケットに突っ込むだけで済みそうである。

「めちゃくちゃ助かるよ。毎日使わせてもらうな」

今は冷たい風など吹《ふ》いていないが首元に装備してみれば実に温かい。

その言葉を聞いて亜弥も安心したようで穏やかに息を漏らしている。

「男の子にプレゼントを贈《おく》るなんて初めてなのでとても迷いましたが……よかったです」

だから、あれだけショッピングモールで悩んでいたのだろうか。お店をはしごして、手に取っては、これが本当に喜んでもらえるのかと考えては戻すことを繰り返し、またいい物を探す。

偶然《ぐうぜん》だが、亜弥のことを尾行《びこう》してその光景を見ていたからこそ深月はより嬉しさが大きくなる。あんな風に自分のために行動してくれたのかと思って。

「本当にありがとう。絶対、大事にする」

「……感謝なら、私だってしています。今日とかも凄く楽しいですし」

「お、おお。そうか？　なら、嬉しいけど……急にどうした？」

珍《めずら》しい亜弥の本音が聞けて深月は戸惑《とまど》うが亜弥の勢いは止まらない。

「なんだかんだ、私だっていつもお世話になっているので感謝しています、って話です」

「そ、そうなのか」

何が何だかよく分からないがとりあえず亜弥はお礼を言っているらしい。伝えるのが恥ずかしいのか目を閉じているが頬を染める朱色《しゆいろ》は濃《こ》くて、よく分かる。

どうにも亜弥から直接お礼を言われるのには慣れない深月は顔が熱くなるのを感じた。

恐《おそ》らく、亜弥と同じくらい赤くなっているのだろう。

そんな顔を見られたくなくて、ネックウォーマーを限界まで広げて顔半分を隠せば亜弥に見られていた。亜弥の目には間抜《まぬ》けに映ったようだ。ぷっと噴《ふ》き出すようにして笑い始める。

「そ、その状態で外は出歩かないでくださいね。危険に見えますので」

「失礼な奴《やつ》だな。せっかく、貰《もら》ったプレゼントが使えないじゃないか」

「だって、どんな風になっているか気付いていないでしょう？　完全に犯罪者のシルエットですよ？　鏡で確認してきてください」

言われたように、深月が洗面所に行って確認すれば黒色のネックウォーマーと野暮《やぼ》ったい前髪《まえがみ》のせいで顔のほとんどが黒で覆《おお》われていた。出ているのは目元だけだがそれすらもはっきりとは確認出来ず、亜弥の言う通り犯罪者のシルエットをしていた。

「ねっ。言った通りでしょう？」

ショックを受けていれば覗《のぞ》きに来た亜弥にイタズラ気に言われる。楽しそうにコロコロと笑う亜弥を見ていればこんなクリスマスイブも悪くないかと思いつつ、深月は密《ひそ》かに決意した。

――年が変わるまでに髪《かみ》を切りに行こう。

第4章　聖女様と初詣で

十二月三十一日。大晦日《おおみそか》。一年の終わりをもうすぐ迎《むか》える時間帯。

深月《みづき》は亜弥《あや》とソファに座《すわ》りながら、年末に行われている男性女性の二チームに分かれて競《きそ》い合う音楽番組を見て過ごしていた。晩ご飯に蕎麦《そば》を食べ、年内にやらなければいけないことはもう何もない。

本来なら、年頃《としごろ》の女の子が付き合ってもいない異性の家に居るのはまずい時間だ。でも、今日は特別だということもあって亜弥が帰ろうとしないので深月も何も言わずに過ごしている。

「今はこういう歌が流行《はや》っているのですね。アイドルさん達も可愛いです」

テレビの画面では、可愛いらしい十数人組のアイドルグループが元気よく歌っている。

そんな彼女達《かのじょたち》を見て、まるで初めて見て聴《き》いたように亜弥が口にした。

「普段《ふだん》、どんな番組を見てるんだ？　この歌、今かなり流行ってると思うぞ」

歌っているアイドルグループは清楚《せいそ》系を売りにしているグループだ。衣装はロングスカートが多く、爽《さわ》やかな水色や桃色《ももいろ》、白色などを基調としたもので、まずは見た目で惹《ひ》かれる人が続出している。グループの平均年齢《ねんれい》も深月達とそんなに変わらない若者で同年代やお父さん世代からも大人気だ。

明《あきら》と日和《ひより》もハマっていて、頻繁《ひんぱん》にイヤホンを分け合いながら二人で聴いている。

流行に疎《うと》い深月でもテレビをつければ高確率で目にすることがあり、自然とリズムや歌詞が耳に残るようになった。

「料理番組とか掃除に役立つ知識が披露《ひろう》されている番組とかですね。ためになります」

「一之瀬《いちのせ》からすれば楽しいんだろうけど、面白味《おもしろみ》なさそう……」

「失礼ですね。番組を制作している方に謝《あやま》るべきです。だいたい、あなたはさぞかし面白い番組を見ているのですね」

「噛《か》み付くなよ……そうだな。俺はわりと何でも見る雑食だよ。ドラマもアニメも映画もお笑いも音楽番組も。気になったらとりあえず見てみるかな。一之瀬が見てる番組よりは確実に笑える部分があると思う」

勉強も運動もしなくなった今、深月には暇《ひま》な時間がたっぷりとある。

そんな時間を潰《つぶ》すのにテレビはとても役に立ち、気になった番組があれば片《かた》っ端《ぱし》から見ているのだ。

だから、亜弥よりは面白い番組を知っているという自信がある。何を面白いと感じるかは人それぞれなので深月の個人的な思考だが。

「今度、一緒に映画でも見る？　冬休みの間にでも」

「しょうがないですねえ。さぞかし自信のある作品がどんな物か確かめてあげましょう」

「何様なんだ……って、聖女様だったか」

「嫌《きら》いです、あなたのこと」

聖女様と呼ばれることを亜弥は嫌っているが、深月は今のように、ふとした時に流れるように言ってしまう。悪気はないのだが、むうっと頬《ほお》を膨らませた亜弥に二《に》の腕《うで》をグーで叩かれるのも大人しく受け入れる。力はこれっぽっちも込《こ》められていないし、痛くもないので亜弥も嫌がっているものの本気で怒《おこ》ってはいないというのが分かる。

それでも、あまりしつこくすれば嫌われる可能性があるのでしつこくはしない。

その上で、叶《かな》うならば来年もこんな楽しいやり取りをしながら亜弥と過ごしたい。

「あ、いつのまにかもうカウントダウンだ」

知らない間に音楽番組も終わっていて、新年へのカウントダウンがテレビから聞こえてくる。

それもあっという間に過ぎていき、新年の幕開けはあっけなく訪《おとず》れた。

「あけましておめでとうございます。今年もよろしくお願いいたします」

「あけましておめでとう。今年も本当に……本当によろしくお願いいたします」

ペコリと頭を下げた亜弥に深月は亜弥よりも深く頭を下げてお願いする。

「大袈裟《おおげさ》ですね」

「いや、ここ数ヶ月は本当に世話になったし今年も世話になると思うから」

「決定事項《じこう》なのですか」

「……ダメか？」

「……別に。ダメとは言ってないです」

どうやら、今年もしばらくは亜弥の世話になれるようだ。一抹《いちまつ》の不安を覚えていたので本当に嬉しい。新年早々深月は幸せだ。

「それにしても、一之瀬と関《かか》わり始めてまだ数ヶ月しか経ってないんだと思うと短いな」

こうして亜弥と関わるようになってまだ三ヶ月も経っていない。三ヶ月と聞けば長く聞こえるが、色濃《いろこ》い日々で毎日が一瞬《いっしゅん》だった。

「そうですね。まさか、こんな風になるとは思ってもいなかったです」

引《ひ》っ越《こ》してきた時からを含《ふく》めれば亜弥との繋《つな》がりはもっと長い。でも、それはいつ切れてもおかしくないほど細い糸で関わりなど持っていなかった。それが、多少は太い糸になり、こうして亜弥とソファで隣《とな》り合うようになるなんて、亜弥の言う通り思ってもいなかった。

学校で大人気の亜弥を深月はあえて避《さ》けていたし、無視して生活をしてきた。

それが、偶然《ぐうぜん》亜弥を助けたことから一方的に世話になりっぱなしの生活が始まって、今や新年を共に迎えている。

——ほんと、不思議だよな。友達とも違《ちが》う、ただのお隣さんなのにこうして一緒に年を越してるなんて。

今はまだ名前のない関係。だけれど、深月はそんな関係が居心地《いごこち》よくてこれからも続けていきたい。

「月代《つきしろ》くんはこれまで生きてきた中で濃く私に関わってくれている一人です」

何を思ったのか、亜弥がこっちを見ながら言った。

「受け身にされると俺もそうなるだろ。ていうか、その言葉は絶対に俺の方だし」

放っておけばいいはずなのに亜弥は毎日せっせと深月のもとへと通ってくれている。

だから、深月が亜弥に関わっているのではなく、亜弥が深月に関わろうと手を伸《の》ばしてくれたから結果的に今に繋がっていると深月は思う。

「感謝してるよ、ほんとに」

「わ、私だってです。私は家族とも折り合いが悪いし人付き合いも極力少なくしているので……ありがとうございます」

「いやいや、俺の方こそ。ありがとう」

「いえ、私の方が」

「いや、俺の方が」

感謝の大きさを比べ合っているとおかしな気持ちになってしまい、深月も亜弥も噴き出してしまった。変なやり取りである。

顔を見合わせて笑っていれば深月のスマホから通知音が鳴り響いた。

確認すれば差出人は明と日和だった。

「そうか。もうこんな時間か」

今日はこれから明と日和と初詣でに行く約束をしている。二人から送られてきたのは神社に到着《とうちゃく》したという連絡《れんらく》だった。

「それでは、私はそろそろ帰りますね」

「あ、ちょっと待って。見送るよ」

「必要ないですよ。すぐ隣《となり》なんですし」

「それでも、もう遅《おそ》いから一応な。着替《きが》えてくる」

あまり亜弥を待たさなくていいように深月は自室に戻って急いで着替える。身嗜《みだしな》みに気を遣《つか》うことはなく、防寒重視の服装に。もちろん、亜弥から貰ったネックウォーマーも忘れない。

「お待たせ」

「待たされるほど時間は掛《か》かってないですよ。それより、たくさんスマホが鳴っていましたよ。はい」

座ったままの亜弥からスマホを渡されて確認すれば両親や雫《しずく》から新年の挨拶《あいさつ》が届いていた。雫からはうどんが気持ち良さそうに丸まって寝《ね》ている写真付きである。

「うどんの写真が送られてきた。ほら」

「か、可愛い……！」

一時保護していた数日の間、亜弥はうどんをとても可愛がっていたし、うどんも亜弥によく懐《なつ》いていた。深月は雫からうどんの写真が送られてくる度《たび》に亜弥にも見せているので今も同じようにする。

すると、亜弥は暗褐色の瞳を輝かせながらスマホに顔を近付けた。よく見ようとしているからなのか、深月の手を下から支えるように触《ふ》れながら。

自然と詰《つ》まった距離《きょり》に深月は驚《おどろ》くと同時にむず痒《がゆ》い気持ちに襲《おそ》われた。

「これ、私にも共有してください。どこにも流したりしませんので」

「わ、分かった」

形式的になった上目遣《うわめづか》いのお願いに深月は敵《かな》うはずもなく、亜弥の願いを叶える。

写真を亜弥と共有するにはスマホを操作しなければならず、見やすいように亜弥が離れたタイミングで深月は一歩退いておく。亜弥は不思議そうに首を傾《かし》げた。深月の手に触れていたのも無意識なのだろう。

無意識ほど恐ろしいものはないなと思いながら深月は亜弥にうどんの写真を送信する。

通知音が亜弥のスマホから鳴り響き、確認した亜弥が頬を緩《ゆる》めた。

「早速、保存しました」

「そうか。よかったな」

「はい」

猫《ねこ》の写真一枚で喜んでいる亜弥は幼く見えて、深月は衝動的《しょうどうてき》に頭を撫でたい気持ちに駆《か》られた。そんな大胆《だいたん》なこと、出来るはずないが。

「それにしても、また丸くなったと思いません？」

「一之瀬にもそう見えるか」

深月も気になっていた。写真が送られてくる度にうどんが丸くなっていることを。

なので、新年の挨拶を返すついでに雫に聞いてみる。

『あけましておめでとう。また太った?』

しばらくすれば既読《きどく》の文字が付き、雫からの返答が送られてきた。

『失礼な！　ちょっとしか増えてないよ！　女の子にそんなこと言うなんてサイテー！』

――なんだか、盛大な誤解をされている気がする。

『クリスマスに年末にお正月……この時期は美味しい物がいっぱいで誰《だれ》でも太るの！』

『雫のことじゃなくて、うどんのことについて聞いているんだけど』

少しの間、雫からの連絡が途絶《とだ》えた。聞かれてもいないことを自ら暴露《ばくろ》して後悔《こうかい》しているのだろうか。というか、深月も雫の体重事情など知りたくもなかった。どう返せばいいかも分からない。

『ややこしいんだよ、みづきっちは！　んで、ますます丸くなってる。うどんのことだよ！』

どうやら、深月と亜弥の目は間違《まちが》っていなかったようだ。

「やっぱり、どんどん丸くなってるんだって」

「このままだと健康状態が心配です。美味しいご飯を貰っているのでしょうけど」

「猫のことに関しては俺達《おれたち》よりも詳《くわ》しいはずだけど、一応伝えておくよ」

うどんに幸せに生きてほしいと願っている亜弥を不安にさせないためにも雫に連絡して

おく。

『体調管理にはくれぐれも気を付けてほしい』

『この休みにしっかりダイエットさせるよ！』

雫もうどんの体型は気になっていたようだ。頭にハチマキを巻いた柔道着《じゅうどうぎ》を着た男が燃えているスタンプが送られてきて、気合い十分といったことが窺《うかが》える。

「あ、明から催促《さいそく》がきた」

亜弥と話して、雫に連絡をしていれば時間は過ぎていて、明からいつ来るのか確認が届いた。夜も遅く、心配してくれたのかもしれない。

「早く行ってあげた方がよろしいのでは？」

「向こうは二人だし、ちょっとくらいなら大丈夫《だいじょうぶ》……って言っても流石《さすが》にそろそろ出発しないとな」

「乗り気ではないのですか？」

「乗り気じゃない訳じゃないんだけど……」

せっかく、約束をしていたし行くのは行く。ただ、どうしても深月の足は重い。

「……あのさ、一之瀬も一緒に行く？」

「はい？」

深月に誘《さそ》われて亜弥は意味が分からないという風に首を傾げる。当然の反応だろう。亜弥からすれば明も日和もほとんど面識がなく、ほぼ無関係だ。そんな亜弥を連れて行ったところで起こるのは困惑《こんわく》だけ。日和は戸惑いながらも喜ぶと思うが。

「どうしてそのようなお話になるのですか？」

「特に理由はないけど……」

向こうが二人だから、深月も人肌恋《ひとはだこい》しくて亜弥を誘っている訳ではない。本当に特に理由はないのだ。

ただ、強《し》いて言えば亜弥が寂《さび》しそうに見えた――気がした。

それは、ただの深月の思い込み。あるいは錯覚《さっかく》に過ぎないだけかもしれない。亜弥はそんな風に感じていなくて、帰れば寝ようと考えているのかもしれない。亜弥の本心なんて深月にはとうてい分かりっこなかった。

それでも、亜弥が同級生の誰にも連絡先《れんらくさき》を教えていなかったとしても、年が明けて一通も連絡がないのはあまりにも寂しいだろう。いくら、折り合いが悪いからといっても一人暮らしをしている娘《むすめ》なのだ。親くらいはすぐに連絡をするべきだ、と深月は思う。両親がそうしたように。

「……一之瀬も一緒だと楽しいから、かな」

けれど、亜弥がどう思っているかも分からず。また、亜弥の家庭事情も知らないまま勝手なことは言えない。

だから、深月はそれらしい理由を付ける。亜弥が一緒で楽しいことは間違いないから。

「そう言って頂けるのは有難《ありがた》いのですが私が行ってもお邪魔《じやま》なだけでしょう。わざわざ邪魔者になりに行こうとは思いません」

「……そうか」

日和は喜んでも明は嫌がりそうな未来が深月には見えた。

明も亜弥を嫌っている訳ではないが、亜弥に対して異様に苦手意識を抱《いだ》いているような気がする。

そんなのが態度に表れたら亜弥を傷付けてしまうかもしれない。無理にとは深月は言えなかった。

「そもそも、私達の関係を知られるようになるではないですか。隠《かく》しておきたいのでしょう？」

「あの二人になら知られてもいいかなって。おもしろおかしく言い触らしたりはしないだろうし。何より、隠そうと必死に嘘《うそ》を考えるのが大変だから」

前回、クリスマスに亜弥が過ごす相手である鼻血小僧《こぞう》の正体が深月だと明にだけは教えたが、本当に一緒に過ごすことは隠そうと深月は何重もの嘘をついた。どうにか真実は隠し通せたが頭は使うし何よりも友達に嘘をついているのは多少なりとも心が痛むのだ。

でも、それも全《すべ》て深月の自己都合。亜弥には関係のない話だ。

「月代くんの言いたいことも分かりますが私はその時がくるまで内緒《ないしょ》にしておいてもいいと思います。もし、知られてしまったらその時はその時ですけど。それに、月代くんのお友達以外にも知られる可能性だってあるんですし」

「うん、一之瀬の気持ちもあるから無理に言うつもりはないよ」

「それなら、このお話はここまでで」

「分かった」

亜弥には亜弥なりの考えがあり、深月はなるべく優先してあげたいと決めている。どうしても譲《ゆず》れない場合は除くが今回はそうでもない。

それに、亜弥の言う通り、明と日和以外の誰かにも見られる可能性だってある。

もし、そんなことになれば、亜弥に質問の嵐《あらし》が起こり、新年早々から亜弥を疲れさせることにだってなる。

それならば、大人しく引いておくのが正しい場面だ。

「じゃあさ、お土産《みやげ》は何がいい？」

「お土産？」

「明日……じゃなくてもう今日か。晩ご飯の後にでも食べる用に屋台で買ってくるから何かリクエストがあれば受け付ける。まあ、確実に売ってるかは分からないんだけど」

「……屋台が出るのですか？」

「出るらしいよ。冷めても美味しく食べられる物ってなると焼き芋《いも》とか甘栗《あまぐり》とかカステラとかかな」

次に亜弥が深月の家に来るのは何時間も後だ。となれば、買ってきた食べ物がどうなっているかは亜弥も理解しているだろう。

それを踏《ふ》まえて何を深月に頼《たの》もうかと考えているのか亜弥は顎《あご》に手を添《そ》えている。

しばらくすると思い付いたようで、授業中に自信がないのに手を挙げるみたいに低く手を挙げた。

「……仮に。仮にですよ？　私が同行すれば月代くんは楽しくなるのですか？」

「ん？　どこに行くんだ？」

「初詣《はつもう》でですよ。さっき、そう言ってくれたではないですか」

「あ、ああ。その話な」

ソファから下りた亜弥が迫《せま》るように近付いてきて深月は狼狽《うろた》える。てっきり、お土産のリクエストを言われるのだと思っていたし、一緒に亜弥が初詣でに行くことはない、と深月は決論づけていたからその話をされるとは思ってもいなかった。

「俺《おれ》は楽しくなる」

「……途中《とちゆう》で邪魔だなって、ほったらかしにしたりしませんか？」

瞳を伏《ふ》せて、亜弥は不安そうに聞いてくる。尋ねてくる、ということは亜弥は過去にそのような扱《あつか》いを受けたのだろう。

「自分から誘ったんだ。そんなことしない」

自信があるからこそ、深月は言い切った。

すると、亜弥は安堵したような、喜んでいるような。どうにも言葉では言い表せない穏やかな表情を浮《う》かべる。

「それでは、私も行きます。初詣で」

そう言いだすのではないか、と途中から思っていれば本当にその通りになり、深月は困惑した。

「え、急になんで？」

「どうせ食べるなら、温かい内に食べたいじゃないですか。屋台の料理」

「まあ、言いたいことは理解出来る。冷めた物よりも美味《おい》しいな。でも、言ってなかったか？　その時がくるまでは内緒って」

「今がその時です」

「案外、早くきたなその時⁉」

さっきと亜弥の言っていることが違い、深月はますます混乱するが真面目《まじめ》な顔の亜弥を見れば冗談《じょうだん》ではないのだろう。

「……ま、一之瀬が行く気になったなら俺に文句はないし一緒に行こう」

「はい」

そもそも、亜弥を誘ったのは深月なのだ。今になって断ったりする気もなく、快く了承《りょうしょう》すれば亜弥は満足そうな笑《え》みを浮かべた。


アパートから神社まではそう距離はなく、歩いて行くことが可能だ。

初詣でに行くことになり、一度、着替《きが》えに帰った亜弥と深月は住宅街を歩いていた。

「しかし、一之瀬にそんなにも食い意地があったとはな」

「失礼ですね。デリカシーというものが欠けているのですか」

歩きながら亜弥は頬を膨《ふく》らませる。眉尻《まゆじり》は下がっていて拗《す》ねてしまったらしい。

だが、深月がそう思うのも仕方がないのだ。普段から、亜弥は少食で深月はいつも足りるのだろうか、と疑問に思いながら見ている。亜弥からすれば、栄養面を考慮《こうりょ》し、美味しく食べられる範囲《はんい》の量を食べているのだろうが。

日和ならまだしも、そんな亜弥が屋台の食べ物に目を眩《くら》ませてしまうのが深月には意外だったのだ。

「だいたい、私がこうなったのは月代くんのせいではないですか」

「俺のせい？」

責任を押《お》し付けられても当然ながら深月には心当たりが全くない。首を傾げれば亜弥から自分の胸に聞いてみろ、とでも言うかのように人差し指を胸辺りに当てられて、くすぐったい。

「クリスマスはケーキにシュークリーム。昨日はお買い物ついでにプリン。特別な日でもないのにどんどん買ってきては私に食べさせてくれるではないですか」

「……そんなに買ってきてるっけ？」

「無自覚なのですか。ことあるごとに買ってきてくださるではないですか」

「……そうか。そんなにか」

「そうですよ。おかげでふとっ――今のは聞かなかったことでお願いします」

「別に、太ったようには見えな――んん。なんでもないです、はい」

出るところは出て、引っ込むところは引っ込んでいる亜弥を深月は太ったようには思わない。むしろ、手足は細く、もう少し肉を付けてもいいくらいだ。女の子には女の子なりの理想があるのだろうが。

そういう意味合いも含めてフォローしたのだが亜弥に睨《にら》まれたので深月は口を閉じておく。

わざとらしく亜弥は咳払《せきばら》いをすると人差し指を立てた。

「月代くんが私をよく食べるように変えたのだから私が食い意地を張っている訳ではないのです」

「お前は何を言ってるんだ？」

「月代くんに変えられたのだから責任を取ってください、と言っています」

よく分からないが深月にデリカシーのない一言を言われて亜弥は根に持っているのだろう。その責任を深月は取らないといけないらしい。

——よく言うよ。毎度毎度幸せそうにしながら食べてくれるくせに。

用意したスイーツを亜弥はいつも口角を緩めながら口にしているのだ。嬉《うれ》しそうに。美味しそうに。そんな姿を見せてくれるから、深月は頻繁にスイーツを買ってきているのだが口にすれば止められそうで飲《の》み込んでおく。

亜弥を幸せにする手段はなるべく排除《はいじょ》したくないのだ。

「……えー、デリカシーのないことを言って悪かったな……でいいのか？」

「よろしい。許してあげましょう」

納得《なっとく》するように頷いた亜弥を見れば、責任は微塵《みじん》も感じていないが謝罪をさせられたことにも深月はそこまで腹が立たない。

それはきっと、亜弥が楽しそうにしているからだろう。鼻に手を当てながら笑う亜弥を横目で見ながら深月は可愛《かわい》いなと思う。首に巻いているもこもこしたマフラーに艶《つや》やかな黒髪《くろかみ》が巻き込まれ、もふっとしているのが幼げで特に可愛らしい。

――いや、可愛いからってなんでも許してたら言いなりになるだけだぞ、俺。

首を横に振《ふ》りながら変なことを考えないようにしていれば亜弥は変な者でも見るかのように冷めた眼差《まなざ》しを向けてきていた。

「月代くんってたまにそうしますよね。尻尾《しっぽ》を振る犬のように」

「わんわんって泣くぞ。犬だけに」

「お上手です」

「褒《ほ》められても嬉しくねえ」

そんな言い合いをしながら住宅街を抜《ぬ》け、商店街を途中で曲がり、目的地である神社に到着した。

神社は深月達《たち》と同じく、新年を祝うためや参拝をするために訪れている人で溢《あふ》れていた。

この中から明と日和を捜《さが》すのは無理があるため、どこに居るかの確認《かくにん》をするために明に電話を掛ける。

『あ、深月？ もう着いたのか？』

「遅くなったけど、今入口の所だ」

『オッケー。じゃあ、迎えに行くからそこで待機な』

「遅《おく》れたのは俺だし捜すぞ」

『いい、いい。俺とヒヨ、駐車場《ちゅうしゃじょう》に居るからそっちに行った方が本殿《ほんでん》に近いし。ヒヨもそれでいいって』

「分かった。じゃあ、待ってる」

二人がそう言っているのなら変に動いて行き違うよりも動かずに待っている方が確実だろう。

「二人が捜してくれるらしいから、ここで待ってよう」

「そうですね。この混雑の中、あまり動かない方が賢明《けんめい》でしょうしお二人にお任せしましょう」

なるべく見つけてもらいやすいように大きな電柱の近くに立っておく。

「それにしても、夜も遅いというのにこんなにも大勢の方が訪れるなんて凄《すご》いですね」

「おめでたいからな。夜更《よふ》かしもするんだろう」

「私はこんな時間まで起きているのは初めてです……」

小さくあくびを漏《も》らした亜弥は少しだけ呆然《ぼうぜん》としているように見える。

しかし、すぐに亜弥は毅然《きぜん》とした——学校での聖女様に早変わりした。明と日和が手を振ってやって来たから。

「——あ、居た。居た。おーい、みづ、き……？」

「遅かったねー、深月。何して、た……？」

すぐ目の前まで来た明と日和は深月の隣に立っている、聖女様としての亜弥を見て固まった。

「……アキくん。いつの間にか私、寝ちゃってたみたい」

「……奇遇《きぐう》だな。俺も知らない間に夢の世界にやって来てたみたいだ」

「似たようなやり取りを前にもしただろ。懲《こ》りないのな……うわっ」

明と日和に両腕《りょううで》を引っ張られ、深月は亜弥から少し離《はな》れた場所へと連行される。

「ど、どういうことだよ、深月」

「そ、そうだよ。ちゃんと説明してよ。どうして一之瀬さんが深月と一緒《いっしょ》に居るの⁉」

ひそひそと亜弥には聞こえない小さな声で二人から説明を求められる。

こうなることは予想していた深月は二人を制止させながら手短に説明を始めた。

「そうだな。単刀直入に言えば、俺と一之瀬はお隣さん同士なんだ」

「『お隣さん？』」

「そう。それで、ちょっと前から関わりがあって一緒に晩ご飯食べるようになって」

「『一緒に晩ご飯⁉』」

「だから、さっきも一緒に過ごしてたからどうかって誘って今に至る」

「『意味が分からない！』」

明と日和は頭を抱《かか》えて叫《さけ》んだ。当然の反応だよな、と深月は苦笑《くしょう》を漏らす。

説明をしたところですぐに理解してもらえるとは思ってもいなかった。むしろ、より困惑を招くだろうと。

それでも、これ以上、亜弥をほったらかしにしておく訳にはいかないので説明は終わる。詳しい経緯《けいい》はまたいつか、二人に話せばいいだろう。

「とにかく、一之瀬は同意してここに居る。だから、日和。一之瀬に近付けるチャンスかもしれないぞ」

「はっ。そうだよね。正直、深月と一之瀬さんがどういう関係かは全然分からなかったけどそういうことだよね。行ってくる」

目を回していた日和は考えることを放棄《ほうき》したのだろう。一目散に亜弥に向かって走って行った。実に日和らしい。

「節度を持てよ……って、聞いてないな、あれは」

日和は亜弥の手をいきなり握《にぎ》り始めた。そのせいで、聖女様としての亜弥の表情が僅《わず》かに困惑に染まるものの、どうにか愛想《あいそ》笑《わら》いを浮かべて持ち直している。

「あ、あけましておめでとう。こうやってお話しするのは久しぶりだよね」

「あけましておめでとうございます。そうですね」

「あの時は本当に深月に声を掛けてくれてありがとうね。あの時の猫は今は雫の家で……って、それは、深月から聞いてるか」

「はい。名前がうどんになったことも」

「うどんはないよね～。せめて、大福とかじゃないと」

「うどんも大福もそんなに変わらないのでは……?」

「あはは。深月とおんなじこと言ってる。あ、忘れてた。深月から教えられてるだろうけど自己紹介《しょうかい》。私は柴田《しばた》日和です」

「一之瀬亜弥です」

どうやら、亜弥と日和は険悪な雰囲気《ふんいき》にはならなそうである。亜弥が日和の距離感の近さに戸惑《とまど》ってはいるが嫌《いや》そうな表情はしていないことに深月は遠くから安堵《あんど》した。流石は日和のコミュ力だ、と内心で称賛《しょうさん》を贈《おく》る。

問題は深月の隣で苦虫を噛み潰したような明だった。

「あからさまな顔はするなよ。一之瀬が傷付く」

「……なんで、連れてきたんだよ。俺は三人で楽しみたかったのに」

「それに関しては悪い。でも、今だけは勘弁《かんべん》してくれ。一之瀬の相手は俺がするから明は日和と楽しんでくれたらいいし」

「あの人が一緒だと存分に楽しめないんだよ。気、遣わないとだし」

「あのさ、なんでそんなに一之瀬のことが――」

苦手なんだ、と聞こうとする前に日和が戻《もど》ってきた。かと思えば、明の手を握って亜弥のもとへと連れて行く。

「ほら、アキくんも一之瀬さんに挨拶しよ」

「あ～……田所《たどころ》明です。いつも、深月がお世話になってます」

「そうだった。深月がお世話になってます」

まるで、深月の保護者みたいに亜弥に頭を下げる明と日和。咄嗟《とっさ》にでも、表情を繕《つくろ》って自然な流れで明は亜弥に話し掛けている。流石だと思う反面、ああいう気遣《きづか》いが明からすればしんどいのだろうか。

「なんで、俺が世話になってる前提なんだ。世話になりっぱなしだけども」

「だって、深月だし」

「だって、深月だから」

「月代くんだからではないですか」

「あっそ。よくお分かりで……って、一之瀬まで⁉」

ここに居る全員が深月がどんな生活を送っていて、家事などの生活能力が低いことを知っている。だからこそ、学校で完璧超人《かんぺきちょうじん》といわれる亜弥とは比べることこそおこがましい、と明と日和は判断したのだろう。亜弥は二人が深月と仲がいいから何でも知っていると思ったのかもしれない。

なんにせよ、深月がショックを受ければその場が笑いに包まれる。亜弥は深月に、明は日和に距離を寄せているもののどうにか良好な雰囲気だ。

「はいはーい。提案があります。そろそろ、参拝しに行かない？　屋台の方も気になるし」

日和がそう提案して特に誰も否定することもなく、参拝することになった。

「はい、ヒヨ」

「うん」

　明が差し出した手を日和が握る。人混《ひとご》みの中、はぐれないようにするためだろう。二人の後ろで深月と亜弥も並び、行列の一員となった。

「アキくんは何をお願いするの？」

「そうだなあ。ヒヨと同じクラスになれますようにかな。これぱっかりは自分の力ではどうにも出来ないし」

「私もアキくんと同じクラスになりたーい」

　手を繋ぎながら楽しそうに明と日和は話している。そんな二人を眺《なが》めて亜弥が言った。

「お二人は本当に仲良しですね」

「あの二人にはあれが平常運転だからな。いちいち気にしてたら面倒《めんどう》だぞ」

「なるほど。慣れた方が早いということですか」

「そういうこと。またやってる、って思いながら俺は見てる。二人が幸せならそれでいいし」

「ですね。好きな人と居られるのが一番です」

　二人の姿が亜弥にはどう見えているのだろう。遠い目をして、羨《うらや》ましそうに見ている。

「あ、そうそう。深月、髪《かみ》切ったんだね」

「え、あ、ああ。年が変わる前にちょっとだけな」

「スッキリしてていいね」

日和に声を掛けられて深月は少しだけさっぱりした前髪《まえがみ》に手を伸ばす。髪型《かみがた》を変えるようなことはしていないが、量は減って頭は軽いし、長さも短くなり視界がいつもより広い。

髪を切りに行く前は亜弥から「一人で行けますか？」と小馬鹿《こばか》にされたが、帰ってからはしばらく亜弥が目を合わせようとしなくて、変なのではないかと不安だった。けれど、日和にそう言われて安心した。美的感覚が深月よりも優《すぐ》れている日和が言うのだ。信じられる。

「ずっとそのままでいればいいのに。ね、アキくん」

「俺もそう思うな。前よりもずっといい」

「明らかに変じゃなかったらなんでもいいよ」

深月は見た目を気にしている訳ではない。絶対に似合っていない、以外なら深月は楽でいられたらそれでいい。

「えー、一之瀬さんも今の深月の方が絶対にいいよね……あれ、一之瀬さんは？」

「隣に居るだろ……居ないな」

横に居るはずの亜弥の姿はいつの間にかなくなっていて、亜弥は音もなく姿を消していた。深月が二人と話している間に人混《ひとご》みに飲み込《こ》まれてしまったのかもしれない。

「……この状況《じょうきょう》、不味《まず》くない？」

「深月、早く連絡した方がいいんじゃないか」

「そうだな」

スマホで亜弥に電話を掛けるものの出ない。この人混みの中、出るのが難しいのだろう。もしくは、音に気付いていないのかもしれない。

「……どう？」

「……出ない」

「迷子か……」

不安そうな日和に厄介《やっかい》そうにしている明。せっかく、楽しんでいた雰囲気はなくなり、暗い空気が流れてしまう。

「……まあ、一之瀬だって高校生なんだ。ここで待っていれば追い付いてくるだろ。流石に先に行ったたってことはないだろうし」

「待っていればって無理だろ、この状況。ヒヨもいるんだぞ」

行列の足は女の子が迷子になっているからといって止まるようなものではなく、常に前に進み続けている。深月達だって流れには逆らえず、今だって前へと進んでいる最中だ。

そんな波に抗《あらが》って突《つ》っ立っていることはかなりの難易度だと思われる。か弱い女の子の日和には絶対に辛《つら》いことだ。日和にそんな辛い思いをさせたくなくて、明は最初から諦《あきら》めているのだろう。

「だから、明と日和は先に行ってくれ。俺だけで待つ」

「深月が待つなら私だって待つよ。一之瀬さんが心配だもん」

「日和は優《やさ》しいな。でも、明はお前にしんどい思いはさせたくないらしい。俺だってそうだ」

「そうだよ。ヒヨには絶対しんどい。だから、深月の言う通り、先に行こう」

「私なら大丈夫だよ。力だってあるし」

「……今だって、明と手を繋《つな》いでないと流されそうになってるくせに強がる必要ない」

明るく振《ふ》る舞《ま》ってみせる日和だが現実は残酷《ざんこく》だ。亜弥よりも低い身長の日和が一人で抗えるはずなく、明と繋いでいる手が離れれば新しい迷子の一員になってしまうだろう。

「大丈夫だ。一之瀬は俺が見つけるから。後で合流しよう。それに、万が一、一之瀬が先に行ってた場合は保護しておいてほしい」

先に行く合図を明に頷《うなず》いて出す。明は日和を連れて前に進みだした。

「後で絶対に合流だからねー！」

手を大きく振る日和の姿はすぐに人混みの中に紛《まぎ》れて見えなくなった。本殿はもう目に見えている。二人のことは心配しなくても大丈夫だろう。

「……さて」

深月はやって来ては通り過ぎていく人達に邪魔そうな目を向けながら足を止める。大勢の人の中に亜弥は居るだろうが次から次へと新しい顔が現れては消えていき、眩暈《めまい》を起こしそうだ。

しかも、足に力を入れて踏ん張っていないとすぐに人波に飲み込まれて前に進められそうである。亜弥の姿を見逃《みのが》さないためにも目は凝《こ》らしていないといけないし、体が飲み込まれないように腹筋にも力を入れていないといけない。新年早々最悪だ。

「それにしても、一之瀬も何か言えばいいのに」

きっと、亜弥ははぐれそうになっても深月達が楽しそうに話しているのを邪魔しては悪いと思って何も言わずに人混みに飲み込まれてしまったのだろう。

一言、名前を呼んでくれたなら深月はすぐに気付いて亜弥の手を掴《つか》んでいた。そうすれば、亜弥が迷子になることもなく、今頃《いまごろ》は本殿に着いて参拝をした後、屋台の料理を楽しんでいたことだろう。

「だいたい、遠慮《えんりょ》しすぎなんだよ、一之瀬は……でも、それは、俺もだ」

明と日和がはぐれないように手を繋いだのを見て、深月は一瞬《いっしゅん》だけ迷った。亜弥に手を差し出すべきかと。でも、亜弥とは恋人《こいびと》ではないし、高校生にもなってはぐれることになるとは思いもせず、実行には移さなかった。恥《は》ずかしかったというのもあって。

あの時、亜弥とは恋人じゃないからとか、恥ずかしいからとかを考えずに手を差し出すことが出来たならこうはならなかった。責任は五分五分だ。

「捜しに行くか」

じっとここで待っている方が亜弥と出会える確率が高いのか、捜しに向かった方が早いのかどちらが正しいかなんて分からない。でも、じっとしているよりは動いている方が深月の焦《あせ》りも少しばかりは落ち着くはず。

逸《はや》る気持ちが抑《おさ》えられず、深月は人の流れに逆らって来た道を戻り始めた。亜弥を見つけるために。

◇　◇　◇

「どうしましょう……はぐれてしまいました」

ついさっきまではすぐ隣《となり》に深月が居て、前には日和と明が居た。

なのに、今亜弥の目の前にあるのは知らない人達の背中ばかり。

仲睦《むつ》まじく手を繋ぐ日和と明の姿が眩《まぶ》しくて、恋人が欲《ほ》しい訳ではないが羨ましい気持ちで眺めていればいつの間にか亜弥は歩みが遅《おそ》くなっていて、そのせいで深月が少し前の方で歩いていた。しかも、深月達は三人で楽しそうに盛り上がり、亜弥が遅れていることに気付いてすらいない。

深月の名前を呼んで手を伸《の》ばせば気付いてもらえるかもしれない。けれど、亜弥はしなかった。

深月とは仲良くしている、と思っているが日和や明は違《ちが》う。亜弥は友達の友達は友達、という思想を抱いてはいないのだ。そもそも、深月とも友達でない。それなのに、楽しそうにしている会話を自分のために中断させて、邪魔者になりたくない。

だから、伸ばし掛《か》けていた手を引っ込めて、無理にでも抜き出ようとしたけども力じゃ敵《かな》わなくて人混みに飲み込まれてしまった。

深月達はどうしているだろうか。高校生にもなって迷子になるなんて、と呆《あき》れて先に行っているかもしれない。亜弥からすればその方がありがたかった。捜されている方が迷惑《めいわく》を掛けていると負い目を感じてしまうから。

「でも、合流はしないとそれこそ心配を掛けて迷惑になりますよね……まあ、進んでいればそのうち会えるでしょう」

とぼとぼと亜弥は歩き始める。周りの人はみんな複数での行動が多い。二人だったり、三人だったり、四人だったり。一人なのは亜弥くらいだ。

「……私は何をしているんでしょう」

本音をいってしまえば、亜弥は初詣《はつもう》でにも日和や明にも興味がこれっぽっちもない。人混みは苦手だし、深月の友達であっても亜弥からすれば無関係な二人で、交流を持ちたいとも思わない。

それでも、深月に誘われて来てしまったのは屋台があると教えられたから。どんな美味しい食べ物が出ているのか気になって食べてみたいと思ったからである。

だから、深月との関係を打ち明けることも苦手な人付き合いをすることも覚悟《かくご》したうえで来たのに迷子になって馬鹿馬鹿《ばかばか》しい。

「こんなことになるなら大人しく月代くんがお土産を買ってきてくれるのを待っていた方が——」

「──見つけた」

突如《とつじょ》、人混みの中から伸びてきた手に腕《うで》を掴まれて亜弥は背筋が凍《こお》り付いた。

誰《だれ》の手かも分からない。それなのに、しっかりと放さないように掴まれていて恐《おそ》ろしい。

ぶんぶん振って振りほどこうとしてみても放してくれる気配はない。叫んだ方がいいだろうか、と本気で悩《なや》んでいると掴んでいる人の正体が判明した。深月だった。鬱陶《うっとう》しそうにされながら亜弥のすぐ前に居た人達をかき分けるようにして姿を現す。

「せっかく、見つけたのに振りほどこうとするなよ」

「だ、だって、誰だか分からないですし恐ろしくて」

普通《ふつう》、ここは嘘でも心配していたという類《たぐい》の言葉を掛けるものではないだろうか。一応、高校生であっても亜弥は迷子だったのだから。

なのに、深月の第一声は文句。本当にデリカシーが欠如《けつじょ》していると亜弥は思う。

「ていうか、どうして……どうしてここに居るのですか？」

気付かない間に深月達と離れ離《ばな》れになっていた距離《きょり》分を埋《う》めていたのだろうか。

「えーっと、その、なんだ……日和から心配だから捜してくれって頼まれてだな。その辺を歩いていたんだ。そしたら、一之瀬を見つけたから来たって訳だ。いや、俺は高校生なんだし捜す必要はないって言ったんだけどな。日和がどうしてもって言うから」

それが、深月の嘘だということが亜弥は分かった。深月は息を切らしているし、額に汗《あせ》だってかいている。この寒い中、汗をかくなんてよっぽど動き回ってじゃないとありえない。

きっと、深月は人混みの中を抗って亜弥を捜し回っていたのだろう。

でも、それを言わないのは変に亜弥に気を遣《つか》わせないためだ。こういうところの気遣いをしてしまうのが深月だと亜弥は知っている。

――どうして、月代くんはここまでしてくれるんでしょう?

迷子になってしまったが亜弥は高校生だ。連絡《れんらく》手段だってあるし、一人で帰ることだって出来る。一人で買い物も出来ない子どもではないのだ。放っておいてもいいはずだし、むしろ、それが正しい対処法だと亜弥は望んでいた。

それなのに、深月は捜した。息を乱し、汗だくになってまで捜し出してくれた。

そのことに、亜弥は申し訳なさを感じている。新年早々疲《つか》れさせてしまったし、迷惑も掛けてしまった。

「す、すみませんでした……ご迷惑をお掛けして」

「お前が謝《あやま》る必要ないよ。気付けなかった俺も悪い……ていうか、誰も悪くない」

そうだろうか。どう考えたって亜弥が食い意地を張り、邪魔者になりたくないと変な意地を張ってしまったからこうなった。誰がどう見ても亜弥は自分に非があると思う。

「それよりもさ、早く本殿に向かおう。いつまでもここに居るのは疲れる」

今は人の流れも少し落ち着いて、足を止めていられる余裕《よゆう》があるがいつまた人で溢れるかは分からない。深月の言う通り、早いとこ参拝を済ませておいた方が賢明だろう。

「そう、ですね」

深月は亜弥の腕を放して前を向く。かと思えば振り向いてきた。そして、視線をさ迷わせてから目を見て照れ臭《くさ》そうに言った。

「また迷子になられても大変だしここ掴んどけ」

亜弥の手を取り、深月は自分の上着の袖口《そでぐち》に持っていく。亜弥の細くて白い指が袖口を挟《はさ》んだのを見届けてから深月は歩き出した。ゆっくりと、亜弥の指が放れてしまわないようにしてくれている。後をついて行きながら、亜弥はそう感じた。

「とりあえず、明と日和には無事に保護したって連絡しないとな」

「私は猫《ねこ》か何かですか。そもそも、歩きスマホは危険です」

「今は前に進んでるだけだし大丈夫《だいじょうぶ》だろ。二人も早く安心したいだろうし」

「……ほんと、ご迷惑をお掛けしました」

「まあ、俺は一之瀬のこと信頼《しんらい》してるからそんなに心配はしてなかったけどな。ちゃんとした性格だし、連絡はしてくれるだろうって。俺からも連絡は入れてあるけど出ないのも気付いてないだけだってな」

「そ、そうなのですか……気付いていなかったです」

ポケットから取り出したスマホの画面を見て、亜弥は目を丸くした。深月から尋常《じんじょう》じゃない数の着信がきている。

案外、誰よりも心配してくれたのは深月だったのかもしれない。絶え間なく連絡をよこし、息を乱してしまうまで捜し回ってくれて、心配していなかったというのは無理がある。

——嬉しいですね。大袈裟《おおげさ》なような気もしますけど。

邪魔者《じゃまもの》だと家族から言われている亜弥は家族と出掛《でか》けて迷子になったとしても誰も心配などしてくれないだろう。むしろ、邪魔者がいなくなったと喜ばれてしまうかもしれない。

そういう家庭で育ったからこそ亜弥は深月に迷惑を掛けたことに負い目を感じると共に心配してくれた真っ直《ます》ぐな優しさに胸が熱くなる。

「……月代くん。この着信の量で心配していないっていうのは無理があると思いますよ」

「はあ？　それだけ、連絡したのはお前を早く見つけないといけないって思ったからだ」

「心配していないのに？　どうして？」

「約束したからな。一之瀬のこと、ほったらかしにしないって」

あっさりと深月は答えた。

確かに、出掛ける前に亜弥は深月に聞いた。ほったらかしにしないかと。しない、と深月がはっきりと答えてくれたから亜弥も深月を信じて神社に行こうと思えたのだ。その約束を深月は守ろうとしてくれたらしい。

でも、今回は亜弥が自分から一人になったようなもので深月に責任はない。

それなのに、深月は約束を守ろうと必死になってくれた。亜弥のために。

今、深月が前を向いていてくれて助かった、と思うほど亜弥は顔が熱くなって、俯《うつむ》いた。

深月の上着の袖口を掴んでいる指には自然と力が入る。

本当はこの指を放してもよかった。もう深月のことを見失わないようにしっかりとついていく自信があったし、もう迷惑を掛けないためにも迷子にならないと決めたから。

けれど、亜弥は放さない。もう離れてしまわないようにしっかりと掴む。

誰よりも心配してくれた深月を不安にさせないために。前を向けない亜弥の代わりにしっかりと深月に連れて行ってもらうために。

亜弥は緩《ゆる》んでしまう口角を空いている片手で隠《かく》しながら、歩き続けた。

参拝はすぐに済ませた。

今年も何事もなく過ごせますように――それ以外は特に望むこともない亜弥は隣で両手を合わせている深月を横目で見る。何を願っているのかは知らないが深月は真剣《しんけん》だ。懇願《こんがん》するように両手を擦《こす》り合わせている。

「よし、行くか。二人はベンチで待ってるらしい」

参拝を終えた深月と共に日和と明が待機してくれている場所へと向かう。

「必死にお祈《いの》りしていましたけど、何をお願いしていたのですか？」

「今年も健康でいられますように」

「あの食生活をしていた月代くんがお願いするとは思えない内容です」

「ほっとけ。そういう一之瀬は何を願ったんだ？」

「今年も何事もなく過ごせますように」

「無欲だなあ。まあ、神様もお前の願いなら叶《かな》えてくれるだろうよ。甘《あま》い顔して」

深月が何を言っているのか分からずに亜弥は首を傾《かし》げた。

「私にだけ甘い、ということはないでしょう。平等だと思います」

「そうか？　欲まみれの人間より無欲で可愛い子の願いの方が神様も叶えてくれそうだけどな」

さらりと言ってのけた深月に亜弥は足を止める。

つまり、深月は亜弥が可愛いから神様も甘くなって贔屓《ひいき》してくれる、と思っているらしい。思考回路が壊《こわ》れているのではないかと思うくらい意味不明で馬鹿馬鹿しい考えだ。

「また一人になる気か？」

呆然としていた亜弥は振り返ってきた深月に我を取り戻す。

可愛い、だなんて耳にタコが出来るほど亜弥は言われているし、慣れている。自分が客観的に見ても、整った容姿をしていることも理解しているし、させられている。

だから、周りからそう評価されることに感謝はしても、心は動かない。

なのに、深月にそう言われるのはどうにも亜弥は慣れない。不意打ちで深月が言ってくるから心臓に悪いのだ。

「誰のせいだと思っているのですか」

「え、俺《おれ》のせいなの？」

不意打ちを仕掛《しか》けてきた深月のせいにすれば深月は悪気がなかったようで困ったように顔をしかめる。

それから、おずおずと手を差し出してきた。

「……じゃあ、また掴んでおくか？」

袖口を掴むかどうか深月は聞いてくる。

こういうことをしてほしいと亜弥は望んでいた訳ではないが、せっかくの深月の気遣いを無駄《むだ》にする必要もないだろう。まだまだ人は多く、はぐれる可能性を減らせるのだから。

「……そうですね。今度は月代くんが迷子になるかもしれないですし」

決して、日和や明のように手を繋いだりはしない。けれども、さっきまでと同じように亜弥は深月の上着の袖口を親指と人差し指で挟んだ。見届けた深月が歩き始め、亜弥も足を動かす。今度は先程《さきほど》までと違って、隣同士《となりどうし》で。

周りからはどう見られているのだろう。仲睦まじい恋人同士に見られているのだろうか。

――って、ないない。だいたい、私と月代くんはそういう間柄《あいだがら》じゃないですし。何を考えているのですか、私は。

そんなことを考えてしまうのが恥ずかしくて亜弥は雑念を追い出すように深月から目を背《そむ》けた。

それでも、やっぱり深月が気になってチラッと深月を見れば、深月も同じようにそっぽを向いていた。耳をうっすらと赤く染めて。

さっきは気付かなかったが深月にも思うところがあるらしい。それが何かは知らないが亜弥は自分だけじゃないんだと思うと変な気持ちになる。

くすぐったいようなむず痒《がゆ》いような、言葉では言い表せない感情だ。居心地《いごこち》はよくて悪い。

──何なのでしょう、これは。

初めて体感するこの正体不明な気持ちの分析《ぶんせき》をしながら歩いていれば日和と明のもとに到着《とうちゃく》した。

「一之瀬さーん」

走り出してきた日和に亜弥はいきなり抱《だ》き着かれ、目を回した。背中に両腕を回されて抱き締《し》められる形になって思考がとんだ。先程まで発生していた正体不明な気持ちも全《すべ》て消し飛んだ。

日和の距離感は本当にどうなっているのだろう。力は強くて苦しいし、何よりも物心ついてから初めてこんな風に抱き締められて怖《こわ》い。

「よかったあ。無事で」

無理にでも押《お》し返すべきなのかと思っていれば日和の声が震《ふる》えていることに気が付いた。よっぽど心配してくれていたらしい。不思議と亜弥の心からは恐怖《きょうふ》がなくなり、安らぎが生まれた。気張っていた体からも力が抜けていく。

「すみません。ご迷惑をお掛けして」

「ううん、そんなことないよ。あ、そうだ。疲れたでしょ。座《すわ》って、座って」

日和の両腕から解放された亜弥は案内された背もたれのないベンチに腰《こし》を下ろす。

「……これ、よかったら、どうぞ。甘酒《あまざけ》。あったまると思う」

ぎこちない動作の明からは紙コップに入った甘酒を手渡《てわた》された。

「……ありがとうございます」

「……いいえ。ほら、深月の分もあるからこっち座れよ」

ぶっきらぼうに答えた明は亜弥に接する態度とは明らかに違う、いきいきとした様子で深月を呼んだ。

「サンキュー」

呼ばれた深月は甘酒を受け取ると亜弥の隣に座った。

「私達はこれから屋台を見に行くんだけど、何か食べたい物ってあるかな、一之瀬さん」

「い、いいえ。私も行きます」

「いいの、いいの。一之瀬さんは深月と休んでて」

「で、ですが……」

心配を掛けたうえに買い物の代わりをさせるなんて、日和の手を煩《わずら》わせることは亜弥には出来ない。

「日和がああ言ってるんだし、甘えたっていいんじゃないか」

「深月の言う通りだよ」

得意気になって日和が親指を立てた。安心して任せなさい、というサインだろう。

ここまで言ってくれて頼《たよ》らない、というのも日和を傷付けてしまうかもしれない。

「えっと、それでは……甘い物があればお願いします」

「了解《りょうかい》。深月は？」

「唐揚《からあ》げ」

「うん、分かってた。よーし、行こう。アキくん」

日和と明は屋台が横並びになっている方へと歩いて行く。深月は甘酒を飲んでは白い息を吐《は》いて幸せそうにしている。

亜弥も甘酒を一口飲んだ。程《ほど》よい温かさが体の隅々《すみずみ》まで行き届き、温まる。

「……お二人は。特に柴田さんはとっても優しいですね」

「まあ、日和はお前と仲良くなりたいってはりきってたからな」

「仲良くですか」

「出来そうか？」

「どうでしょう」

あれだけ友好的な日和には申し訳ないが、距離感の詰《つ》め方《かた》が亜弥の苦手な部類に属するため今だけの関係だと最初は我慢《がまん》して割り切っていた。別に、亜弥は日和と仲良くなるために神社に来たのではないのだから。

でも、今は日和のことが気になっている。あれほど他人のために動ける人もそういない。友達にはなれずとも、遊んだりはしなくても。同性の気軽に話せる相手として日和とは関《かか》わっていきたい。

しかし、それも無理な話だと亜弥は思う。

「柴田さんには恋人がいらっしゃいますからね」

「明がどうかしたのか？」

「いえ、柴田さんと仲良くするとどうしても田所くんとも関わるようになるでしょう？　それで、田所くんに好かれて二人がお別れするかもしれないと思うと仲良くは出来ないかなあと」

「いやいや、大袈裟だろ」

「大袈裟ではないのですよ、これが。中学の頃《ころ》にあったんです。彼女《かのじょ》がいる男の子が私のことを好きになったと言い出したんです。落とし物を拾ってもらったからって」

「それで、付き合ったのか？」

「まさか。お断りしましたよ。でも、彼女がいるのに告白をしたと、男の子は最低だと言われるようになって転校し、女の子からは私が幸せなカップルを破局させた泥棒猫《どろぼうねこ》だって一部で言われるようになったんです。だから、カップルにはなるべく近付かないようにしているんです。濡《ぬ》れ衣《ぎぬ》を着せられるのはもうこりごりですから」

「最低な奴《やつ》らだな。一之瀬は何も悪くないだろ」

「その転校した男の子は女の子からも人気があったので八つ当たりでもしていたんでしょう」

そのような過去があるから亜弥は日和ともあまり近付くべきではないと考えている。日和はとてもいい人だから、亜弥は自分のせいで悲しい思いをさせたくないのだ。

「でも、日和と明には無縁《むえん》の話だな。だから、お前が気にすることでもないよ」

「本当にそう言えるでしょうか？　田所くん、私に不自然な態度ですし」

「あー……あれは、まあ、その、なんだ。明なりに事情があるんだ」

言いづらそうに深月は口ごもる。そんな態度をするから亜弥はますます不安になる。もう既《すで》に明は亜弥に好意を寄せているからこそ、ぎこちない態度になっているのではないか。

「と、とにかく。明と日和は大丈夫。めっちゃ仲良かっただろ？」

「確かに、そうですけど」

日和と明は手を繋いでいる時はずっと幸せそうに笑顔《えがお》だった。仲睦まじい姿が亜弥には眩しく見えたほど。

「……まあ、人が誰かを好きになる気持ちは止められないだろうけど、明がもし一之瀬に目移りしそうになったら俺が殴《なぐ》ってでも止めてやるからさ。一之瀬はそんなに気にせずに日和とどうしたいか考えればいいよ」

「殴ってでもって、喧嘩《けんか》できるのですか、お友達と」

「……頑張《がんば》る」

「頼りがいがあるような、ないような……曖昧《あいまい》です」

自信なさそうに答えた深月は甘酒を飲む。亜弥も残っていた分をごくごくと飲んだ。体がより温まり、少しぽうっとした。

「まあ、俺にはそんな頼りがいはないけどさ……遠慮ばっかりじゃなくていいからな」

「というと？」

「ほら、さっきもだけど日和に遠慮してただろ。一之瀬が何か頼《たの》んだら何か要求されるんじゃないかって心配するのも分かるし、負い目を感じるのも理解してるつもりだけど……俺も日和もそうじゃないからさ、頼っていいんだってことだ。迷子になったのもどうせ俺《おれ》達《たち》が盛り上がっていたのを中断させるのが申し訳ないとか思ったんだろ？」

「うっ……」

深月には見抜《みぬ》かれていた。亜弥は返す言葉が見つからない。

「そんなことだろうと思ったよ」

「だって、三人は友達で私は無関係だから邪魔《じゃま》しちゃ悪いと思って……それに、私は一人で生きていくように言われていますから……」

幼い頃から一人で生きていくように言われ、そうして生きてきた。だから、人に頼らないことが亜弥には沁《し》みついている。

「なるほど。だから、そんなに頑張っているんだな」

不意に深月の手が亜弥の頭に乗せられた。そのまま、優しく撫《な》でられて亜弥は困惑《こんわく》した。

「べ、別に頑張っている訳では……それが、私にとっては当たり前ですし」

「当たり前を変えるのは難しいな……でも、頼れる時は頼っていいからさ。俺も色々と一之瀬に頼っているんだし」

深月は労《ねぎら》ってくれているのだろうか。こんな風に頭を撫でられ、労われるなんて今まで誰にもされたことがなかった。亜弥の胸の内が熱くなる。

——抱き締められたり、頭を撫でられたり……今日は初めてなことばかりです。

触《ふ》れていい許可など誰にも出していない。普段《ふだん》なら、誰かに触れられたらとても嫌《いや》な気持ちになる。

それなのに、深月と日和には不思議とそれがない。むしろ、気持ちが良かった。ポカポカと体も温まり、意識がだんだんと薄《うす》れていく。

「……こう見えても、あなた、には……頼って、いる……方、です、よ。月代、くん……」

亜弥は視界が狭《せま》くなり、やがて、真《ま》っ暗闇《くらやみ》の世界へと落ちていった。

◇　◇　◇

ゆっくりと体を預けるように傾《かたむ》いてきた亜弥が肩《かた》に当たり、そのまま落ちていくように亜弥の頭部が深月の膝《ひざ》の上に着地する。

「え、い、一之瀬？」

突然《とつぜん》のことに戸惑《とまど》った深月だが亜弥からは反応がない。恐る恐る覗《のぞ》いてみれば目を閉じて気持ち良さそうに眠《ねむ》っていた。

「……限界だったのかもな」

神社に着いた頃、亜弥はこの時間まで起きているのは初めてだと言っていた。きっと、普段は規則正しい生活をしていて、今頃はとっくに夢の中に居るのだろう。あくびもしていたし、甘酒を飲んで温まったことにより、睡魔《すいま》に勝てなかったらしい。

それに、ずっと亜弥は気を張っていた。明と日和に会うからと外でも聖女様になり、おまけに、迷子になってあの人混みの中を一人でさ迷っていた。疲れてしまっても無理はない。

穏《おだ》やかな寝顔《ねがお》を晒《さら》す亜弥をじっと見ていればなぜだかいけないものを見ている気になってしまう。

年相応の無垢《むく》な表情。いつもは、深月の前でもどこか気を張っている部分があってこんな表情はなかなか見せてこない。それが、今は膝に乗っかっている。無防備な状態で。

「……これは、ヤバい。起きてくれ、一之瀬」

ゆっくりと体をゆすってみても亜弥が起きる気配はなく、むしろ、嫌そうに顔をしかめる。寝《ね》始めたばかりで体が起きたくないと反発しているのだろう。深月も寝始めた直後に起こされるのはかなりイラッとしてしまうのでよく分かる。

だからといって、このままの状況は辛い。下手に膝を動かせないし、そもそも、膝に頭が乗っているのがむず痒くて仕方がない。出来れば起きてほしい。

けれど、亜弥の色々なことを思えばそのままにしてあげたい。深月の中で二つの意思が激突《げきとつ》するも勝敗はあっけなくついた。深月は亜弥を幸せにしたいのだから起こさずにこのままでいると。

「……ほんと、毎日頑張っていて偉《えら》いな、一之瀬は」

予想はしていたが亜弥は家族と折り合いが悪いらしい。一人で生きていくようにとも言われているようだし、だから、誰にも頼ろうとせずに一人で生活しているのだろう。風邪《かぜ》を引いても頼らず、迷子になっても頼らない。いったい、この小さな体躯《たいく》の中にどれだけの力があるというのだろうか。

「……俺は、そんなお前を少しでも幸せに出来ればな、と思うよ」

深月だって、両親とは仲が良いが親族全てと良好な関係を築いている訳ではない。

だから、亜弥と家族との間に何があったのかを知ろうとは思わないし、どの家族にだって何かしらの綻《ほころ》びはあるとも思うから踏《ふ》み込みもしない。

でも、亜弥が何か普段は話せないようなことがあったりするのなら深月は話し相手にもなるし、望みを叶えてあげたいとも思う。それで、亜弥が幸せになれるなら深月はいくらだって一肌《ひとはだぬ》脱ぐ。

「……いつもいつもありがとうな」

深月は亜弥を起こさないようにしながら頭を撫でる。艶々《つやつや》の黒髪《くろかみ》はすべすべで触《さわ》り心地《ごこち》がとてもいい。思わず、堪能《たんのう》してしまいそうになる。でも、今は。黒髪の感触《かんしょく》を堪能するよりも毎日一人で頑張っている亜弥を労いたい気持ちの方が強かった。

「おーい。一之瀬さ――」

「しー。静かにしろ」

しばらくすれば、駆《か》け足《あし》で日和が先に戻《もど》って来た。明は日和の後をついてきている。

亜弥が気持ちよく寝ているというのに知らずに大声を出しそうになっていた日和に深月は急いで人差し指を立てて口元に近付け、静かにする合図を出せば日和は両手で口を押《お》さえた。

「……一之瀬さん、寝ちゃったの？」

「……さっき急にな。スイッチが切れたんだと思う」

「……そっか」

日和はしゃがんで亜弥の寝顔を覗き込んでいる。

「……ほい、深月。注文していた唐揚げ」

「……ありがと。金額はいくらだった？」

「……いいよ、また今度で。財布《さいふ》取り出そうとして起こすのも悪いだろ」

明から唐揚げが入っているビニール袋《ふくろ》を受け取れば熱気を感じられた。揚《あ》げたてなのだろう。食べてみたい。しかし、亜弥の頭がすぐ真下にある状態で油などを落とすかもしれない可能性を考慮《こうりょ》すれば食べられずはずもなく、深月は匂《にお》いを嗅《か》ぐだけで我慢しておく。

他にも明の手にはビニール袋が持たれていて中には亜弥の注文していた甘い物も入っているのだろう。

「……一之瀬さんの寝顔、めっちゃ可愛《かわい》いね」

日和の囁《ささや》きに深月は声に出しては同意しなかったが日和と全くの同意見だった。

流石《さすが》に、明も彼女の日和が居る目の前で頷くことは出来なかったようだが不自然に目を泳がせている。なんだかんだ言いつつも、明も亜弥が美少女だということは常々認めているのだから当然の反応だろう。

「……せっかく、一之瀬さんと一緒《いっしょ》に食べようと思って買ってきたけど……寝ちゃったんならしょうがないね。そろそろ帰ろっか。一之瀬さんに風邪を引かせる訳にもいかないしね」

「……そうだな」

このまま体を夜風に晒し続け、亜弥が体調不良になるのだけは避《さ》けたいと深月も思っていたので日和の意見に同意する。明も特に問題はないようだ。

「……じゃあさ、帰りは深月も車に乗って行けよ」

「……いいのか？　遠回りになるぞ」

「……当たり前じゃん。つか、どうやって、聖女様連れて帰るつもりだったんだよ」

「……こうするつもりだった」

深月は亜弥の姿勢を一度正し、今度は背中に倒《たお》れてくるようにする。おんぶだ。背中に乗っかった亜弥を落とさないように深月はしっかりと支えた。流石に、お姫様抱《ひめさまだ》っこでアパートまでを歩くのは腕が厳しいし周りの目も痛い。だから、おんぶしかないと思っていたが車に乗せてもらえるならとても助かる。

「……なんか、手慣れてるね。もしかして、一之瀬さんとはこういうこと日常茶飯事《にちじようさはんじ》？」

「……そんな訳あるか。初めてだよ、初めて。それよりも、早く案内してくれ」

駐車場《ちゆうしやじよう》までの道を案内されながら歩く。服を着こんでいても亜弥の柔肌《やわはだ》が背中に当たっていて深月は変に意識してしまいそうになるものの、友達の前でそんなことは出来まいと邪念《じやねん》を追い払《はら》う。

「やあ、深月くん。久しぶりだね」

「お久しぶりです。すみません。世話になって」

事前に明が明の父親に連絡をしてくれていたおかげでスムーズにやり取りが出来る。明の父親とは、去年の夏休みに短期バイトをする際に世話になり、深月も面識がある。明によく似た爽《さわ》やかな優《やさ》しい男性だ。

頭を下げて挨拶《あいさつ》をすれば朗《ほが》らかな笑《え》みを向けられる。

「気にしないで。さ、帰ろうか」

三列ある一番奥《おく》に明と日和が座り、深月は二列目に座らせてもらった。亜弥はまだ眠ったままで起こすのも可哀想《かわいそう》だからとまた膝枕《ひざまくら》をしておく。車はゆっくりと走り始めた。

「……それにしても、深月くんにこんな可愛い彼女がいたとはね」

「……かっ⁉　やめてください、そういうんじゃないので」

「……あはは。そうなの？」

「……そうです。ただの、一緒のアパートに住んでいる隣人《りんじん》です」

明のお父さんにからかわれて深月はしっかり訂正《ていせい》しておく。

すると、後ろから日和に肩を叩《たた》かれた。

「……その話、もっとちゃんと説明してよ。正直、ずっと疑問に思ってるからね、私。あの一之瀬さんと隣人って深月が引《ひ》っ越《こ》してからずっとなんでしょ？　本当に最近まで無関係だったの？　実は付き合ってるとかじゃないの？」

やはりきた。なんでも恋愛《れんあい》にこじつけようとする日和の癖《くせ》が。じーっと疑《うたぐ》り深《ぶか》い眼差《まなざ》しを向けられる。

「……俺も。俺も詳《くわ》しく知りたい」

「……明まで。まあ、どのみちちゃんと説明はしようと思っていたからな」

深月は話し始めた。引っ越してきた当初から亜弥とは隣人関係だったがお互《たが》いに接点はなく、過ごしていたこと。それが、亜弥が風邪を引いて階段から足を滑《すべ》らせた下敷《したじ》きになり、怪我《けが》をさせたことを負い目に感じた亜弥から手当てされたこと。それから、食生活を気遣《きづか》われるようになって、毎晩お裾《すそ》分《わ》けを貰《もら》うようになったこと。それが、今では一緒に食べるような間柄にまでなったということ。

「――てな訳で、別に付き合ってるとかそういうんじゃないんだ」

「……うーん。よく分かったような、分からないような？」

詳しく説明しても日和は腕を組んで首を傾げている。まだ、状況《じょうきょう》を飲《の》み込《こ》めていないらしい。

「……これ以上の説明はないぞ」

「……いや、深月と一之瀬さんが期間を経て交流を深めてるってことは分かったよ。でもさ、付き合ってもいない男女が毎晩、一緒に食卓《しょくたく》を囲むかなあ？」

「……俺もそこが気になってるんだよな。だって、通い妻だもん、聖女様。付き合ってないとかある？」

　通い妻、と言われて深月は噴《ふ》き出しそうなった。亜弥とは決してそういう関係ではないが、他人から見ればそう捉《とら》えられても仕方がない。それに、その言葉が亜弥にぴったり当てはまると深月も思ってしまった。亜弥にはそんな気がないだろうから知られたら気分を害してもう作りに来ない、と言われてしまいそうだ。絶対に知られないようにしないといけない。

「……まあまあ、二人とも。人には人の関わり方があるんだよ。本人達にしか分からない何かがあって、それを満足しているなら外野は何も言っちゃいけないいんだ」

「……そういうことだ」

　流石はこの中で一番の大人だった。明の父親の言葉に深月は便乗しておく。

「……とにかくだ。俺は二人なら誰にも話したりしないだろうなって信用しているからこそ、秘密を打ち明けたし、一之瀬だって広められるのは嫌がってる。だから、このことは内緒《ないしょ》で頼む」

「……分かってるよ。一之瀬さんに迷惑《めいわく》は掛《か》けられないもんね。誰にも言わない。ただ、一つ。一之瀬さんに関して教えてほしいことがあるんだ」

「……何？」

「……一之瀬さんってお菓子《かし》作りも得意？」

「……得意だと思うぞ。この前、クッキー食べさせてもらったけど美味《うま》かった」

「……なるほどね。ありがとう」

その情報を知って日和に何の得があるのか分からないが、亜弥もこれくらいなら知られても構わないだろう。特に隠しておくようなことでもない。

「……明も、お願いな。誰にも言わないでくれ」

「……言わねえよ。ただ、俺も質問いいか？」

「……いいぞ」

「……結局、鼻血小僧《こぞう》として深月は聖女様とクリスマスを過ごしたのか？」

「……ああ。ショッピングモールにはプレゼントを選びに行っていたらしい」

「……なーんだ。そうだったんだな。ようやく、スッキリしたわ」

よっぽど、ショッピングモールで男物の物を見ていた亜弥を疑問に思っていたのだろう。明は心底スッキリしたような顔になる。

そんなことを話していれば車はアパートの前に到着した。明の父親にお礼を言って、深月はまた亜弥をおんぶして車を降りる。

「……じゃあ、またね。深月。一之瀬さんによろしく言っといて」

「……ああ。お土産《みやげ》も渡《わた》しておくよ」

「……寝てるからって聖女様をお持ち帰りとかすんなよ」

「……するか、馬鹿《ばか》」

明と日和を乗せた車が遠ざかっていくのを見送って、深月は亜弥をおんぶしたまま階段を上る。寝ているからか見た目以上の重さがあり、神社から歩いて帰っていれば相当な無理があっただろう。車に乗せてもらえて、本当によかった。

「おーい、一之瀬ー。そろそろ起きろー」

深月は亜弥の部屋の玄関前《げんかんまえ》で亜弥に声を掛ける。しかし、亜弥からの反応は相変わらずない。夢の世界に深く落ちているようだ。

「どうするんだよ……この状況」

亜弥のコートやズボンのポケットを漁《あさ》れば鍵《かぎ》が出てくるのは間違《まちが》いない。その鍵を使って亜弥の家に侵入《しんにゅう》し、亜弥を寝かせて退散すれば任務は完了《かんりょう》だ。

けれど、亜弥の体をまさぐった、だの家に勝手に入られた、だのと起きてからすごく文句を言われそうである。かといって、このまま夜風の中にいつまでも亜弥を放置しておくのも出来ない。

深月は周りをきょろきょろと確認《かくにん》をした。アパートの住人は誰《だれ》も外に出ていない。明かりは電光と夜空に輝《かがや》く月明かりだけ。みんな、寝ているのだろう。

ごくり、と深月は生唾《なまつば》を飲み込んで誰にも知られないように足音を殺して移動する。自分の部屋の前まで。

「……これは、緊急《きんきゅう》事態。致《いた》し方なく。何か言われても一之瀬のせいにすればいい」

誰も聞いていないのに深月は言い訳するように一人でぶつぶつと言葉を漏《も》らす。

それから、最後にもう一度だけ、誰も居ないことを確認して——深月は亜弥をお持ち帰りした。

◇　◇　◇

カーテンの隙間《すきま》から差し込むまばらな光が気になり、亜弥は目を覚ました。

「あれ、私はいつの間に帰ってきたんでしたっけ?」

天井《てんじょう》は見慣れたもの。寝起《ねお》きで頭は上手に働いていない。ゆっくりと体を起こし、部屋の中を見渡《みわた》してみる。

薄暗《うすぐら》い朝日しかない部屋の中で自分の部屋にはない物ばかりが視界に入ってくる。

男子用の制服に薄い青色をした毛布。本棚《ほんだな》なんて亜弥は自室に置いていない。ここが自分の部屋ではないということに驚《おどろ》いて亜弥は咄嗟《とっさ》に毛布を引き寄せた。鼓動《こどう》が異常なほど速くなっている。嫌な汗《あせ》まで出てきた。

ここはどこなのか分からず、恐怖で泣きそうになっていればある物を見つけた。

それは、亜弥が深月のために用意したネックウォーマーだ。机の上に置かれている。

ようやく、亜弥はここがどこか理解した。深月の部屋だと。

「って、それはそれでどうして――」

場所は特定しても、どうして深月の部屋で深月のベッドで眠っていたのかが分からない。思わず大きな声を出しそうになって、亜弥は咄嗟に両手で口を閉じた。

全然、覚えていない。最後の記憶《きおく》は深月に撫でられているところだ。そこからの記憶が一切《いっさい》抜《ぬ》けている。

「……落ち着いて、状況を整理しましょう。睡魔に負けた私は恐《おそ》らく、月代くんに運ばれてここで寝ていた」

実にはっきりとしていて分かりやすい考えが思《おも》い浮《う》かぶ。恐らく、その通りなのだろう。

「な、何もされていませんよね……？」

一応、ベッドの中や自分の服装を調べてみる。変な汚《よご》れもないし、乱れもない。何もかもそのままだ。唯一《ゆいいつ》、マフラーだけ外されて机に置かれていた。

「……どうせなら、コートも脱《ぬ》がしてほしかったですけど」

そこまで、深月は考えが回らなかったのだろう。深月らしい。起きたら見知らぬ場所で眠らされていて焦《あせ》ったが真相はそこまで焦るようなものでもなかった。

――そんな訳ないじゃないですか。どうして、私は寝ちゃったりしたんですか。

濁流《だくりゅう》のような後悔《こうかい》の波が押し寄せてきて亜弥は頭を抱《かか》えた。深月に頭を撫でられて気持ちよくなっていた。甘酒に入っていたアルコールのせいで気が緩んでしまった。

だからといって、深月の前で――というより、誰かが居る場所で寝るのは駄目《だめ》だ。

寝ている人は動かなくて邪魔になるし、いちいち運ぶのにも迷惑をかける。

だから、亜弥は自分の部屋や決められた寝床《ねどこ》でしか眠らないようにしてきた。

なのに、深月に頭を撫でられて気持ちよくなったからと甘えるように体を預けて寝てしまった。

深月はきっと邪魔だとは思わなかったのだろう。戸惑いはしたものの、こうして自分のベッドを貸して寝かせてくれている。優しい。本当に優しい。

「ですが、だからって、何を月代くんに寄りかかっているのですか……か、彼女……みたいに」

亜弥が後悔していたのは深月に甘えるという恥《は》ずかしいことをしてしまったことだ。

しかも、それが深月だけに知られるのならまだしも、日和や明にも見られてしまった。

こんなに恥ずかしいことはない。穴があれば入りたくなってしまい、亜弥は頭の上から毛布をかぶって潜《もぐ》り込んだ。

「うー……うー……」

バタバタと足を暴れさせたくなるが人様のベッドで乱暴なことは出来ず、小声で唸《うな》り声《ごえ》を上げる。それが、後悔からくる羞恥心《しゅうちしん》の発散方法だったのに新しい問題が発生した。

それは、深月の匂いだった。毛布や布団《ふとん》に沁み込んだ深月の香《かお》りが全身を包み込み、まるで、抱擁《ほうよう》されているような気になって亜弥は首を出した。亀《かめ》みたいな状態になりながら亜弥は確信する。

――この部屋に居ればおかしくなります！

早急《さっきゅう》に脱出《だっしゅつ》しなければならないと決め込み、亜弥は息を殺してベッドから抜《ぬ》け出た。マフラーを手にして、そーっと、リビングと深月の部屋を遮《さえぎ》っている扉《とびら》に耳を当てる。向こう側からは音がしない。深月はどこに行ったのだろうか。

音を立てないように扉を開けてリビングに移動する。すると、深月はソファで眠っていた。暖房《だんぼう》が入った部屋でタオルケットに身を包んで深月はソファで静かに寝息《ねいき》を立てている。

亜弥が近づいても起きる気配はない。

「……普通《ふつう》、私がこっちでしょう。迷惑を掛けているのだから」

この部屋のあるじは深月で亜弥はお邪魔させてもらっている立場にある。本来なら、ソファで寝かされているのが当然だし、床《ゆか》に放置されていたって文句は言えない。

それなのに、深月はベッドを貸して、自分は体が痛くなるだろうにソファで眠っている。

「……どうして、そんなにも優しいのですか」

お風呂《ふろ》にでも入ったのか深月の髪《かみ》が少し濡れていて、いつもとは違う雰囲気《ふんいき》を醸《かも》し出している。意外と寝顔が幼く見えて、普段の鋭《するど》い目付きとのギャップがあり可愛らしい、と亜弥は思った。男の子に合っている言葉とは思わないけれど。

深月の髪の毛にそっと手を伸《の》ばして触れてみる。亜弥も深月に許可なく撫でられたのだから仕返しをしたって文句は言わせない。それに、深月が起きる気配もなく、好き勝手に出来る。

「……こんな私にいつも優しくしてくださって、ありがとうございます……」

感謝を伝えるのは気恥《きは》ずかしくて、いつも、深月が起きている時は頬《ほお》が熱くなる。てっきり、寝ている今ならそんなことにはならないと思っていた。

「……そんなことなかったですね。熱いです」

深月に聞かれてもいないのに亜弥は頬が熱くなった。情けない。寝ている相手に感謝を伝えているだけだというのに。

そんな自分が煩わしくて、ついつい深月の頭をぐしゃぐしゃにしてしまえば深月の表情が苦しそうになる。悪夢でも見ているのだろうか。

力では到底敵《とうていかな》いそうにもない深月が今だけは亜弥のされるがままだ。ゾクゾクした。ついつい、イタズラ心が芽生えて亜弥は深月の頬に人差し指を当ててみる。ぷにぷにとした感触がくすぐったい。深月の表情が曇《くも》っていくのが楽しい。自然と口角が上がってしまうほど。

調子に乗って遊んでいればふと亜弥は気が付いた。何をしているんだろう、と。

寝ている男の子に好き勝手触れて楽しむ。なんだか、すごく自分がいやらしく思えて、体が燃えるように熱くなった。亜弥に異性に触れたい欲求などないはず、なのに。

「……どんどん、月代くんに変えられているような気がします」

自分の知らない自分と邂逅《かいこう》し、亜弥はその場にしゃがみ込む。

そして、不貞腐《ふてくさ》れたまま呟いた。

「……ほんと、月代くんのせいですからね」

色々な物を食べたいと思ってしまったのも。

深月の隣《となり》で眠ってしまったのも。
寝ている深月で遊んでしまったのも。
全部全部、深月と出会ってから亜弥が変えられてしまったからだ。
だから、その責任を全て深月に押し付けておく。
「……私はこういう女の子じゃないんですからね」
深月の鼻を人差し指で押しながら、亜弥はやるせない気持ちを発散した。

「一之瀬《いちのせ》。塩かコンソメ、バター醤油《じょうゆ》。チョコかキャラメル、マスカット。どれがいい？」

「意味が分からないのですけど？」

「ポップコーンの味だよ」

「ああ、ポップコーンの」

「そう。これから、映画鑑賞《かんしょう》するだろ？　その前に、ポップコーンを作ろうと思って。一之瀬はどの味がいい？」

「そうですねえ……って、ちょっと待ってください。え、マスカット？　マスカット味のポップコーンが作れるのですか？」

亜弥《あや》が驚くのも無理はないだろう。基本、ポップコーンの味は塩が多い。それか、キャラメルだ。マスカットなんて聞いたこともない。深月《みづき》だって、つい先日まで知らなかったし美味《おい》しいのかも分からない。

「動画で見たんだけどマスカットでも作れるらしいよ。味の保証は出来ないし、成功するかも分からないけど一応、マスカットは用意してる」

「なるほど……それで、昨日、買ってきたのですね。食べもしないのにどうして買ってきたのか不思議でした」

「サプライズだ。で、どうする？」

「マスカット味も非常に気になりますが……ここは定番の塩味でよいのではないでしょうか。マスカットはそのまま食べる方が美味しいでしょうし」

「ひよったな」

「うっさいです」

頬を膨《ふく》らませた亜弥が背中を叩いてくる。それを、気にしないまま深月はホットプレートを用意して油を投入した。そこへ、ポップコーンの素《もと》も入れて蓋《ふた》をする。

しばらくすれば、パチパチとポップコーンの素が弾《はじ》け始め、ポップコーンに早変わりする。

透明《とうめい》な蓋だから中身を見ることが出来て、亜弥は暗褐色《あんかっしょく》の瞳《ひとみ》を輝かせながら覗き込む。

「うわあ～……凄《すご》い。凄いです！」

白くて小さな手を丸めて亜弥は興奮した様子でホットプレートの中を覗いている。鼻息まで荒《あら》くしている姿は幼い子どもみたいで深月は亜弥に気付かれないようにそっぽを向いて笑う。

ホットプレートの中いっぱいにポップコーンが出来上がり塩を振《ふ》りかけて完成した。

雑貨屋で購入《こうにゅう》しておいたポップコーンを入れる容器に二人分を分けて、片方を亜弥に渡す。

それから、飲み物のコーラも用意して映画を見る準備が完了した。深月は映画を見る時はポップコーンにコーラ派なのだ。

「よし。部屋を暗くするけど大丈夫《だいじょうぶ》か？」

「真っ暗だけはやめてくださいね」

「分かった」

電気を消しても、カーテンから差し込む太陽光によって真っ暗になることはない。

それでも、そう言うのだから亜弥は真っ暗な状態が苦手なのかもしれない。

これから、亜弥に映画を楽しんでもらおうというのに苦手な状況では楽しめないだろう。常夜灯だけは点《つ》けておいて、深月は亜弥の隣に腰《こし》を下ろした。そのまま、レンタルしてきたＤＶＤを再生する。

因《ちな》みに、今から見るのは有名なサメ映画。巨大《きょだい》ザメに人間が喰《く》われていくスリルを味わえる映画だ。他にもゾンビが出てきたり、巨大なゴリラが出てくるものなど有名な作品を借りてきたが、亜弥には何も教えずに選んでもらった結果となる。

何度も深月は見たことがある作品のため、冒頭《ぼうとう》から結末までを知っている。

だから、映画鑑賞と言いつつも深月にとっては亜弥が楽しんでいるかどうかを観賞する会のつもりだった――のだが。

「きゃっ」とサメが出てきた瞬間《しゅんかん》、亜弥がぴったりと身を合わせるようにくっついてきて
それどころではない。人が喰われて真っ赤な血が飛び出す場面には顔を青ざめさせ、恐怖《きょうふ》心《しん》を煽《あお》るような音楽が流れれば縋《すが》るように深月の服を摘《つ》まんで離《はな》れようとしない。

怖《こわ》がっているのか驚いているのかは定かではないがパニック系の作品は亜弥の得意な類《たぐい》ではないことが知れた。

それでも、怖がりながらでも視線は画面に釘付《くぎづ》けになっていて、心を掴《つか》むことには成功したらしい。

――くっ。可愛いな。

予想外な所からサメが飛び出してくれれば同じように亜弥が体を跳《は》ねさせて、深月の服を摘まむ指に力が込められる。ドキドキハラハラしているのは丸分かりでそんな亜弥が無意識の内に身を寄せてきて深月のドキドキも止まらない。

違う意味での胸の高鳴りを連鎖《れんさ》させながら映画が終わるまでの長い時間を深月は過ごした。

「最後は人類の勝利で終わってよかったです……倒し方は少し残酷《ざんこく》でしたが」

映画が終わってもまだ胸の高鳴りが治まらないのか亜弥は片手を胸に当てている。

「最後は盛大にスカッとさせてくれるのがこの映画なんだ」

「なるほど……悔《くや》しいですが、月代《つきしろ》くんの方が面白《おもしろ》い番組を見ていることは認めます」

「そう言えばあったな、そんな話も」

てっきり、年が明ける前にした口約束のつもりだったが亜弥から「いつ映画を見るのですか?」と聞かれて深月はどれだけ楽しませることが出来るかばかりに気を取られて、本来、どうして約束することになったのかをすっかり忘れていた。

無事に楽しんでもらえたようで何よりである。深月も一安心した。

「──ところで、一之瀬さんよ。そろそろ、離れてもらってもいいだろうか」

かなりの時間、身を寄せてくっついていたから気にならなくなっていたのか映画が終わっているのに亜弥が離れる気配はなく、深月の方から切り出してみればようやくこの状況に意識が向いたらしい。亜弥は急速に頬を赤くしたかと思うと最初に居た位置よりも奥のソファの端《はし》まで飛び退《の》いた。

「こ、これはあれです。月代くんが怖がらないようにと気を利《き》かせてですね」

「ん、どうもありがと。一之瀬のおかげで怖くなかったよ」

下手に刺激《しげき》すれば大噴火《だいふんか》になりかねないので亜弥の言いなりになっておく。離れてくれさえすれば心が休まるので亜弥の都合がいいようにしてくれたらいい。

大人の対応をしていれば亜弥が不服そうに見てきた。余裕《よゆう》のある態度の深月が悔しくて恨《うら》みがましく視線を送ってきているのだろう。自分から近付いてきたくせに。

「ポップコーン減ってないし食べれば？」

「いただきます！」

ぽりぽりとポップコーンを食べ始めれば亜弥の目尻《めじり》が下がる。機嫌《きげん》を直してくれたのだろう。

深月もポップコーンを口に放《ほう》り込んだ。すっかり冷めてしまっているが美味しい。

「これからは、私も色々な番組を見てみようと思います」

「そうするといいよ。世界も広がるだろうし。借りてきたのも持ち帰っていいから」

「……怖い作品はあるのですか？」

「ビクッとする系はあるかな」

「……それなら、その作品は一緒に見たいです。ダメ、ですか？」

怖がりと知られるのが恥ずかしいのか亜弥の耳が赤くなっている。亜弥が怖がりなことなど、さっきまでで十分に承知しているのだ。そんなお願いをされて深月が嫌だと言えるはずがなかった。また亜弥に身を寄せられることになったとしても。

「いいよ。予定合わせて一緒に見よう」

「……はいっ。楽しみです」

約束を交《か》わした時だ。深月のスマホに着信が届いた。相手は日和《ひより》だ。

いきなりなんの用だろうか、と思いながら電話に出る。

「もしもし」

『あ、深月？　初詣《はつもう》でぶりだね。元気にしてた？』

「特に変わりない。それより、急にどうした？」

『あのさ、一之瀬さんって甘《あま》い物好きだよね？　初詣ででも甘い物がいいって言ってたし』

「そうだな。好きだぞ」

『だよねだよね。今日、アキくんとスイーツ食べに行ったんだけどさ、そこが凄く美味しくてね。クーポン券あるから深月も一之瀬さんと行かないかなあって。深月も満足すると思うよ』

「……何が狙《ねら》いだ？」

『嫌《いや》だなあ。何も狙ってなんかないよ。一之瀬さんとお近付きになりたいだけ』

本当にそれだけだろうか。顔が見えないから分からないが、何か企《たくら》んでいるように聞こえて仕方がない。ニヤニヤとあくどい笑みを浮かべている日和が目に浮かぶ。

『とにかく、それだけだから。お世話になっているんだしたまにはお礼もしないとね』

「そこらへんは俺《おれ》なりに気遣っているつもりなんだけど」

　というか、つい先日、甘い物を買ってき過ぎだと亜弥に言われたばかりである。

『それでも、誘《さそ》うだけはしてあげなよ。喜んでくれるかもしれないよ』

「どうだろうなあ……」

　一緒にスイーツを食べに行こう、と深月から誘われて亜弥は喜んでくれるだろうか。

　チラッと隣を見ても亜弥は視線に気付かない。自分の話をされているとは思ってもいない様子だ。ポップコーンを口に含《ふく》んでは噴き出すように笑って嬉《うれ》しそうにしている。深月は自分の残っているポップコーンを全部あげたくなった。

『まあ、断られたらそれまでだし、断られたら深月が一人で食べに行けばいいよ』

「いや、わざわざ一人では行かないけどな」

『もう嫌だよ。深月の彼女《かのじょ》役をするの』

「頼《たの》んでまで行きたい意味じゃねえよ」

　日和はさんざん笑いきってから『それじゃあね～』と一方的に電話を切った。

　そのすぐ後に日和お勧《すす》めらしい洋菓子《ようがし》店のクーポン券が送られてきて、深月は地図で位置を調べてみる。電車に乗らないといけない、歩きでは行けない場所にあった。

一応、日和からの貰い物だから自分だけで判断しない、という理由を付けて亜弥に聞いておく。断られたらそれまでだ、と断られる前提でいながら。

「あのさ、日和から洋菓子店のクーポン券を貰ったんだけど」

洋菓子店の画面を見せながら説明する。画面には亜弥が好みそうな様々なスイーツが表示されていて、亜弥の視線が釘付けになった。興味を惹《ひ》かれたらしい。

「……一緒に行かないか？」

誘われるとは予想もしていなかったのだろう。きょとんと目を丸くしてから亜弥は自分を指差した。

「……私と？」

「一之瀬と」

そこまで深刻な話でもないのに深月は深く頷《うなず》いてしまう。どうしても、亜弥と出掛《でか》けるとなれば意識してしまうのだ。つい先日、初詣でに出掛けたばかりだというのに。

「うーん……行ってみたい気もしますが誰かに見られる可能性だってありますから……悩《なや》ましいです」

「そうだな。それは、俺も危惧《きぐ》してることだ」

亜弥が心配するのももっともだ。初詣でには夜遅《よるおそ》くに行ったたし、明《あきら》と日和も一緒だった。だから、もし同じ学校の生徒に見られても言い訳はいくらでも出来た。

けれど、もし洋菓子店に行くとなれば明るい時間帯になるだろうし深月と亜弥の二人きりだ。二人で出掛けているところを目撃《もくげき》でもされたら流石に言い訳は出来ないだろうし大《おお》騒《さわ》ぎにもなるだろう。クリスマスに亜弥が鼻血小僧と過ごす、というだけでそれが噂《うわさ》となって広まったのだ。実際に亜弥が異性と二人で出掛けていると知られればあの時とは比べ物にならないほどの騒《さわ》ぎになることは目に見えている。

深月自身もそんな面倒《めんどう》事に巻き込まれたくないし、亜弥を巻き込みたくもない。

亜弥からしても、明と日和が深月の友達で自分達の関係を言い触《ふ》らしたりしないと信じる深月を信じたからこそ、二人と会うことを決めたのだろうが、今度もそうであるとは限らない。なのに、後先を考えずに気軽に行く、とは答えられないのだろう。

「でも、一之瀬が行きたいなら俺は優先するし、遠慮《えんりょ》なんかするなよ」

しかし、それは全《すべ》てもしも、という仮定の話だ。実際には、誰にも見られることがない方が可能性としては高い。この世界は広いのだ。ピンポイントで出掛けているところを目撃されるなんてまずありえない。

そもそも、亜弥が行きたい場所へ行きたい、と気軽に言えないことの方がおかしいのだ。

亜弥は自由だ。誰の目も気にしなくていい。それなのに、亜弥に我慢《がまん》させて望みが叶《かな》わないということを深月はさせたくなかった。

それに、見ているだけでもよだれが出そうなほど美味しそうなスイーツを食べれば亜弥は必ず笑《え》みを浮かべてくれるだろう。それは、すなわち、亜弥を幸せにしたいという深月の野望も達成される。連れて行くという以外の選択肢《せんたくし》が深月の中から消失した。亜弥が深月と二人で出掛けるのは嫌だと言うなら話は別だが。

「日和もお前に食べてみてほしいって言っていたし、考えておいてくれ。クーポンの有効期限はまだあるし、急いで答える必要はないから」

今すぐ亜弥に判断をさせるつもりもなく、そう言えば亜弥は小さく頷いた。

「……それなら、柴田《しばた》さんのご厚意《こうい》に甘えることにします」

「いいのか？　すぐに答える必要はないんだぞ」

「行ってみたいですから、行きたいです」

「そっか。じゃあ、行こう」

一先《ひとま》ず、深月と二人で出掛けることを亜弥が嫌がっているようには感じられず、深月は内心で安堵《あんど》する。

「それで、いつ行く？」

「明日にしましょう」

「急だな。いいけど」

「さっきから、気になってしょうがないのです」

「よく分かるよ」

暗褐色の瞳に光を宿らせながら多くのスイーツが画面に表示された深月のスマホを自分の物のように手にしながら亜弥は凝視《ぎょうし》している。すごく惹かれているのが深月に伝わった。

夢中になっている亜弥が可愛《かわい》く見えて、深月はバレないように手で口元を隠《かく》しながら口角を緩《ゆる》める。

――明日が楽しみだ。

こうして急遽《きゅうきょ》、亜弥と出掛けることが決まった。


翌日。約束をしていた時間にインターホンが鳴り、外に出た深月の視界が二つの黒いお団子を捉える。丸くて艶々《つやつや》な形の綺麗《きれい》なお団子は亜弥の頭の上にあり、お団子の正体が亜弥の黒髪《くろかみ》だということを理解した。

普段《ふだん》から亜弥は光沢のある美しい黒髪を下ろしていることが多く、あまり変えることがない。料理や掃除《そうじ》、運動をする時は動きやすいようにポニーテールにするが深月はそれしか見たことがなかった。

だから、初めて見る新鮮《しんせん》な団子結びの髪型《かみがた》に深月はつい凝視してしまう。とてもよく似合っていた。髪型一つ変えただけで亜弥の魅力《みりょく》がぐんと引き上げられるほど。

――可愛い。めちゃくちゃ可愛い、んだけど……凄い目、してんのな。

亜弥はとんでもない物でも見てしまったかのような目をして深月の頭に視線を注いでいる。

「何なのですか、その異様な髪型は」

「やっぱり、変だよな。俺の髪型」

「変どころではありません。異様です、異様」

「そんなにか……」

深月の髪型の有り様に亜弥は顔をしかめてもいる。

自分がどんな髪型をしているかをついさっきまで鏡で見ていた深月は酷《ひど》いと自覚しているが異様なほどのようで少しばかりショックを受けた。

「いや、今日の寝癖《ねぐせ》がなかなか直らなくてさ、ワックスを使ってみたんだ。でも、そこで、無駄《むだ》な好奇心《こうきしん》が出てきてたまには明みたいな髪型にでもしてみようかと挑戦《ちょうせん》してみた」

「その結果、ハリネズミみたいになったと」

「そういうことです」

「どうして、そう無謀《むぼう》な挑戦をするのです……というか、ワックスなんて持っていたんですね」

「クリスマス前に明からプレゼントだって貰った」

明と日和と三人で早めのクリスマスパーティーをした時、食べ放題のお礼にと明から渡された。深月の奢《おご》りでよかったのだが、食べ放題の金額が予想以上に高額で申し訳なくなったのだろう。

身嗜《みだしな》みに気を遣《つか》わない深月にとっては貰っても使う機会などないプレゼントだったが押《お》し付けられたので受け取り、今まで部屋の机の引き出しの中に眠《ねむ》らせておいた。

それを今日初めて取り出し、寝癖を直すとともに未知の領域へと足を踏《ふ》み入れたのだが上手に出来なくて、今に至る。

亜弥は呆《あき》れたような、気味が悪い物でも見るような目で引いている。

「……まさか、そのままお出掛けする訳ではないですよね」

どうやら、亜弥は今の髪型の深月とは一緒《いっしょ》に外を歩きたくないらしい。言葉の節々から伝わってくる。

「こんな惨《みじ》めな姿をわざわざ晒《さら》して笑い者になるつもりはないよ。頭も重たいし、これから整える」

周りからどう見られていても、楽で自分が気に入っていれば深月は気にしない。しかし、今の髪型は自分でも納得《なっとく》がいっていないほど変だ。流石《さすが》に、これで街へと出掛ける気にはならない。隣を歩く亜弥にまで変な視線を向けさせないためにも。

「時間が掛かりそうですね」

「なるべく早く終わらせる。寒いから中で待っててくれ」

ということで、亜弥をリビングのソファに座《すわ》らせてから深月は洗面所に移動して再びワックスを手に取る。ねっとりとした感触《かんしょく》を髪に沁《し》み込《こ》ませ、明がしているようなオシャレな感じの髪型に整えていく。

それにしても、ワックスは本当に難しい。鏡を見てやっているのに思うようにいかない。世の男達は毎朝こんなに手間が掛かることをしてから学校や仕事に行っているのかと思うと称賛《しょうさん》を贈《おく》りたくなった。

「随分《ずいぶん》と苦戦しているようですね」

あーでもない、こーでもないと格闘《かくとう》を続けていればひょこっと顔を覗《のぞ》かせた亜弥が鏡に映る。待つのに飽《あ》きてしまったのだろう。

「待たせて悪い。まだ掛かりそうだ」

鏡に映る間抜《まぬ》けな髪型をした自分を見れば時間をまだまだ要してしまいそうだ。

すると、亜弥は洗面所の中に侵入し、じーっと深月の髪型を見ている。

「私が整えましょうか？」

「いや、いいよ。手がベタベタになるし申し訳ない」

「それだと、いつまでも待たないといけないじゃないですか。ウニから変わっていないですし」

ハリネズミだのウニだの、亜弥からしてみれば深月は人ですらなかったらしい。

せめて、人扱《あつか》いはしてほしい深月だがこの惨状《さんじょう》を前にして返す言葉がなかった。

「私は早く行きたいのです」

あまりそう感じないが亜弥は洋菓子店に行くことをとても楽しみにしているのだろう。

なのに、変に深月が亜弥の手を煩《わずら》わせたくないからと意地を張り、その楽しみを奪《うば》ってしまっている。このまま意地を張り続け、ますます時間が遅《おそ》くなり、洋菓子店に行くことすら無理になってしまうのは最悪な結末だ。

それなら、多少は亜弥の手を煩わせることになるが素直《すなお》に頼《たよ》っておいた方が賢《かしこ》い選択《せんたく》だ。

「じゃあ、頼んでもいい？」

「お任せを。届かないのであちらでしましょう」

深月と亜弥の身長差を考慮《こうりょ》して、リビングのソファにまで移動する。ワックスが入った容器を亜弥に渡せば暗褐色の瞳が輝き始めた気がする。心なしか亜弥がワクワクしているように見えて、深月は一抹《いちまつ》の不安を覚えた。

——これ以上、酷くはならないよな。一之瀬なんだし。

なんでも器用に出来てしまう完璧超人《かんぺききちょうじん》の亜弥なのだ。ワックスだってきっと大丈夫だ。そう信じて身を任せる深月は背後に立つ亜弥から後《うし》ろ髪《がみ》を触れられる。優《やさ》しい手付きで髪をいじられてなんだかこそばゆい。

「しかし、本当に不器用ですね。ここまで酷く整えられるのもある種の才能なのでは？」

「もうワックスは懲《こ》り懲《ご》りだよ。慣れたら上手に出来るんだろうけど」

「月代くんの場合、慣れるための機会が少ないのでしょうね」

「使おうって思うことがほぼないからな」

朝からこんな手の掛《か》かることをしてから学校に行きたくはないし、今日のことでまた好奇心が襲《おそ》ってきてもやめておこうとなることだろう。

「この先、このワックスを手に取ることはあるのか」

「なさそうですねえ。田所《たどころ》くんも可哀想《かわいそう》」

「哀《あわ》れそうに呟《つぶや》くな」

ムキになって言えば、背後の亜弥からクスクスと笑い声が漏れる。

「じゃあ、次は前の方を」

背後から移動して亜弥が正面に立った。亜弥は前屈《まえかが》みになり、前髪《まえがみ》を手際《てぎわ》よく整えていく。

真剣《しんけん》な亜弥の顔がすぐ近くにあって、その整い過ぎた容姿についつい深月は視線が奪われてしまう。小さな顔に大きくてはっきりとした瞳。鼻筋はスッとしていて桃色《ももいろ》の唇《くちびる》には潤《うるお》いがある。真っ白な頬は柔《やわ》らかそうだ。

——ほんと、美少女だなよなあ……メイクとかしてんのかな。

化粧《けしょう》に詳《くわ》しくない深月には分からないことだが、亜弥はあまり化粧をしたりもしていないように見える。元からの素材がいいのだからそんなに必要ないのかもしれない。亜弥が栄養や食事量にも気を遣い、普段から努力しているからでもあるのだろう。

あまりに見過ぎていて視線に気付かれ、下心でも抱《いだ》かれていると思われるのも厄介《やっかい》なので亜弥の頭の上にあるお団子を見て気を紛《まぎ》らわせる。

「あ、ここハネたまま」

後ろ髪に整え忘れがあったのか。それとも、亜弥の押さえる力が弱くて髪がハネたのかは分からない。どちらにせよ、後ろ髪がハネているようで不意に亜弥が整えようと腕《うで》を伸ばしてくる。

その瞬間、深月は大きく目を見開いて息を飲《の》み込んだ。

「なかなか大人しくしてくれません」

集中している亜弥は気付いていないが構図的に抱《だ》き締《し》められるような体勢になっている。

けれど、それだけなら実際に抱き締められている訳でもなく、驚きはしただろうが深月も平然としていられた。

だが、亜弥は体も近付けてきている。そのせいで、亜弥の女の子特有の二つの膨らみも眼前にまで迫《せま》り、視線が吸い寄せられるわ軽いパニック状態に陥《おちい》りそうになるわと深月は気が気でなかった。

――やっぱり、一之瀬って意外とおおき……じゃなくて。近い！

反射的に亜弥と距離《きょり》を取るために退こうとすれば「離れないでください。整えられないではないですか」と亜弥に禁止され、深月はどうすることも出来ない。せめて、視線だけでも逸《そ》らそうとしても目を開けていれば自然と引き戻《もど》されそうになってしまい、力強く目を閉じて対応した。

すると、今度は嗅覚《きゅうかく》が敏感《びんかん》になり、亜弥から漂《ただよ》う甘い香りに頭がクラクラする。

――何、この地獄《じごく》みたいな時間は……いや、状況的《じょうきょうてき》には天国なんだろうけど。

学校で聖女様と呼ばれる亜弥に髪を整えてもらう。それも、こんな超至近距離《ちょうしきんきょり》で。亜弥に好意を寄せている男子からすれば喉《のど》から手が出るほどの羨《うらや》ましい状況《じょうきょう》に違《ちが》いない。

でも、実際に体験してみれば状況を楽しめる余裕なんてどこにもない。とんでもなく、平常心ではいられなくなる。

「ん、こんなものですかね」

とにかく早く終わってくれ、と切に願いながらどうにかやり過ごした深月は、満足がいったように息を吐《つ》く亜弥の合図に目を開けた。

「男の子の髪を整えるのは今回が初めてなので気に入ったかどうかは確認《かくにん》してくださいね」

深月があんなにも居心地《いごこち》悪い思いをしていたことなど知りもしない亜弥は自分がしでかした罪の自覚もないようで、呑気《のんき》にあらゆる角度から深月の頭を見回しては頷いている。亜弥なりに満足しているのだろう。

「……確認してくる」

そんな態度の亜弥に悔しくなり、やり返したくなるものの深月に余裕はなくフラフラの足取りで洗面所の鏡の前に立った。

あれだけ見るも無残な髪型をしていた深月の頭は綺麗に整えられていた。明みたいに髪の毛がハネているような髪型ではなく、キノコのように乱れのない丸まった髪型。こういう真面目《まじめ》そうな髪型が亜弥の好みなのだろうか。

——ていうか、これが本当に俺?

鏡の前に立っている自分が普段と違い過ぎていて、深月は信じられなくなる。

顔をべたべたと触《さわ》りながら自分かどうか確かめていれば物陰《ものかげ》に隠れながら亜弥がじっと視線だけを寄せてくる。

「ど、どうですか?」

緊張《きんちょう》した面持《おもも》ちの亜弥は深月が気に入ったかどうか不安なのだろう。

「なんていうか、自分が自分じゃないみたいで落ち着かない……けど、うん。いいな」

深月が自分で整えていた無残な髪型よりは格段に完成度が高く、深月も気に入った。

一安心したようで、亜弥の表情も明るくなる。

「月代くんにはこういう髪型の方が絶対に合っていると思ったのです」

「そうなのか? 俺にはよく分からん」

深月にどんな髪型が合うかは亜弥視点によるので深月はいまいち分からない。

「そうです。そうそう。これもどうぞ」

「伊達《だて》メガネ?」

「はい。変装用に持ってきていたのですが、私よりも月代くんの方が合うと思うのでつけてみてください」

　ファミレスに行った日のように亜弥はまた伊達メガネで変装しようとしていたらしい。少しでも身バレを防ごうとしてのことだろう。絶世のメガネ美女になるだけで亜弥の魅力がより一層引き立てられるだけだということにまだ気付いていないようだ。

「ほら、早く。早く」

　そんなに乗り気ではないが亜弥に急《せ》かされるので深月は伊達メガネを掛けてみる。

　その瞬間、どういう訳だか亜弥がそっぽを向いた。

「掛けさせておいて、なんだよ、その反応は」

「い、いや……その、あまりにもよくお似合いだったので」

　どうやら、真面目そうなメガネ男子モードの深月に亜弥は照れてしまったらしい。目を合わせるのも難しいようでチラチラと見てきてはすぐに視線を逸らしている。

　これは、さっきの仕返しを少しでも出来る機会なのではないか、と深月は閃《ひらめ》いた。

「言うの忘れてたけど……今日の一之瀬はいつもより可愛いよ。そのお団子の髪型もよく似合ってる」

　亜弥の耳元で囁《ささや》いてみた。正直、かなり恥《は》ずかしくて体から火が出そうなほどだ。

　それでも、そんな気恥ずかしさは表にも出さないように気を引き締めて亜弥に注目してみれば唇を震《ふる》わせていた。頬を真っ赤にして。

——やった。照れた。仕返し成功だ。

分かりやすく恥じらっている亜弥に我慢出来ず、深月が噴《ふ》き出すように笑いだせば亜弥は頬をより朱色《しゅいろ》に染めていく。

「急に変なこと言うのやめてもらっていいですか。だいたい、月代くんが言うと似合いません。寒いです」

「でも、照れたんだろ?」

「照れてないです」

「嘘《うそ》つけ。真っ赤なくせに」

「普段、メガネを掛けていないから視界がぼやけているんでしょう。そんなことより、早く支度《したく》してください」

逃《に》げるようにして亜弥は荷物を取りにリビングへと戻る。

「……いや、これ、伊達メガネだからな?」

亜弥を恥ずかしがらせるのは楽しいがしつこくしても嫌《きら》われるだけだろう。止《や》め時は考えないといけない。

「って、ちょっと待て。先に行こうとするな」

洗面所の横を亜弥が物凄《ものすご》い速さで通っていく。そのまま玄関《げんかん》を飛び出していきそうで深月は慌《あわ》てて呼び止めた。

日和お勧めの洋菓子店は電車に乗らないと行けない場所にあるが最寄《もよ》り駅にさえ着けば移動の距離はほとんどなく、駅から直結している場所に多数の飲食店と共に並んでいた。

派手な外装のあちこちにはお勧めのスイーツ名が書かれていて宣伝に力が入っている。見た目もオシャレで女性客には特に受けているのだろう。今も二人の女性客が中へと入っていった。

深月も亜弥と一緒に入店する。すると、その途端《とたん》に様々な甘い香《かお》りが鼻に届いた。

おやつ時ということもあり、深月の食欲が一気にそそられた。亜弥の鼻腔《びこう》にも同じ香りが届いているのだろう。まだ食べてもいないというのに幸せそうに頬《ほお》を緩めている。

空いている席に案内してもらってから、深月は亜弥と一緒にメニューを確認した。

――なるほど。どうりで日和が喜ぶ訳だ。

ネットにも載《の》っていたが本当にメニューが豊富でどれも美味しそうで目移りしてしまう。

きっと、日和は目を輝《かがや》かせて、カロリーなど気にせずにもりもり食べていたことだろう。

その光景が目に浮《う》かんだ。

「どれにするか決めた？」

「迷います。どれも美味しそう……」

顔を上げず、メニューに釘付けになったまま答える亜弥がどれだけ悩んでいるのか手に取るように分かる。深月も未《いま》だに決め切れていないのだ。事前にネットで何度もメニューを見ていたというのに。

「これも美味しそうですし、こっちも美味しそう……ああでも、こっちも捨てがたい」

亜弥は選びきれないようで目移りしながら嘆《なげ》くように口にする。

せっかく来たのだから、亜弥に満足してほしい深月は提案した。

「それなら、一之瀬が食べたいのを俺が注文するから半分食べたらどうだ？」

「ですが、それだと、私が頼んだのを半分差し上げないといけなくなりますし……」

「……いいよ、食べたい分だけ食べれば。俺は残った分を食べるし」

普段の亜弥なら気を遣って半分こ、とでも言い出しそうなものだが初めて来た洋菓子店に気分が高揚《こうよう》しているのだろう。いつもより少しだけ冷たいと深月は感じた。

まあ、それで亜弥が満足してくれるのなら深月は納得出来るのだが。

「そういうことならお言葉に甘えてこれとこれをお願いします……食い意地を張っている訳ではないですからね！」

「それは無理がある」

思い出したように付け足した亜弥に呆れてから深月は店員を呼んで注文を済ませた。

出来上がるまで少し時間が掛かるとのことで、亜弥と雑談でもしていようかと思えば亜弥は未だにメニューを見ていた。初めて絵本を読む子どもがワクワクを抑えられずにページを捲《めく》るように亜弥も楽しんで。

邪魔《じゃま》をするのも悪く深月は周囲を見渡《みわた》して時間を潰《つぶ》す。

お姉さんらしき三人組の女性客は机に並んだスイーツの写真を何枚も撮《と》っていたり、高校生らしき一組のカップルは食べさせ合いっこをしては初々《ういうい》しく照れて頬を朱色に染めていたりする。付き合いだして間もないカップルのようだ。見ていて微笑《ほほえ》ましい。

そこでふと、深月は気になった。自分達はどのように見られているのだろう、と。

別に、亜弥とは友達以上の何でもないが二人きりで来ているのだ。かなり親密な関係――あるいは、カップルという風に見られているのではないだろうか。

――なんて、そんなことないか。せいぜい、美少女に奢りに来た男、くらいだろうな。

そんなことを考えていれば「お待たせしました～」と明るい声と共に頼んでいたメニューが届けられた。亜弥が希望したのは季節の果物をふんだんに使ったパフェと最近流行《はや》っているらしいケーキがドーム状になっているズコットケーキだ。どちらも色とりどりの果物が沢山《たくさん》盛られていてとても映《は》える。

まるで、宝石箱でも発見したかのように暗褐色《あんかっしょく》の瞳《ひとみ》を輝かせて亜弥は喜んだ。そのまま、スプーンとフォークを両手で握《にぎ》る。「では、早速《さっそく》」とフォークでケーキを切ろうとした亜弥に深月はつい口を挟《はさ》んだ。

「写真は撮らないのか？」

「写真ですか？　どうして撮る必要があるのです？」

「……ＳＮＳに投稿《とうこう》する用とか？」

毎回、美味《おい》しい料理やスイーツを前にすれば日和が必ず写真を撮るので言ってしまったが深月も用途《ようと》は理解していない。思い出の記録なのか、ＳＮＳに投稿して共有したいのかは定かではない。深月ですらよく分かっていないのだから首を傾《かし》げる亜弥からすれば珍紛漢《ちんぷんかん》なことだろう。

「私には見せる相手もいないのでいいです。それより、早く食べましょうよ」

「そうだな」

好物を前にして亜弥は我慢が出来ないようで鼻息を荒《あら》くして急かしてくる。

よく考えればわざわざ写真を撮る必要もなく、亜弥の望みを叶えようとしていれば不意に第三者の声が闖入《ちんにゅう》した。

「よければお写真お撮りしましょうか？」

　いきなり話し掛けられ、驚《おどろ》きながら亜弥と同時に声のした方を向く。

　そこに立っていたのは注文していたパフェやケーキを運んできてくれた、派手めな金髪《きんぱつ》が特徴《とくちょう》の女性店員だった。

　知らない人に声を掛けられるのが苦手なのか亜弥が助けを求めるような目で訴《うった》えかけてくる。助けてと。

　普段から、深月はコミュニケーションを取らないが、だからといって初対面の相手に委縮するようなことはなく、受け答えは問題なく行える。ぶっきらぼうにだが。

「大丈夫《だいじょうぶ》です」

　今しがた、写真を撮る必要はないと判断したばかりなのだ。亜弥もそんなことよりも早く実食したいだろうし断る一択《いったく》の返事をする。

「そうですか？　今ならカップルでの来店ですと店内でのツーショット写真を見せて頂けるだけでお値段割引になるキャンペーンを行っていますけど、いかがなさいます？」

　ほら、と女性店員はメニューを裏返す。そこには、確かに記載《きさい》されてあった。カップルはツーショット写真を提示すること。それ以外の客はお店の宣伝をしてもらえると割引になると。

しかし、そんなありがたい情報が深月と亜弥の首を絞《し》めた。

「「カ、カップル⁉」」

盛大な間違《まちが》いをされて深月と亜弥はついつい席を立ってしまった。

――そっか。そんな風に見えるのか、俺達《おれたち》。

さっき、自分達はそんな風に見られていないだろうと思っていたからこそ、間違えられて深月は鼓動《こどう》が速くなった。

間違えられて恥ずかしいのか亜弥は頬を真っ赤に染めて背中を丸めて縮こまっている。口を真一文字に結び、もじもじと居心地悪そうに手を擦《こす》り合わせて反論を言う気にもなれないらしい。

「あ、もしかして違う感じですか？」

挙動不審《きょどうふしん》になる深月と亜弥を見て女性店員も不審《ふしん》に思ったのだろう。疑われるようになった。

値段が安くなるからと気を利かせて声を掛けてくれたのだろうが勝手に誤解して疑ってくるなど迷惑《めいわく》な話である。

けれども、値段が安くなるのは聞き捨てならない。それに、深月はある考えが閃き、彼《かれ》氏《し》役を演じることに決めた。

「い、いえ……まだ付き合い始めて間もないのでお互《たが》いに恥ずかしくて……写真、お願いしてもいいですか?」

震える声でぎこちなく頼めば亜弥が驚愕《きょうがく》の目を向けてきた。深月が何を言っているのか理解不能なのだろう。

「なるほど。そういうことでしたか。初々《ういうい》しくていいですねえ」

「はははは」

「じゃあ、撮影《さつえい》させていただきますので座ってください」

不審な態度が逆に信憑性《しんぴょうせい》を増したのか疑いは晴れ、深月は安堵して腰《こし》を下ろした。

「ほら、彼女さんも早く」

「か、彼女……!?」

彼女と間違われた亜弥は目を回しながら壊《こわ》れたロボットのように腰を落とした。

そんな姿を見ていればどうして亜弥がそこまで照れてしまうのか深月は疑問に思った。

確かに、カップルでもないのにそう間違われて尋常《じんじょう》じゃない気恥《きは》ずかしさがある。

けれど、しょせんは無関係な人が勘違《かんちが》いしただけのこと。本当に付き合っている訳じゃない。聞く耳を持たずに真顔で「違います」と言ってのければいいだけだし、それが深月の知っている一之瀬亜弥という少女だったはずだ。恋愛《れんあい》事に興味がないとも言っていた。

「それでは、スマホを貸していただきますね」

カメラモードを機能させて女性店員にスマホを渡《わた》す。抵抗《ていこう》する元気もないのか亜弥も言いなりになっていた。

「はい、笑ってくださーい」

カシャカシャと写真を二枚撮り終わると女性店員は割引券を置いてさっさと店の奥《おく》へと消えて行った。

カップル専用と書かれた割引券が目の毒で視線を逸らせば亜弥と目が合う。亜弥は怒《おこ》っているのか目付きを鋭《するど》くして睨《にら》んできていた。目元にはうっすらと涙《なみだ》を浮かべながら。

「……いったい、いつから私はあなたの彼女になったのですか。記《き》憶《おく》にないのですが」

「勝手なこと言って悪かった」

「私に好きな人なんていませんし、誰《だれ》とも付き合う気などありません」

「知ってる」

「それなら、どうしてあんな嘘をついたのです。人を騙《だま》したのですよ」

「だって、安くなれば浮いたお金でお土産《みやげ》買って帰れるだろ。そうしたら、帰ってからも食べられるし一之瀬も喜ぶんじゃないかと思って」

「何を考えていたのかと思えばくだらないことを……」

「お前にとってくだらなくても、お前が喜べるなら俺にとってはくだらなくないんだよ」

「喜ぶために嫌な思いを私はしないといけないのですよ……ほんと、くだらないです」

腕を組んで、頬を膨《ふく》らませた亜弥はそっぽを向いた。かなりご立腹であることが分かる。

別に、亜弥を彼女にして誰かに自慢《じまん》するつもりなどこれっぽっちもないし、学校が始まってからも彼氏面をするつもりも毛ほどもない。ただこの店内に居る間だけは、不格好で似合いもしない彼氏役を演じるつもりだが亜弥がどうしても嫌だと言うのならやめる。亜弥に喜んでほしいがそのために嫌な思いもさせる、というのは違う話だから。

考えが足りなかったな、と肩《かた》を落として反省していれば亜弥の呟きが届いた。

「……今日だけ」

ぽつりと呟く亜弥に視線を送れば亜弥は言い聞かせるように人差し指を向けてくる。

「このお店に居る間だけの限定ですから。一歩でも外に出れば解消ですからね」

「お、おう。それは、その通りにさせてもらうとして……いいのか？」

深月は亜弥が嫌ならカップル専用と書かれた割引券を返しにいくつもりだった。

しかし、亜弥は小さく頷くとどこかいじけたまま口にする。

「もうあの店員さんを騙してしまったし仕方がないでしょう。受け入れ難《がた》いですが、このお店に居る店員さんやお客さん達みんなにカ、カップル……と思われるように行動しないと。もう後には退けない訳ですし」

「重たい。そこまで重たいことはしてないはずだ」

「そんなことありません。嘘をついて騙したのです。値段が安くなればお店の収入も必然的に減りますし、訴えられてもおかしくありません。どんな責任を負わされるか……恐《おそ》ろしい」

「でも、最初に勘違いしてきたのは向こうな訳だし」

「だからといって、騙したのはこちらなのだからその勘違いを気付かれないように振《ふ》る舞《ま》わないといけないでしょう……恥ずかしいですけど」

「まあ、割引券は貰《もら》ってしまったからな」

「あなたの一方的な悪巧《わるだく》みに付き合うのですから、お土産はこれでお願いします」

許してもらえた代わりに、浮いたお金よりも高い洋菓子の詰《つ》め合わせをお土産に選ばれた。それくらいの罰《ばつ》で亜弥に嫌われることなく穏便《おんびん》に済ませられるのなら深月は甘《あま》んじて受け入れる。

「分かった。二個でも三個でも買わせてもらうよ」

「契約《けいやく》成立ですね。それでは、はい。どうぞ」

誓《ちか》ってみせれば亜弥からすくわれたパフェが載《の》っているスプーンを差し出される。訳が分からずに深月は固まってしまった。

すると、亜弥から弱々しい声が漏《も》れる。

「は、早く食べてくださいよ……恥ずかしいじゃないですか」

「……え⁉　これを俺《おれ》が食べるのか……⁉」

「あなた以外に誰がいると言うのですか。いいから早くしてください」

突《つ》き付けるようにグッとスプーンを口元に寄せられて深月は恐る恐る口にする。冷たいアイスを食べているはずなのに体が熱いのは気のせいじゃないだろう。

「う、美味《うま》いな……」

「そ、そうですか……」

緊張で味がしなかったがそんな情けないことを証言するつもりは深月にはなくて強がっておく。亜弥と目を合わせるのは難しくて出来そうにないが。

うっすらと頬を赤くしていた亜弥は覚悟《かくご》したように力強く目をぎゅっと閉じた。

「今度はあなたの番です」

目を閉じて小さな口を開ける亜弥は何かを待っている。何を待っているかは説明されずとも理解してしまい、深月は困惑《こんわく》した。

「俺もやらないとダメなのか？」

「当たり前です。恥ずかしい思いをするのは二人一緒です。両者痛み分けじゃないと納得がいかないでしょう。というか、さっさとしてください。この姿をしているだけでも物凄く恥ずかしいんですから」

ぷるぷると震える亜弥を見る限り、よっぽど羞恥《しゅうち》に悶《もだ》えているのだろう。それでも、我慢して耐《た》えているのだから深月も付き合わなければならない。フォークでケーキを小さく切り分けて亜弥の口へと運ぶ。

「あ、あーん……」

「い、いちいち言わなくていいです……味、分からないじゃないですか」

亜弥にも味を堪能《たんのう》する余裕《よゆう》はないようで弱音を口にしている。

「……もう一口いっとく?」

「も、もう終わりです。後は自分で食べます」

羞恥を追い払《はら》うかのように亜弥はパフェとケーキを交互《こうご》に口へと運んでいく。味を堪能しようとしているはずなのに、あれだと堪能出来ているのか分からない。

「そうなると分かってたのになんであんなことしてきたんだよ」

「あ、あれくらいしか思いつかなかったんですよ……カ、カップルがすることって」

チラッと亜弥が向けた視線の先には先ほど深月も見ていた高校生カップルが居た。メニユーばかり見ていると思っていた亜弥も気になっていたらしい。もしかすると、周りから自分達《たち》がどんな風に見られているのかについても少しは意識していたのかもしれない。

だから、恋人《こいびと》同士だと間違われてあれだけ狼狽《うろた》えた。そう考えると深月は合点《がてん》がいった。

「というか、そもそもあなたが変な嘘をついたからこうなったんじゃないですか。なのに、私だけが自滅《じめつ》したみたいに余裕ぶった態度をするのやめてください。ケーキの苺《いちご》みたいに頬《ほ》っぺた真っ赤なくせに。嫌いです」

「は、はあ？　そんなに赤くなってねーし。ていうか、たかが演技なのにお前が意識しすぎなんだよ」

「ど、どうやら、よっぽど私を怒らせたいようですね。へえ、そうですか」

含《ふく》みのある言い方で亜弥の瞳が眼光鋭《がんこうするど》く輝いた。

「な、なんだよ」

恐怖《きょうふ》を感じながら深月が聞けば亜弥がさっきと同じようにパフェをすくったスプーンを差し出してくる。

「どれだけあなたが照れているか証明してあげましょう。ほら、あ、あーんですよ」

亜弥に食べさせてもらうなんて一度だけでもかなりの体力が削《けず》られた。それなのに、もう一度だなんてどれだけ苦しめたいんだ、と深月は内心で悪態をつく。うぐぐ、と固まっていれば亜弥が得意気になって勝ち誇《ほこ》ったような笑《え》みを浮かべた。

「あれだけ威勢《いせい》がよかったくせに情けないですねえ」

馬鹿《ばか》にされて深月は腹が立つ。亜弥だって、頬を赤くして相当無理をしているはずなのに。

なんだか、恥ずかしがっているのも馬鹿らしくなって深月は思い切って口に含んだ。

それから、唖然《あぜん》としている亜弥に同じようにケーキを載せたフォークを差し出す。深月が食べるとも反撃《はんげき》してくるとも思っていなかったのか亜弥はびくっと背筋を伸《の》ばしたまま硬直《こうちょく》して動かない。

「ほら、どうした？　今度はお前の番だぞ」

やり返すと決めている深月はピクリとも動かない亜弥にニヤリと勝ち誇ったように笑みを浮かべる。

すると、亜弥は悔《くや》しそうに唇を噛《か》んだ。かと思えば、何か気が付いたのかニヤニヤと意地悪い笑みで見下すように視線を送ってくる。

「手が震えていますよ」

「うるせえ。さっさと食べろ」

その舐《な》めた口を黙《だま》らせたくてグッとケーキが載ったフォークを亜弥の口元に近付ける。

観念したのか亜弥は恥じらいながら口にした。

てっきり、負けを認めるのだとばかり思っていた深月は「ほえっ？」と間抜けな声を漏らす。

「ま、まさか、私がこの程度で動揺《どうよう》するとでも？　よ、余裕ですよ、余裕。今度は私の番です」

「……一之瀬だって、手が震えてるじゃないか」

「う、うるさいです」

深月も亜弥も甘い物を食べに来たはずなのに体力を消費していく一方だ。

「……なあ、このまま続けてて意味があると思うか？」

「……ないでしょうね。あってくれないと困りますが、限りなくないでしょうね」

「だよなあ。そこで、相談なんだけどここは両者痛み分けってことにして終わらないか？」

「その方が月代くんの身のためになるならそうしましょう」

「助かるよ。まあ、一之瀬もその方がいいと思うし、ここは素直に引き分けにしよう」

「私は余裕ですけど、軟弱《なんじゃく》な月代くんのことを考えれば仕方ないですね」

「俺もまだまだやれるけど、これ以上続けると一之瀬が耐えきれなそうで可哀想だからな」

ニッコリと笑う亜弥と同じように深月もニッコリと笑う。

——ここで、一之瀬の口車に乗れば二《に》の舞《まい》になる。落ち着け、落ち着け、俺。我慢《がまん》だ我慢。

亜弥の言い分には言い返したいところだが、グッと堪《こら》える。それは、亜弥も同じなのだろう。二人して乾《かわ》いた笑い声を出すのが証拠《しょうこ》だ。

「食べましょうか」

「そうだな」

ようやく落ち着いて食べ始められることが出来た。改めて味を堪能すれば生クリームと果物の酸味が抜群《ばつぐん》に合わさっていて美味しい。これまでの疲《つか》れが吹き飛んでいく。

「安らげる味だ」

「ですね。癒《い》やされます」

亜弥を見れば幸せそうに頬を緩《ゆる》めていて顔に美味しいと書いてあった。

「もうこっちのは食べなくていいのか？」

「さっき、沢山食べてしまいましたから。月代くんと一緒《いっしょ》に食べたいですし」

遠慮《えんりょ》しつつも、名残惜《なごりお》しそうにケーキを見ながら言う亜弥に深月は苦笑《くしょう》する。本音が隠《かく》せていない。

「ほら、分けてやるから食えよ」

ケーキを切り分けて差し出せばパクっと亜弥が口にする。唇の端《はし》に生クリームをつけながら咀嚼《そしゃく》する亜弥に深月は言葉を飲み込《こ》んだ。

――いや、食べさせるつもりじゃなかったんだけど。

今のは本当にそんなつもりはなく、ただ分けようとしただけ。それを、散々食べさせ合いをした直後だから勘違いしてしまったのだろう。それは理解出来る。理解出来るが不意打ちはよろしくなかった。

「……っ、マジで気を付けろよ、一之瀬。気が緩み過ぎだぞ」

深月の言葉の意味が通じるのに数秒掛かり、亜弥は自覚したようで目を丸くした。

「い、今だけはか、彼女《かのじょ》……ですから」

仮のですけど、と付け足した亜弥は逃げるように視線を逸らす。

――そうだ。今、この空間でだけは一之瀬は彼女で俺は彼氏だ。なら、俺だけは不審に思われないように振る舞わないと。誰にも仮の彼氏だとバレないように。

深月は自分にそう言い聞かせる。熱くなった頬を隠すように顔を片手で覆《おお》いながら。

――やっぱ、一之瀬と出掛《でか》けるのは大変だ。

けども、そんなお出掛けも亜弥が居るからこそ悪くない、と深月は思うのだった。

第6章　聖女様との関係性

冬休みが終わり、三学期が始まった。といっても、二週間ほどの休日だったため、懐《なつ》かしい感じはしない。むしろ、深月《みづき》としてはもう終わったという喪失《そうしつ》感の方が強く、机で頬《ほお》杖《づえ》をついて大きなため息を漏らした。

「遠い目をしてないで答えてよ、深月。私がプレゼントしたクーポン券は使った？」

深月が憂鬱《ゆううつ》に感じているのは休みが終わったからだけではなく、明《あきら》に会いに来た日和《ひより》から亜弥《あや》と洋菓子《ようがし》店に行ったのかどうか聞かれているからである。朝から元気な日和にノリを合わせられず深月は鬱陶《うっとう》しくなって目を細めた。

亜弥と出掛けたと白状するのが恥ずかしくて答えていない訳ではない。

ただ、出掛けたと言えば面倒《めんどう》なことに絶対なる。日和の期待に満ちている目を見れば容易《たやす》く想像出来た。

「眠《ねむ》いから俺は寝《ね》る。始業式の時間になったら起こしてくれ」

「寝ないで答えてよ。ねえねえ～、深月～。起こしてもあげないけどさあ～」

寝ようと机に突《つ》っ伏《ぷ》せば日和に机をガタガタと動かされて妨害《ぼうがい》される。邪魔だったらありゃしない。

このまま放置しておくのも鬱陶しくなりそうで、深月は答えた。

「使った」

事実だけを告げて、もう一度机に突っ伏せば深月の頭上から声が降ってくる。

「聞いた、アキくん。深月、デートしたんだって」

「あの深月がデートを……成長したなあ」

「やっぱり、二人は付き合ってるんだよ」

「うるさい。あれは、デートじゃないし付き合うとかそういうのでもない」

散々好き勝手なことを言われ、言い返すために深月が顔を上げれば明と日和は手を合わせていた。ハイタッチでもしていたのだろうか。無性《むしょう》に邪魔をしてやりたくなって手刀で引き裂《さ》いておく。

「え～男女で出掛けたらそれはもう立派なデートでしょ。ね、アキくん」

引き裂いた仲を取り戻すように再び明と日和は仲睦《むつ》まじく手を合わせる。

「なんでも、明を味方に付けようとするな。それに、この世の中、男女で出掛けている人なんて大勢いるだろ」

「そうだけど、深月が一緒に出掛けた相手はあのお方なんだよ？　それなりの何かがないと無理だと思うんだけどなあ」

「まあ、二人で出掛けたからってデートになる訳じゃないけどヒヨの言う通りだよな。あの人が異性と二人で出掛けるとか、聞いた今でも想像するのが難しいし」

「だよね、だよね。何か特別な感情がないとあり得ないよね」

「あの人が何を考えているのかは俺には分かりっこないから確実なことは言えないけどな」

亜弥が深月に対して特別な感情を抱《いだ》いている、と少なくとも日和だけは思い込んでいるようだが深月からしてみればそんなことはない、と思う。

確かに、亜弥は深月に対してだけは他の同学年と比べて接する態度が違う。学校では聖女様だが、深月の前では黒聖女様だ。そういう意味では特別な感情を抱かれてはいるのだろう。

ただ、それは、日和が言うようなものではないはずだ。深月の前では聖女様を演じる必要がなく、一緒に居て気が楽で落ち着く。だから、亜弥も出掛けてもいいという気になってくれたと深月は考えている。

「ま、デートかそうじゃないかは措《お》いておいて、よく誘《さそ》ったね。偉《えら》いぞ、深月」

「褒《ほ》められるようなことをした覚えはないいんだけど」

「そんなことないよ。因《ちな》みに、あの人は喜んでくれた？」

「喜んでたよ」

「それなら、なおさら嬉《うれ》しい。ありがとう、深月」

何がそんなに喜ばしいのか分からないが日和からお礼まで言われて深月は困惑した。

「俺が逆に礼を言う方じゃないか？」

「あの人を連れて行ってくれた報酬《ほうしゅう》とでも思って受け取っておいてよ」

それほどまで、日和は亜弥とあの洋菓子店を共有したかったのだろうか。日和が何を考えているかさっぱり分からない。

「ああ、そうだ。アイツからお礼を言っておいてくださいって言われてたんだった。ありがとうございました。とっても美味しかったです、だって」

「その言葉が聞けただけで嬉しいよ」

亜弥から伝えておいてほしいと頼《たの》まれていたことを伝えれば、日和は満足そうに笑みを浮かべる。

「それで、写真は撮らなかったの？　見たいんだけどな」

「さーてと、喉《のど》が渇《かわ》いたな。自販機《じはんき》でなんか買ってくる」

女性店員に撮ってもらった二枚のツーショット写真。あの後、亜弥と確認《かくにん》すれば写真は絶対に誰にも見せないようにしよう、という約束になったので誤魔化《ごまか》すように深月は急いで教室を出る。

「逃げたね、深月」

「逃げたな、あの反応は。まあ、背中がどうだったか物語ってるけど」

亜弥との約束を守っただけで逃げる訳ではない。けど、言い返しに戻《もど》るのも面倒で深月は背中に届く声を無視した。

「朝から疲れたな」

学生食堂付近に設置されている自動販売機《はんばいき》で購入《こうにゅう》したジュースをその場で飲みながら深月は白い息を吐《は》く。冷たい風に当たりながら紙パックに差したストローをちゅーちゅーと吸っていれば大きく手を振りながら女の子が一人やって来た。

「あけましておめでとう、みづきっち。久しぶりだね」

安原雫《やすはらしずく》だった。亜弥が見つけた捨て猫《ねこ》を飼ってくれている少女だ。日和の友達で性格もよく似ている。明るくてフレンドリー。出会って間もない頃《ころ》から深月はあだ名で呼ばれるようになった。あまり気に入っている訳ではないが。

「おめでとう、安原。久しぶりだな」

「安原じゃなくて雫でいいよ、って前にも言ったでしょ。日和も明っちもそう呼んでるし」

練習してみよう、と促《うなが》されてどうしてだか断れない雰囲気《ふんいき》になっている。苗字《みょうじ》でも名前でも好きに呼ばせてほしい深月だが、雫がワクワクしているのが手に取るように分かり断りづらい。

「し、雫」と、照れ臭《くさ》さが残ったまま呼んでみれば雫は嬉しそうに微笑んだ。

「やっぱり、仲良くなれた瞬間《しゅんかん》って嬉しいね」

「俺は今ので体力が削られたけどな……」

「みづきっちって女の子に興味がないわりに初心《うぶ》だよね。ん、興味がないから初心なの？」

「ちょっと待ってくれ。どこからそんな情報が流れてるんだ？」

誰かが変な噂《うわさ》を流しているようで、正体を突き止めようとする。雫は購入したジュースを飲んでは美味しそうにしていて、特に気に留《と》めた様子もない。

「日和が言ってた。みづきっちは女の子に興味がないって」

「何を勝手なことを言ってるんだ、アイツは」

「違《ちが》うの？」

「違うような違わないような……なんとも、言えないけど」

彼女が欲《ほ》しい、という気持ちを持ち合わせていないのは確かだ。

けど、興味がないかと問われれば悩《なや》んでしまう。亜弥や日和、雫を可愛《かわい》いと思うし亜弥の女の子特有の膨らみに視線が奪《うば》われることもある。それに、亜弥には無防備な姿に惑《まど》わされたり、無自覚な行為《こうい》になんとも言えない気持ちにもさせられたりしているからだ。

というか、冬休みは亜弥を女の子として意識することが何度もあったし、可愛いなと思うことも沢山あった。

それは、思い出したら今でも顔が熱くなりそうになってしまうほどで。

——だから、興味がないってことはないいんだろうな。少なくとも、関《かか》わる相手だけは。

「微妙《びみょう》な反応だね。面白《おもしろ》い」

「ウケを狙《ねら》ったんじゃない」

深月がツッコミを入れれば雫は愉快《ゆかい》そうに笑う。そんなに面白い反応をしただろうか、と深月は首を傾げた。

「あ、そろそろ教室に戻らないとじゃない？」

「そうだな」

「せっかく、会えたんだし途中《とちゅう》まで一緒に行こうよ。同じ階だし」

ということで、雫と一緒に教室へ向かう。雫は冬休みの思い出をベラベラと話している。

深月は雫の話を聞いて、返事をするだけで済み、助かっていた。沢山の思い出が深月にもあるが、どれも亜弥が一緒で人様に話せるような内容じゃないからだ。

「そうそう。聞いてよ、みづきっち〜。うどんがね〜また太っちゃったんだよー」

「え、あれからまた丸くなったのか？」

「うん。なんかね、正月の間にぶくぶくと。休みの間はいっぱい遊んで運動したはずなんだけど」

「運動した分、餌《えさ》をいつもより多くあげたとか？」

「うん、ママがね。めちゃくちゃ甘くて」

「うっ。親を出されると強くは出られない……けど、そろそろ限度ってものがあるんじゃないか。丸くなり過ぎたら足腰《あしこし》にも負担を掛《か》けそうだし」

「そうなんだよ。だから、心を鬼《おに》にして本気でダイエットさせようと思ってるんだ」

その方がいいだろう。もし、うどんに何かあれば亜弥が悲しむことになる。亜弥はうどんに幸せに暮らしてほしいと願っているのだ。そんな亜弥の顔色を暗くさせないためにも深月もうどんには雫の家で末永く元気に過ごしてほしい。

すると、何かを閃《ひらめ》いたのか雫が手を叩《たた》いた。

「そうだ。今度みづきっちも手伝いに来てよ」

「えっ」

「みづきっちも久しぶりにうどんに会いたいでしょ？」

深月もうどんのことを可愛がっていた。だから、会えるのなら会いたいと思う。

けれど、それは雫の家に行くということだ。雫は仲良くなったと思ってくれているようだが深月はまだ家に遊びに行くほど親密な関係になったとは思っていない。情けなくて申し訳なく感じるが。

だから、返事も必然的に曖昧《あいまい》なものになってしまう。

「気分が乗れば……？」

「なるほど、こういう部分が……ふむふむ」

何かを理解したような雫が頷《うなず》く。深月が不思議に思っていればいつの間にか雫の教室の前だった。

「もうお別れだね。ありがとう、みづきっち。楽しかったよ」

「別に、礼を言われるようなことはしてないぞ。俺も楽しかったし」

「そっか。ならよかった。それじゃあ、さっきの話、考えておいてね。ばいばーい」

手を振って教室へと戻っていく雫を柄《がら》にもなく手を振って見送っていればあることに気が付いた。

亜弥だ。亜弥が居る。亜弥と雫はクラスメイトだったらしい。初めて知った。

休み明けだからか、亜弥を取り巻く男女の数はいつにも増して多い気がする。その中心で亜弥は聖女様の笑《え》みを浮《う》かべて応じていた。可愛くて、当たり障《さわ》りのない、誰からも好かれそうな作り物の表情。

「久しぶりに見たな」

冬休み中、亜弥とは色々なことがあった。そんな中で深月は一度も聖女様としての笑顔を向けられていない。だから、初詣《はつもう》での時に明や日和に対して向けているのを見ていたというのに懐かしい気がする。

それが、やっぱり深月は素で居られる相手だからと認識《にんしき》してくれているのだとすれば深月は嬉しいと感じた。

遠くから眺《なが》めるだけしか出来ない聖女様に好意を寄せる男子のように視線を注いでいれば敏感《びんかん》に感じ取ったのか亜弥がこっちを向き、目が合う。雫に向けて振っていた手を急いで下げた。どうしてだか、亜弥に見ていたことを知られるのが恥《は》ずかしかった。

こっちの気なんて知りもしない亜弥は表情を変えることなく会話に戻っていく。学校では他人のふりを徹底《てってい》して行うつもりらしい。

ならば、深月も応じねばならない。

さっさと教室に戻ろう、と踵《きびす》を返して深月はその場を後にした。

「安原さんととても仲がよろしいのですね」

　そんなことを亜弥が言い出したのは晩ご飯を作りに来てすぐのことだ。キッチンに立つ前に深月の正面に立ち、不貞腐《ふてくさ》れたように口にした。

　急に何事かと怪訝《けげん》な顔をしていれば亜弥はぷいっとそっぽを向いたまま言葉を続ける。

「明るくて社交的で可愛らしいですもんね、安原さんは。私と違って」

「なんか怒ってるのか？」

「怒ってなんていません」

　それが、実に嘘《うそ》っぽく聞こえてしまうほど亜弥の声には僅《わず》かな怒気《どき》らしきものが込められている。知らない間に亜弥の機嫌《きげん》を損《そこ》ねるようなことをしただろうか、と考えてみても深月に思い当たる記憶は存在しない。

「よく分からないけどさ、一之瀬《いちのせ》と雫を比べる必要はないと思うぞ。二人ともなんだ……その、か、可愛いしな……」

「……名前で呼んでいるんですね」

　雫と自分を比べた亜弥が悲しんでいるようにも見えて励《はげ》ましたのに、ますます亜弥が落ち込んだように言って深月は訳が分からない。

「……私、ここに居てもいいのですか？　ここに居るのは安原さんの方がよろしいのではないですか？」

「え、急になんでそうなるんだ？」

「だって、二人とも凄《すご》く仲がよろしいじゃないですか。別《わか》れ際《ぎわ》に手を振っていたり、名前で呼んでいたり……安原さんも月代《つきしろ》くんに気があるのではないですか？」

亜弥の口ぶりから察するに、深月と雫はお互いに好意を寄せあっているのにその邪魔《じゃま》をしているのではないかと心配して、元気がないように顔を曇《くも》らせているらしい。

「まったくの見当違《けんとうちが》いだ」

深月は亜弥の額に軽くデコピンをお見舞《みま》いした。

「いたっ。何をするんですか！」

「俺を不安にさせた罰だ」

亜弥は知らないだろう。この関係が終わりそうになってどれだけ深月が不安になったのかを。

「ほんと、焦《あせ》らせるなよ。俺が何かしたのかなって真剣《しんけん》に悩んだだろ」

「……だって、邪魔者《じゃまもの》にはなりたくないですし」

「させるかよ、そんなもんに。もしもだぞ。もし、雫が俺に一之瀬が考えているような思いを抱いてくれていたとしても、俺は別にそうじゃない。雫のことは友達としか思ってない。そもそも、あれだ。雫と仲良くなったのだってうどんの飼い主が雫だからで本来なら関わることもなかったはずの女の子なんだ。ねえよ、絶対に」

普段《ふだん》から雫が誰と過ごしているのかは知らないし、本来なら縁《えん》のない存在だった。

そんな雫と過ごすのは楽しいがどうしてもまだ緊張《きんちょう》の方が勝ってしまう。それは、これから時間を掛ければ解消される問題なのかもしれないが、亜弥と過ごす居心地《いごこち》のよさには敵《かな》わないだろう。

「……え、安原さんってうどんの飼い主だったのですか？」

「そうだよ。知らなかったのか？」

雫から送られてきたうどんの写真を見ようと深月のスマホを亜弥は何度も見ているが気付いていなかったらしい。目を大きく見開いて驚《おどろ》いているのが丸分かりだ。さっきまでの暗い表情もすっかりどこかへ消えている。

「今日だって、ほとんどうどんの話しかしてないし、名前呼びも今日始めたばかりだ。女の子を名前で呼ぶの苦手なんだけどな」

「そ、そうなんですね……私はてっきり、お二人は両思いなのにお邪魔をしているのではないかと思って」

る。


「ないない。だいたい、俺は一之瀬の方が――」

好きだし、と言いそうになって深月は慌《あわ》てて口を閉じる。人として、友達として。勿論《もちろん》、
亜弥のことは好きだが言ってしまって変に誤解を与《あた》え、また距離《きょり》を置かれてしまっても困る。

そもそも、恥ずかしくて言えそうになかった。以前は躊躇《ためら》いもなく伝えることが出来たというのに。挙動不審《きょどうふしん》になる深月を亜弥は不思議そうにきょとんとしながら見ている。

「私の方が……何ですか？」

「い、一緒に居て楽しいってことだ。だから、余計な心配はしなくていいし、それを理解したなら今日もご飯頼んでいいか？　腹減った」

だらしなくお腹《なか》を擦《さす》ってみせれば亜弥はクスリと微笑《ほほえ》む。うっすらと頬《ほお》を赤くして。

「では、これから作りますので座《すわ》って待っていてください」

後ろ髪《うしがみ》を纏《まと》めてキッチンへと赴《おもむ》く亜弥の背中を見て深月は安堵《あんど》した。

――誤解が解けて本当によかった。

しかし、誤解を解くために色々と恥ずかしいことを言ってしまった気がする。

――一之瀬にどう思われたかな。変に思われてないといいけど……。

チラッと亜弥を見ればポニーテールにされた一房《ひとふさ》の髪が跳《は》ねるように揺《ゆ》れている。なん

となく、ご機嫌な様子に見えるがどう受け取られたのかは定かではない。悪い風に受け取られてさえいなければなんでもいいが。

今日も亜弥の手料理を食べられることに喜びを覚えつつ、深月はほんの少しの不安も抱いた。

食卓《しょくたく》には深月の好物である鶏肉《とりにく》が入ったホワイトシチューが並んだ。

「聞いたか？　聖女様が冬休みの間にデートしてたって話」

「聞いてるよ。お相手はお隣《となり》さんなんだろ？」

「ああ。ただのお隣さんって、聖女様は言ってるらしいぞ」

「一緒に出掛けておいてただのお隣さんは苦しいよなあ。絶対彼氏《かれし》だろ、そいつ」

「だよなあ。でも、聖女様ってクリスマスは鼻血小僧《こぞう》ってのと過ごしたって噂じゃん。実際のところはどうか分からないんだよ」

「どうでもいい。聖女様とクリスマスを過ごした鼻血小僧も、デートしたただのお隣さんも羨《うらや》ましいから呪《のろ》いでも掛けておく！」

——理不尽《りふじん》だ。

机に突っ伏しながら休み時間を過ごしていた深月はすぐ真横で二人の男子生徒が話している内容を耳にしながら思わず声が出そうになった。

三学期が始まって数日。一年生の間では冬休みに聖女様がデートしていたという噂で持ちきりになっていた。

当然、相手は深月だ。相手は誰《だれ》だと聞かれた亜弥はただのお隣さんだと答えたらしい。

それなのに、深月以外の誰かが相手だとは考えられないし、実際に深月は亜弥と洋菓子店に出掛けたのだ。現在進行形で呪われているのだろう。

――しっかし、まさか見られていたとはな。

この広い世界、たまたま亜弥と出掛けている場面を偶然《ぐうぜん》同じ学校に通う生徒に目撃《もくげき》されるなんてあり得ないと考えていた。けれど、目撃されていた。彼氏とデート中だった亜弥を同じクラスの女子生徒が見たと証言し、あっという間に噂が広がってしまった。

――どうしたもんかなあ。

幸いなことに亜弥と出掛けていた相手が深月だということは誰にも知られていない。

今も、呪っている相手が真横に居るというのに男子生徒が気付く素振《そぶ》りはまったく感じられない。

あの日は、髪型《かみがた》が今みたいに無造作なものではなく、亜弥に整えてもらっていた。雰囲気が全然違うと鏡を見た自分でも思ったのだ。深月が相手だとはそう容易に気付かれることはないだろう。

でも、亜弥は違う。聖女様に好意を寄せているからなのか。それとも、聖女様に関する話題が面白いからなのかは定かではないが、亜弥は付き合っているのかと何度も聞かれているらしい。どこか、不安そうな男子やニヤニヤと面白がっている女子から聞かれて煩《わずら》わしいと深月の前で漏らしていた。

「すっかり、噂の中心人物だな」

聞き慣れた声が聞こえ、顔を上げれば前の席に明が居た。深月が、バレそうなことを発言するな、という無言の圧を込めて視線を向ければ明は立てた親指を横にする。

「もうどっか行ったから警戒《けいかい》する必要なくなったぞ」

むくりと体を起こして隣を見る。明の言う通り、二人の男子生徒はいつの間にか居なくなっていて空席になっていた。気付かれないように息を潜《ひそ》めていたからようやく一息がつけた。

「しかし、大変なことになったな」

「まあな。でも、俺《おれ》よりも被害《ひがい》が出てるアイツの方が大変だろうから。これくらいは、どうってことないよ」

深月はしょせん、噂をされ出すと気付かれるのではないかと思うだけで済んでいる。

だが、亜弥はそういう訳にもいかないだろう。同じ答えを何度も伝えているのに信じてもらえず、同じことを聞かれては答えるを繰《く》り返していればしんどいと思うはずである。

「でも、それってただのお隣さんって答えて自分で首を絞《し》めたあの人の自業自得《じごうじとく》だろ」

「確かに、そうかもしれないけど……いちいち言い訳を考えさせて疲れさせる周囲の方が問題だと俺は思う」

「じゃあ、深月はどう答えるのが自分もあの人にも被害が及《およ》ばないでなおかつ、周りもすんなりと受け入れるのに最適だって考えてるんだ？」

「それは……よく、分からない」

亜弥が言ったただのお隣さんは紛《まぎ》れもない事実だ。それを、周囲は信じようとしない。きっと、何を言ったところで同じようなことになるのだと思う。誰もが納得《なっとく》するほどの説明をしたところで疑う人は必ず現れるのだ。本当に難しい。

「ほんと、謎《なぞ》だよな。深月とあの人って何なの？」

「ただのお隣さんなんだろ？　少なくとも、アイツにとっては」

「一緒に飯食って、出掛けて、ただのお隣さん、ねえ……ま、何でもいいや。あの人が言うことに対して俺は口出しする気もないし、確認しに行くつもりもないからな。あの人がそう言ってるんだったら深月もそれでいいんじゃないか。気付かれてないんだし」

それだけ言い残すと明は自席に戻っていく。明が亜弥に苦手意識を抱いているのは知っている。

けど、少しだけ冷たいように深月は感じた。


「あのさ、俺達《おれたち》ってどういう関係？」

「唐突《とうとつ》に何ですか、その恐《おそ》ろしい質問は。寒気がしました」

晩ご飯時、食卓で顔を合わせた亜弥に深月は聞いてみた。

いったい、亜弥とのこの関係はなんて呼ぶのが正しいのだろうか。

それさえ、二人ではっきりとさせておけば亜弥にお隣さんという無理な言い訳をさせることもなくなり、結果的に亜弥に質問に来る厄介《やっかい》な連中の数も減らせるのではないか。

「ほら、出掛けたことで一之瀬には迷惑《めいわく》を掛けることになっただろ。だから、俺達がどういう関係かはっきりとさせれば一之瀬も説明しやすくなるんじゃないかと思って」

おぞましいものでも見るかのような視線を向けてくる亜弥に説明する。

一度広まった噂をすぐに鎮《しず》めることは出来なくても亜弥の負担を軽減してあげられるなら深月だって何かしたい。友達として。

そのための話し合いのつもりだった——というか、深月は亜弥を友達だと思っている。だから、話し合いではなくて確認のつもりだった。深月としては。

けれども、亜弥が実にあっさりと口にした答えに深月は心が揺らいだ。

「どういう関係も何もただのお隣さんでしょう。それ以外に何があると言うのですか?」

その答え以外を持ち合わせていないかのように。当たり前だとでもいうかのように亜弥は淡々《たんたん》としている。

ずっと、亜弥は言っているのだ。ただのお隣さんだと。そう説明している亜弥の口からそれ以外の答えなんて出てくるはずがない。頭ではそう理解しているのに深月は少しだけ緊張していた。

どんな風に思われているのだろう。ただのお隣さんだと周りには言っているが本当はもう少し深まった関係に思われていたりしないかと。だって、ただのお隣さんと呼んでしまうにはあまりにも同じ時間を過ごしすぎているから。

けど、確信した。どれだけの時間を過ごしたとしても亜弥とはただのお隣さんのままだと。

——何を期待していたんだろうな、俺は。

その答えが正しく、亜弥は何も間違《まちが》えていない。なのに、深月は心にぽっかりとした穴が空いたような気がした。

「噂の原因の半分は私にありますし、あなたに何も被害が及んでいないのならあなたが何かする必要はありません。私の方で対処しますので」

ここでしつこく協力すると粘《ねば》ったところで亜弥は首を縦に振《ふ》らないだろう。これまで、亜弥がそうして生きてきたように誰にも頼《たよ》らず全部一人で解決する、という強い意志らしきものが伝わってくる。

「……そうか。分かった」

確かに、亜弥の言う通りだと深月は素直《すなお》に引いておく。

亜弥に任せておけばいずれ解決するだろう。ただのお隣さんの分際で首を突《つ》っ込み、事態をよりややこしくしてしまうかもしれないくらいなら、初めから亜弥に任せて深月は何もしなければいい。亜弥が頑固者《がんこもの》だということはとっくに理解しているのだから。

「分かったならそんなことにいつまでも悩んでいないで早く食べましょう。冷めてしまいますよ」

「……そうだな」

食事を開始した亜弥と同じように深月も箸《はし》を手に取る。味噌汁《みそしる》を一口飲んだ。いつもと変わらない薄《うす》めの優《やさ》しい味付けだ。

――今日も美味《おい》しい。美味しいはずなのに……なんでだろう?
普段よりもその味を深月は感じることが出来なかった。

第7章　聖女様と雨宿り

「これ、ありがとうございました」

「ああ」

冬休み中、深月《みづき》がレンタルしてきてくれた映画のＤＶＤを借りていた亜弥《あや》は返却期日《へんきゃく》が迫《せま》ってきていることもあり、深月に返した。深月が借りてきてくれたから返却しに行くのは自分で、と考えていたが深月が行くと譲《ゆず》らなかったので素直に甘《あま》えている。

深月がレンタルしてきてくれたＤＶＤはどれも面白くて、いつもは遅《おそ》い家での時間経過も早かった。

「次はいつ見ます？」

「え、次？」

「はい。この映画の続きを見たいんですけど、一人だと最後まで見続ける自信がないのでまたお付き合いしてくれたらなと思うのですが」

深月がレンタルしてきたＤＶＤの中にあった有名なゾンビ映画。ゾンビウイルスに人間

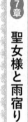

が次々と感染《かんせん》していき、人類が滅亡《めつぼう》寸前まで追い込《こ》まれる中、女性主人公が勇敢《ゆうかん》に戦い生き抜《ぬ》いていく話だった。

予想外な場面から急にゾンビが出てきたり、血が何度も噴《ふ》き出していて怖《こわ》かったが話の出来がよくて夢中になって見ていた。深月の隣で。映画はシリーズ物らしく、この先も物語が続いていると教えられてとても気になっているのだ。

だから、また予定を合わせて深月と一緒《いっしょ》に鑑賞したい。

「あー……そうだな。またいつかな」

しかし、深月はあまり乗り気ではないのか曖昧な返事をする。

それが、亜弥は意外に感じてしまった。洋菓子店に行く時も深月は予定を聞いてくれたし、その日が無理だとしても深月なら予定を合わせようとしてくれるだろう、と思っていたから。

だからだろうか。普段、どれだけ素っ気ない返事を深月にされてもどうとも思わないのに今は少しだけ焦《あせ》りを覚えてしまった。

——今、避《さ》けられましたよね……？

映画くらい一人で見られる。家でも楽しめた。でも、一人よりも深月と一緒の方が楽しかった。それだけでまた深月と一緒に映画を見たい。くだらないことを話したり、ポップコーンを食べたり。深月は亜弥が経験したことのない楽しさを提供してくれるから、亜弥はまた深月と楽しい時間を共有したかった。

けれど、深月からすればそんなに楽しくはなかったのかもしれない。

──私と居るのが楽しいって言ってくれたくせに。

深月がどう思おうが亜弥が何か言える立場ではない。しょせんはただのお隣さんだ。亜弥は首を横に振り、胸の中に湧《わ》いた黒い気持ちを追い払《はら》った。

それに、深月には何かしら予定があって、先の見通しが立たないのかもしれない。深月には日和《ひより》や明《あきら》、雫《しずく》といった時間を共有する相手が亜弥の他にもいるのだ。亜弥にばかり構ってはいられないのも当然である。

そう頭では理解しているのに亜弥はチクリと胸が痛むのを感じた。原因は分からない。

「……都合がいい日があれば、また教えてくださいね」

「分かった。DVD部屋に置いてくるよ」

そう言って深月は自室に向かう。そんな深月の後ろ姿を見ながら、亜弥は深月との距離が開いたように思えた。

◇　◇　◇

薄暗《うすぐら》い雲が空を覆《おお》い、ぽつぽつと小さな雫を垂れ流している。

前触《まえぶ》れもなく午後から雨が降り始めた。

朝、天気予報のお姉さんは一日中晴れだと自信満々に言っていたというのに昼を過ぎてから雲行きが怪《あや》しくなり、ついには小雨《こさめ》が降ってきた。お天気お姉さんもさぞ驚いていることだろう。

そんなお姉さんと同様にほとんどの生徒が傘《かさ》を持ってきておらず、悲嘆《ひたん》の声を漏《も》らしたり、友人同士で談笑《だんしょう》したりしながら時間を潰《つぶ》している。下校時刻を迎《むか》えているというのに教室を出た生徒は少なく、深月と明もその一組だった。気だるそうに腕《うで》を机に乗せ、窓から見える曇り空に明が愚痴《ぐち》る。

「雨降るとか聞いてねえ」

「愚痴は聞き飽《あ》きたから帰っていいか？」

「だーめ。深月はここで雨が止《や》むまで俺と時間を潰すの」

「面倒《めんどう》だなあ」

傘を持ってきていない深月は同じ境遇《きょうぐう》の明に捕《つか》まり、延々と明の愚痴というよりも文句に近い雨に対する恨《うら》み言《ごと》を聞かされていた。

深月も思うところはある。晴れだと言ったお天気お姉さんを信じたからこそ傘を持ってこなかったし、家を出る時はあれだけ晴れていたから雨が降るとは思いもしなかった。そのせいで、早く洗濯物《せんたくもの》を取り込むために帰りたいのに明に捕まって学校に残らされている。文句の一つでも言ってやりたいものだ。

「……こんなことになるならアイツの言うことを素直に聞いておくんだった」

「なんか言われてんの？」

「折《お》り畳《たた》み傘《がさ》はカバンに入れて常備しておくのがお勧《すす》めですよって。備えあれば患《うれい》なしなんだと」

「まあ、雨降ってるってのにわざわざ折り畳み傘を使いはしないからな。緊急《きんきゅう》時じゃないと。でも、毎日持ってくるのは邪魔なんだよな」

「そうなんだよ」

部屋の片付けをしている時に出てきた折り畳み傘を亜弥は常備するように何度も言ってきたが深月は荷物が増えるからという理由で部屋に置いたままにしてある。なのに、今になって後悔《こうかい》するなんて馬鹿《ばか》げた話だった。

きっと、教室で明と雨が止むのを待っていると知られたら亜弥に呆《あき》れられることだろう。

「だから、言ったのに」と冷めた眼差《まなざ》しを向けてきてはカバンの中に折り畳み傘を入れるところまで見守られそうな気がする。

「しかし、本当に面倒見《めんどうみ》いいよな、あの方。同い年の女の子とは思えねえ」

「気になるから言うんだとよ、ただのお隣さんなのに」

「ふーん……ただのお隣さんの分際でねえ」

含《ふく》みのある言い方に深月は首を傾《かし》げた。

「お節介《せっかい》だな。実際、どうなの？　いちいち細かいことまで言われてさ、鬱陶《うっとう》しいってならない？」

「そんなことない」

初めこそ、細かいことまで隅々《すみずみ》注意されてそれが深月にとってはどうでもいいことで、鬱陶しいなと思うことはあった。けどそれが、亜弥の優しさや深月のことを心配しているからなのだと分かって今は有難《ありがた》いと感じている。

だから、鬱陶しいとか思うこともなくなっているので、すぐに否定した。

「なるほどねえ」

「何がなるほどなんだよ」

「深月は尻《しり》に敷《し》かれるタイプだなあと」

「どの口が言ってんだ。日和の尻に敷かれまくってるくせに」

「はあ？　大好きな女の子の言うことは何でも聞くのが常識だろ」

「知らん、そんな常識」

「ヒヨの笑顔を見るためなら俺は何だってするぜ！」

そう高々と明が言い切ったタイミングで狙っていたかのように日和が教室に入ってきた。

手には小さな折り畳み傘を抱《かか》え、スキップしながら日和が近付いてくる。

「アキくん、傘持ってる？　私持ってるから一緒に帰ろっ」

「うん、帰るー」

「あれ、深月も傘忘れたの？」

「今日は雨が降るとは思わなかったからな」

「ごめんね、二人までしか入れないの」

「気にするな。相合傘《あいあいがさ》を邪魔する気もないし」

「そっか。じゃあ、頃合《ころあ》いを見て帰るんだよ。バイバイ」

「じゃあな、深月。雨サイコー！」

「単純な奴《やつ》だ」

あれだけ雨に対して不満を漏らしていたというのに明は日和と手を繋《つな》ぎ、一つの傘に二人で入ることになって雨に感謝までしている。呆れながら二人を見送り、深月は帰る支度《したく》を済ませた。亜弥から貰《もら》ったネックウォーマーを濡《ぬ》らして明日の朝に使えなくなるのを阻《そ》止《し》するためにリュックの底に押《お》し込んで。

元々、これくらいの強さの雨ならアパートまで走って帰ろうと考えていたのだ。

何も、折り畳み傘がなくて深月が困ったことは今日が初めてじゃない。これまでにも、何度か経験している。けど、その度に雨に濡れて帰って問題なく過ごせているから折り畳み傘を持たなくてもいいや、という風にも思えて亜弥の言うことを聞かなかったというのもある。

教室を出て、靴《くつ》を履《は》き替《か》える。外に出てみれば体に雨粒《あまつぶ》が当たるものの痛くもない。

——うん、余裕《よゆう》だな。

空の色を見る限り、アパートに着くまでは土砂《どしゃぶ》降りになったりもしなそうだ。

それでも、急ぐに越《こ》したことはなくて、小走りで帰路へと深月は就《つ》いた。

「……何、してるんですか?」

「見て分からんか。雨宿りだ」

学校を出て、アパートまでの道のりを急いでいれば半分ほど来たところで雨脚《あまあし》が急に強くなった。さっきまでそんな気配なかったろ、と文句を言いたくなるほど雫《しずく》が体を打ち付けてきて深月は走るのを諦《あきら》めて雨宿りしていくことにした。

古くて汚《よご》れた外装のシャッターが閉められたタバコ屋の屋根の下。髪《かみ》の毛から垂れてくる汗混《あせま》じりの滑《ぬめ》った水滴《すいてき》に嫌悪感《けんお》を抱《いだ》いていればピンク色の花柄《はながら》のキノコが止まった。

キノコの下に居たのは亜弥だった。ジーッとこちらを見ながら、堂々と答えた深月にため息をつきそうになっている。

「だから言ったでしょう。備えあれば患なしですと」

「そうだな。備えてなかったから患いてる最中だ」

「はあ……しょうがないですね。はい、どうぞ。入ってください」

「俺のことは気にしないでいい。弱まればその隙《すき》に帰る」

一人でいっぱいなはずの傘を傾《かたむ》けられるも深月は断った。

それは、亜弥との相合傘が恥ずかしいからではない。まあ、それもあるが一番の理由はここ最近、亜弥と以前のように接することが出来なくなっているからだ。気にしてほしくない、それが伝わるように素っ気なく言って視線を逸《そ》らす。そうすれば亜弥も放って帰っていくだろうと思っていたから。

けど、その予想は大きく外れた。

「それなら私も」と傘を畳んだ亜弥が隣に入ってくる。

その奇怪《きかい》な行動に深月は目を丸くした。

「何してるんだ」

「見て分かりませんか、雨宿りです」

「雨宿りって……さっきまで傘差してたろ」

「お気に入りなんですよ、この傘。なので、あまり汚したくないんですよね」

「傘としての役目を果たせないなんて可哀想《かわいそう》に」

「ここまで私を濡らさずに守ってくれたので休ませてあげたいという労《ねぎら》いですよ。だから、私も雨が弱まってから帰ろうかと」

「だとしても、わざわざ同じ場所じゃなくてもいいだろ」

「この場所は月代《つきしろ》くんしか入ってはいけないのですか？」

不敵な笑《え》みを浮かべ、挑発《ちょうはつ》するかのように聞いてくる亜弥に深月は何も言えなくなる。

「……好きにすれば」

「言われなくてもそうします」

結局、二人で雨が弱まるのを待つことになってしまった。

だからと言って、外で会話出来るはずもなく、ただ黙《だま》っているだけ。

——一之瀬はいったい何がしたいんだ？

ここは、住んでいるアパートへと続く道の途中《とちゅう》にある。この付近に同じ学校の生徒が住んでいるのを見掛《みか》けたことはないが、通学路にもなるこの道をいつ誰が通るかは不明だ。そんな場所でこうして二人並んでいて、誰かに目撃でもされたらまた変な噂《うわさ》が流されるかもしれないというのに。

横目で亜弥を見るも亜弥は微動《びどう》だにしない。深月は視線を戻《もど》す。

ここ最近の亜弥の考えていることが深月は少しも分からない。

雫と深月の関係を誤解して怒《おこ》っているようにも悲しんでいるようにも見えたり、その癖《くせ》に深月とはいつまで経《た》ってもただのお隣さんのままだったり。

でも、何よりも理解出来ないのは、ただのお隣さんだと言われて亜弥とどう接すればいいのか分からなくなってしまった自分だった。

腕を組み、目を閉じて考えていれば頬に柔《やわ》らかな感触《かんしょく》が触《ふ》れて目を開けて確認《かくにん》する。

柔らかいものの正体は、深月の頬についた雫を拭《ぬぐ》おうと伸《の》ばした亜弥の手に握《にぎ》られているハンカチだった。

そのことを意識した瞬間《しゅんかん》、深月は弾《はじ》かれたように後退《あとずさ》った。

「逃《に》げないでください」

「逃げてるんじゃない。そもそも、いきなり何するんだ」

「濡れたままだと風邪《かぜ》を引いてしまうじゃないですか」

「余計なお世話だ。馬鹿は風邪なんて引かない」

「それは迷信《めいしん》です。お馬鹿さんでも風邪は引きます」

「馬鹿って認めるな！」

後退る深月に亜弥が迫ってくる。

「ほら、ここも濡れてます」

屋根の下の端《はし》まで追い詰《つ》められ、深月は逃げ場を失くした。それを好機だと捉《とら》えた亜弥がここぞとばかりに背伸《せの》びをしながらハンカチで水滴を拭っていく。身長差故にしんどいであろう髪の水滴を拭うために一生懸命《いつしようけんめい》背伸びをする亜弥がいつも以上に近くに感じる。

本当に風邪を引かせないようにしてくれているのだろう。その真剣な眼差しを見ればどれだけ亜弥が本気なのか分かってしまい、深月は頬が熱くなった。

いつもよりも身近な亜弥に目を細めながら耐《た》えていれば「あっ……」と悲しそうな声を出して亜弥がすっと離《はな》れていく。視線は首元に注がれていて、表情が少し暗くなった気がした。

「どうかしたのか？」

「な、何でもありません」

取り繕《つくろ》うように明るい笑みを作った亜弥は空を見上げ曇り空を黙って見ている。何を考えているのかは見当もつかない。深月も同じようにして、また無言の時間が流れ始めた。

何か起きるでもなく、雨が弱まることもない。意味を感じられない無駄《むだ》な時間。

いつまで続くかも分からず、終わりどころが見つからない。

「くしゅん」と、吹いた強い風に反応した亜弥がくしゃみをして、静かな時間が終わった。

隣を見れば小さく亜弥が体を震《ふる》わせていた。よく見れば、手も首も剥《む》き出しになっている。

「手袋《てぶくろ》とかマフラーはどうした？」

「……今朝はそこまで寒くなかったので洗濯《せんたく》しています」

その通りで今朝はそんなに寒くなかったが雨が降ったことにより気温も下がった。元々、体温があまり高い方ではない亜弥にとっては早く帰って温まりたいところだろう。

「やっぱり、傘を汚してでも早く帰るべきなんじゃないのか。一之瀬《いちのせ》の方こそ、このままだとまた風邪を引きそうだぞ」

「……月代くんはどうするのですか？」

「俺は言ってるだろ。弱まるまで待つって」

「では、私も」

「言ってる場合か。さっさと帰れ」

「ここで、月代くんだけを残して風邪でも引かれたら嫌《いや》な気になるでしょう。無理にでも傘に入れて帰っていればよかったたって。だから、あなたが帰る気になるまでは私も帰りません」

どうやら、亜弥は深月が傘に入って帰る気になるまで居続けるらしい。

どうして先に帰らなかったのかも判明した。それも深月のためを考えてのこと。

そうだったとしても、深月もじゃあ帰るとは言えない。手に息を吐《は》いて寒そうにしている亜弥を早く解放してやりたいがどうせ小さい傘に二人で入ってもどちらも濡れる。それで、二人とも体調を崩《くず》せば本末転倒《ほんまつてんとう》だ。

「……ここに残られてお前に風邪引かれたら俺だって嫌な気するんだぞ」

「じゃあ、どちらかが折れるまで続きますね」

本当に亜弥は頑固者だと思う。寒いくせに無理に我慢《がまん》して、他人のことを気にする。

――どうしようもないお節介焼きだ。ただのお隣さんなんだろ、俺は。さっさと帰れよ。

きっぱりと言い切った亜弥は意地でも帰らないだろう。深月も帰ろうという気にはなれない。

それでも、亜弥のことをどうにかしたくて深月はリュックからある物を取り出した。

「ほら、こっち向けよ」

「わっ」

警戒もなしに言われるがままにこっちを向いた亜弥の首に、亜弥から貰ったネックウォーマーをつける。しっかり、亜弥を寒さから少しでも守ってもらうために隙間《すきま》が出来ないように整えていく。

「……持っていたんですね。今日はしてないからもう捨ててしまったのかと」

「捨てるはずないだろ。濡れて明日の朝、使えないのが嫌だからしまっておいたんだ」

「なのに、いいのですか？　私が使っても」

「お前の方が大事だからな。ちょっとはマシになったか？」

「……はい、温かいです。えへへ」

赤くなった鼻先を隠《かく》そうとしたのか、俯《うつむ》きながらネックウォーマーの位置を上げる亜弥。その前に三日月を描《えが》いていた口元も当然隠されており、深月は喉《のど》から変な声が出そうになった。

よく深月も亜弥と同じことをしているのだ。寒い時はネックウォーマーを上げて口まで隠すという行為《こうい》を。昨日も。

——明日は絶対に出来ないな……。

どこか嬉《うれ》しそうにしている亜弥に小さく笑みを浮《う》かべながらまた距離を空けて待つ。雨が止む気配はまだ訪《おとず》れない。時間も進み、傘を持つ通行人の数も増えてきた。

その中の一人が足を止めた。

「……一之瀬さん？」

どうやら、同じ制服を着た男子生徒は亜弥のことを知っているらしい。聖女様として有名なのだから当然か、と向けていた視線を元に戻す。たまたま同じ屋根の下で雨宿りしているだけで無関係な奴ですよ、と演じるために。

「わあ、凄《すご》い偶然だね。もしかして、傘が壊《こわ》れて雨宿りしてるの？」

「ええ、そんなところです」

すぐに聖女様の顔を作って応じる亜弥の変わり身の早さに感心する。聖女様としての亜弥を知っているような気がしていたが、こんなにも近くで見るのは初めてだった。

——聖女様の時の一之瀬ってこんな感じなのか。そりゃ、周りに気に入られる訳だ。

当たり障《さわ》りのない、可愛《かわい》らしい笑顔《えがお》。丁寧《ていねい》な接し方で誰にでも優しく、相手にされている男子も頬を赤くしながら鼻の下を伸ばして喜んでいる。

「よ、よかったら家まで送っていこうか？　ここに居ても冷えるでしょ？」

「いえ、ご迷惑になりますし遠慮《えんりょ》しておきます」

「そんな。迷惑なんかじゃないよ。あ、でも家を知られるのは嫌だよね。じゃあ、どこかで雨宿りでもしていく？　ここよりも暖かい場所で」

──凄いなー。今の感じで絶対に無理だと分かるはずなのに諦めないなんて。

ニコニコと笑顔のままの亜弥だが、誘《さそ》いには絶対に乗らないという強い意志を感じる。それでも、しきりに誘い続ける彼《かれ》の根性《こんじょう》に感心していればこっちを見られた。

「それに、気まずいでしょ。こんな嫌《きら》われ者と一緒だなんて」

なるほど、彼は深月のことも知っているらしい。同じ教室で見た覚えはないので違《ちが》うクラスだろうが体育祭での一件で深月のことも覚えていたのだろう。あのことは深月が思っているよりも広まっているようだ。

「また変な噂が流れても嫌じゃない？」

冬休み中、聖女様がデートしていたという噂に付け加え、聖女様は男漁《あさ》りをしているというありもしない噂まで最近は流れている。出所は保健室で亜弥に告白し、深月の目の前で散った三年の三田《みた》。フラれた腹いせなのか、同じように悪い噂を流された仕返しのつもりなのか「クリスマスは鼻血小僧で出掛《でか》けた相手はただのお隣さん。可愛い顔して男遊びが好きな最低な奴じゃねえか」と言い始めた結果だ。

今のこの状況《じょうきょう》も見ようによっては聖女様が嫌われ者男子とお近付きになろうとしている、と彼には見えるのかもしれない。腐《くさ》った目を眼科で見てもらえ、と深月は言いたいがどう見るかは人それぞれだ。彼を見ないように前を向き、視界から追い出す。

「まあ、僕《ぼく》はそんな噂なんて信じてないけどね。でも、一之瀬さんのことを考えると嫌だと思うんだ。だから、帰ろう」

亜弥を誘う餌《えさ》に使われるのは癪《しゃく》ではあるが、亜弥がここよりも暖かい場所に行けるなら文句はなく、なんと言われようとも大きな心で深月は聞き流した。

けれど、亜弥の堪忍袋《かんにんぶくろ》には触れてしまったようだ。

「それは、あなたでも変わりないので結構です」

可愛らしい笑顔のまま。けれども、突き放《はな》すような言い方は誰からも好かれる聖女様とは大きく違っていて、彼もハトが豆鉄砲《まめでっぽう》を食《く》ったような顔になっている。

「ど、どうしたのいきなり？」

「どうしたも何も断っているだけですよ、結構ですと」

「で、でも、ここに居ればまた噂が流れちゃうかもしれないんだよ？」

「そうですね。誰に見られているか分かりませんものね」

か。

「そ、そうだよ。だから、早く帰ろう?」

彼の声が徐々《じょじょ》に震えだしているのが伝わってくる。亜弥に恐怖《きょうふ》しているのが丸分かりだ。

それでも、諦めないのはこれが亜弥に近付く絶好の機会だと、逃《のが》したくないからだろうか。

――でも、お前は知らないんだよな。お前が憧《あこが》れている聖女様は頑固者だってこと。

「結構です」

そうきっぱりと言い切る亜弥には誰《だれ》が何を言ったって無駄に終わる。いったい、その小さな体躯《たいく》のどこにその圧を感じさせるほどの強さを秘《ひ》めているのか不思議になる。

「ぼ、僕は一之瀬さんのことを思って」

「それなら、あなたとの噂だって広まってしまうかもしれないことも当然考えていますよね。なのに、どうして私がお願いすると思うのですか?」

聞いているだけでもぐうの音も出せない正論は恐ろしく、彼のことを同情しそうになってしまうが亜弥の言っていることは正しい。深月と居て変な噂が流れてしまう可能性があるのなら、当然それは相手が変わってもある訳で亜弥が受け入れるなんてあり得ない。

ここで、彼も諦めていればよかった。けれど、いつもと違う態度の亜弥に困惑《こんわく》していたのか素直に応じない亜弥に腹を立てたのか彼が亜弥の細い手首を掴《つか》もうと腕を伸ばすのが見えて、深月は目を閉じた亜弥を庇《かば》うように彼の腕を掴んだ。

大きく目を見開いた後に彼が睨《にら》んでくるが全く怖いと感じない。

「この手、何？　放してくんない？」

「いやあ、立派なお前に感動してつい手を掴んでしまった」

「はっ？」

「そんなにも誰かを助けたいって気持ち、いたく感動した。そこでだ、実は傘を忘れて困ってるんだよな、俺。だから、早く帰りたいし家まで送ってくれ」

愛想《あいそ》よく笑顔の仮面を被《かぶ》って頼《たの》み込む。彼の腕は一切《いっさい》放さないまま。

「どうして僕がお前なんかの頼みを聞かないとダメなんだよ」

「酷《ひど》いなあ。雨宿りにも付き合うってのに。因《ちな》みに、どこに行く？　カフェ？　ファストフード店？　あったかい物が食べられる場所がいいな」

「っ、誰がお前なんかと。僕は一之瀬さんのために」

「それも、俺達が相合傘して帰ってるところを見せたら解決すると思うぞ。あの二人、愛し合ってるんだって噂されて。そしたら、一之瀬の変な噂もすぐに上書きされるだろ。この学校の奴らは真実でもない噂に翻弄《ほんろう》される馬鹿ばっかりだからな」

こんな名前も知らない、亜弥を怖がらせる男子と仲良くしている場面など誰にも見られたくないが亜弥に対する変な噂をかき消せるなら乗っからない手はない。

「嫌に決まってるだろ」

「そうか。なら、さっさと目の前から消えてくれ。こっちは早く帰りたくても傘がないからどうしようもなくてイライラしてるってのに傘を見せびらかしてさ、目障《めざわ》りなんだよ」

彼の腕を握っている手に力を込めれば苦痛の色に彼の表情が染まる。

「……だから、どうして僕がお前なんかの命令を」

「命令じゃない。お願いだよ、お願い。な？」

幼い頃《ころ》はよく睨んでいると誤解され、恐れられていた鋭《するど》い瞳《ひとみ》で睨めば彼は無理やり腕を振り払い逃れるように深月から離れた。

そのまま、亜弥にだけ「じゃあね」と言い残して足早に消えていく。

――そんなに怖がることないじゃないか。傷付くぞ。

亜弥が怖がったのを見て、我慢ならずに関《かか》わってしまったが上手《うま》くいってよかった。少しだけ心に傷を負いそうになったが何事もなく一仕事を終えて深月は安堵《あんど》の息を吐く。

すると、背中を弱々しく引っ張られ、振り返れば亜弥が俯くように顔を下に向けていた。

「……早く帰りたいのですか？」

「いや、あれはアイツを撃退《げきたい》するための嘘《うそ》で」

「……傘なら、ここにありますよ？」

上目遣《うわめづか》いになって傘を示す亜弥に深月は上手な言い訳が思い付かない。

「……私はもう帰りたいです。また声を掛《か》けられるようなことは嫌です」

そんなことを言われて、深月が折れずにいられるはずがなかった。亜弥に嫌な思いなんてさせたくないのだから。

「……それって、俺《おれ》も入れてくれるってこと？」

「そう言ってます」

「なら、そろそろ帰るか。干してる洗濯物もあるしな」

「そうしましょう」

広げた傘に入った亜弥が深月に入ってくるように促《うなが》してくる。ちょっと躊躇《ためら》いながら深月はお邪魔《じゃま》させてもらった。

「お邪魔します」

「はい、どうぞ」

やはり、傘は小さくて二人で入ると肩《かた》が濡れてしまう。なるべく、亜弥を濡らさないために深月が体を外に出していれば、右腕《みぎうで》に温《ぬく》もりのある柔らかな感触が押し付けられる。亜弥の左腕《ひだりうで》だった。

「入るならちゃんと入ってください」

「あ、ああ」

深月が濡れる部分を最小限にするために亜弥はぴったりと身を寄せてくれていて、恥《は》ずかしいからといって距離《きょり》を作ったとしてもすぐに埋《う》めてまた同じようになるだろう。なら、耐えるしかない。

それでも、右腕に当たる柔らかな感触にどうしても意識が持っていかれそうになり、深月は気を紛《まぎ》らわせることにした。

「せめて、傘を持たせてくれ」

「あなたを犠《ぎ》牲《せい》にして私の方に傾けたりしないと約束しますか？」

「するする。するよ」

考えを見抜《みぬ》かれていた。せめて、亜弥だけは完全に守ってもらうように傘を扱《あつか》おうとしていたが怒られそうなので、ただの肉体労働の役目だけを全《まっと》うしながら歩く。身を寄せてくる亜弥の歩《ほ》幅《はば》に合わせるのが難しく、何度も体同士がぶつかって歩きづらい。

「真《ま》っ直《す》ぐ歩けないのですか」

「しょうがないだろ。歩幅がズレないように歩くのは難しいんだ」

せっかくの相合傘だというのに口を開けば亜弥とは言い合いばかりになってしまう。明や日和のように、一つの傘を二人で仲良く分け合うなんて到底《とうてい》出来そうにない。

「……どうして、あんなことをしたのですか？　あなたには関係のないことだから無視していればよかったのに」

「目障りでどこか行ってほしかったからだ。ただの自己都合だよ」

手を出されそうになった瞬間、亜弥が怖がって目を閉じた。保健室でのことがトラウマになっているのかもしれない。そもそも、何も悪いことをしていない亜弥がどうして怖い目に遭《あ》わないといけないのか。そう考えればどうにも腹が立ってしまった。亜弥には話す必要はない、ただそれだけのこと。

「……する必要ないですからね、私のために知らない男の子と相合傘だなんて」

「しねえよ。そんな趣味《しゅみ》、俺にはない。お前こそ、なんであんな突《つ》き放すようなこと言ったんだよ。聖女様の顔に泥《どろ》を塗《ぬ》るようなことして」

「腹が立ったんですよ、あの人に。あなたのことを悪く言われて」

「はあ？　いいだろ、そんなこと。よくあることだし」

「よくありません。私が聞いていない所でのことまで口を挟《はさ》むつもりはありませんが私の目の前で言ったんです。腹が立ちますよ」

「なんで？」

思い出してまた腹が立ってきたのか本気で怒っている亜弥に深月は聞いてしまう。

理由が分からない。あんなの深月にとっては日常茶飯事《にちじょうさはんじ》で嫌だと思うことでもなく、聞き流すスルースキルを習得している。だから、あんなのはただの戯言《たわごと》だと、言われている本人が気にしないことなのに、どうして亜弥がそこまで怒《いか》りを露《あら》わにしてしまうのか。

「大事なお隣《となり》さんに酷いこと言ったんです。当然です」

ただのお隣さんの次は大事なお隣さんだ。やはり、深月には亜弥のことが分からない。いくら考えても答えが今すぐ出てくることはないだろう。とりあえず、今は怒ってくれた亜弥に感謝だけを伝えておこう、と深月は思考を放棄《ほうき》した。

「その、なんだ……ありがとな」

「いえ、私の方こそ。庇ってくださってありがとうございました」

自己都合だと言ったのに亜弥にはしっかり見抜かれてしまっていた。こんなにも深月は亜弥のことで悩《なや》んでいるというのに、自分のことは亜弥に筒抜《つつぬ》けでどうにも悔《くや》しい。亜弥の心が読めたらどれだけ楽になるだろうか。

「帰ったら何か温かい飲み物でも飲みたいですね」

「そうだな」

「その前に、月代くんはお風呂《ふろ》でしっかり暖を取らないとですけど」

「今、言うことかよ、それ」

こんな時までチクリと刺《さ》さるお節介。さっきの彼はこんな母親じみたことを相合傘の最中にまで口出ししてくる聖女様とこうしたかったのだろうか。

きっと、違うのだろう。もっとべったりと身を寄せ合って、楽しい話で盛り上がることを夢見ていたに違いない。

不思議そうに首を傾げた亜弥に深月は呆れる。ロマンチックな雰囲気《ふんいき》などこれっぽっちもない。

――だとしたら、俺はお前の夢を守ってやった恩人だな。現実は案外こんなもんだよ。

彼が望んだ聖女様との相合傘。それを邪魔した自分がこうして亜弥と相合傘をしている。

そんな背徳感を少しだけ覚えながら、深月は誰も現実を見る必要はないなと思った。

「あ、いたいた。おーい、一之瀬《いちのせ》さーん」

誰とデートしたんですか？　本当にただのお隣さんで付き合ってないの？　男漁りが趣味ならさ、俺とも遊ぼうよ。

そんなくだらない噂を確認しに来た相手にいちいち対応するのにも疲《つか》れ、保健室に避難《ひなん》させてもらおうと廊下《ろうか》を歩いていた亜弥《あや》は背中に届いた大きい声に足を止めた。

――はあ、またですか。何を聞かれたって答えは同じなのに。

億劫《おっくう》になりながら振《ふ》り返ってみれば、手を振りながら駆《か》けてくる日和《ひより》の姿を視界が捉える。

「一之瀬さん、明日って暇《ひま》？」

「何ですか、藪《やぶ》から棒《ぼう》に」

「あはは。藪から棒にって本当に言う子初めて見た。やっぱり、面白《おもしろ》いね」

ケラケラとお腹《なか》を抱えながら笑う日和。その明るい笑顔が眩《まぶ》しくて、亜弥は目を細めた。

「柴田《しばた》さんを楽しませるために言った訳ではありませんよ」

「わっ。名前、覚えてくれたんだ。嬉しいな」

「当然です。私、記憶力《きおくりよく》悪い方ではないので」

感動している日和に亜弥は堂々と答えたが嘘である。よく声を掛けられる亜弥だが、その都度相手のことを記憶《きおく》している訳ではない。他人に興味もないし、無関係だと割り切っているからだ。

けれど、日和は特別だった。存在感が強いということもあるが、捨て猫《ねこ》を見つけて途方《とほう》に暮れていた時には助けてもらったし、何より一緒《いっしょ》に初詣《はつもう》でにも行った。そこで、迷子になった亜弥を日和はとても心配してくれていたし、屋台でお土産《みやげ》も買ってきてくれた。

そんな優《やさ》しい日和を忘れるはずがなかった。

「な、何をするんですか？」

突然《とつぜん》、日和から両手を握られ亜弥は戸惑《とまど》う。

「嬉しいから感動を伝えたくて」

「ぶんぶん振らないでください。痛いです」

止《や》めるように言っても日和は聞いてくれず、手を上下に振りながら感動とやらを伝えてくる。

――感情表現が直接的過ぎです。

放してほしくなるものの、本当に嬉しそうにしている日和の表情を見てしまえば亜弥も何も言えなくなってしまう。

「それでねそれでね。さっきの話に戻るんだけど、明日って暇？」

「ま、まあ、特に用事はないですけど」

「ほんとっ？　じゃあ、一緒にお菓子《かし》作りしよっ」

どこからそんな話になったのだろうか、と亜弥が返事出来ないままでいると話が勝手にどんどんと進んでいく。

「場所は私の家ね。時間はお昼からでいい？　あ、家までの道のり教えるから連絡先交換《れんらくさきこうかん》しよっか」

「いや、あの……行きませんよ？」

「え、何で？」

理由を聞かれても答えは一つしかない。怖《こわ》いからだ。大して仲良くもない相手の家に入るのも、日和の怒涛《どとう》の距離の詰め方も何もかもが。亜弥は誰もが思っているほど対人関係が得意ではない。自分の身は自分で守ると決めている。

「そう聞かれましてもお菓子を作りたい気持ちがないからです」

感謝はしているし、少しずつでも仲良くなれたらとも思うが家に行くのはもっと親密な関係になってからでないと無理。だから、当たり障りのない、平凡《へいぼん》な理由で断る。そうすることで、ほとんどの物事がスムーズに流れて平穏《へいおん》な生活を送れるようになるのだ。

けれども、勿論《もちろん》それが通じない相手だっている。日和もそうだった。握られている手に力が込《こ》められる。痛みはないが振りほどけそうになく、亜弥はゾッとした。

「一之瀬さんさ、ただのお隣さんとスイーツ食べに行ったんだよね？　美味《おい》しかった？」

「え、ええ、まあ」

深月《みづき》と出掛けてしまったからこそ、デートだの男漁りが趣味の男好きだの身に覚えのないことを好き勝手に囁《ささや》かれることになってしまったが後悔《こうかい》はしていない。

それほどまでに、あの洋菓子《ようがし》店のパフェやケーキが美味しくて、深月がお土産に買ってくれた焼き菓子の詰め合わせも毎日一つずつ食べる楽しみになっていて、満足している。

それに、随分《ずいぶん》と恥ずかしい体験をさせられたがそれも含めて深月とのお出掛けが楽しかった。出掛けない方がよかった、とは考えていない。

「それなら、私のお願いを聞いてもいいんじゃないかな」

「ど、どうしてそうなるのですか」

「だってさ、クーポン券をあげたのは私なんだよ。つまり、一之瀬さんが美味しい思いを出来たのも私のおかげってこと。意味分かる？」

分からない。全然分からないが、スイーツを食べるきっかけを作ってあげたのだから感謝して言うことを聞け、という悪魔《あくま》みたいな発想を日和がしていることだけは理解した。

しかし、理解したが驚《おどろ》きの方が強くて何も言えずに亜弥が口を閉ざしていれば日和はさぞかし弱い獲物《えもの》を見つけた肉食獣《にくしょくじゅう》のように高々と口角を上げた。

そして、小さな声でぼそりと呟《つぶや》いた。

「……ほんと、よくやってくれたよ、深月」

「なっ……最初からこれが狙《ねら》いで」

「うん、そうだよ。でも、今更《いまさら》気付いたところで遅《おそ》いよね。食べちゃったもんねー。美味しかったもんねー。じゃあ、私に逆らえないよねー」

「うぐぐぐ……」

どうやら、日和は最初からこうして亜弥に言うことを聞かせるがために深月までも利用して外堀《そとぼり》を埋めていたらしい。都合のいいように扱われていたなんて深月は思いもしないだろう。

——少しは仲良くなれたらな……なんて考えていたのが馬鹿《ばか》みたいです。

優しい子だと認識《にんしき》していたのを亜弥は改めた。警戒《けいかい》しなければならない相手に。

「あなたのせいで私が今、どんな目に遭っているか分かってるんですか？」

「悪いことしたな～とは思うけど、謝《あやま》らないよ」

日和は周りを見渡《みわた》して、明るい声を一際《ひときわ》大きくして聞かせるように口にした。

「だって、一之瀬さんが誰と出掛けようと周りには関係ないことでしょ。一之瀬さんは自由なんだから、面白おかしく話題にする周りがどうかしてるんだよ。だから、私は悪いことしてないし謝らない」

──……言ってることが矛盾《むじゅん》してるっ！

きっぱりと言い切った日和に亜弥は内心で叫《さけ》んだ。

けれども、自分が正しいと信じている日和の姿に悪気はなくて、何も言えなくなる。

呆然《ぼうぜん》とする亜弥に日和はとびっきりの笑みを浮かべた。

「それじゃ、明日の話をしよっか」

可愛い笑顔の下にとんでもない腹黒さを秘めている。

──この人、嫌いです！

ぽん、と肩に手を置いてくる日和に亜弥はそう思わずにはいられなかった。

「はあ……着いてしまいました」

昨日の会話を思い出しながら、柴田と書かれた表札の前で亜弥はため息を溢《こぼ》す。

――憂鬱《ゆううつ》です。

どうにか連絡先の交換だけは阻止《そし》したが日和に逆らえず、来てしまった。手にしているメモに書かれた通り、駅から迷わずに歩いてきたし表札を見てもここで間違《まちが》いないだろう。

無視してもよかったが後から何をされるか分からなくて怖い。亜弥にとっては男の子も面倒《めんどう》だが、時と場合によれば女の子の方がよっぽど厄介《やっかい》な存在になる。わざわざ火に油を注ぐような真似《まね》はしない方が身のためになるはずだ。

――今からでも帰りたいですけど。

そもそも、日和とは繋《つな》がりがあった訳ではない。信条にしている、借りは返すことさえ達成すれば心置きなく割り切れる。

今日を区切りに日和には金輪際近付かないようにしよう、と決意して呼び鈴《りん》を鳴らした。

『はーい。ちょっと待っててねー』

弾《はず》んだ声で言った日和を待ちながら亜弥は手荷物を確認する。

一応、エプロンと、お邪魔させてもらう立場なので手土産《てみやげ》に洋菓子店でプリンを購入《こうにゅう》してきた。これで日和のご機嫌《きげん》を取れたら幸いである。

「いらっしゃーい」と勢いよく開いた玄関《げんかん》から日和が飛び出してくる。脅《おど》したことに罪悪感を少しも抱《いだ》いていない様子だ。

「よくもまあ、脅したくせにそんなに歓迎《かんげい》出来ますね」

「あれ、もしかして怒ってる？」

「そんなことないですよ。これ、よかったらどうぞ」

「わっ、何だろう」

「プリンです」

「やったー。ありがと、一之瀬さん。ささっ、入って入って」

「お邪魔します」

日和に招かれ、亜弥は未開の地に足を踏《ふ》み入れる。日和の家は一軒家《いっけんや》。亜弥がかつて住んでいた家よりは小さいが隅々《すみずみ》まで掃除《そうじ》がされていて綺麗《きれい》だ。

足取り軽く歩く日和の後ろで足取り重い亜弥は辺りを警戒しながらついていく。もし、日和の家族がどこかから現れても失礼な態度にならないように、と考えていたが家の中は随分と静かだ。出掛けているのかもしれない。少しだけ肩の荷が下りた気がした。

「じゃ、ちょっとここで待ってて。着替《きが》えてくる」

連れられたキッチンでいきなり一人にされて亜弥はソワソワする。一先《ひとま》ず、亜弥もエプロンを着けて大人しく待つことにした。キッチンのすぐ側にはテーブルが置いてあり、椅《い》子《す》が四つある。家族で食卓《しょくたく》を囲んでいるのだろう。テレビ台には家族の集合写真が飾《かざ》られていた。

「お待たせー」

苦手ですね、と仲睦《むつ》まじい家族の姿から目を背《そむ》けていればエプロンを装備した日和が戻ってきた。縫《ぬ》い付けられたウサギのワッペンがワンポイントになっている可愛らしいエプロンだ。亜弥の無印のものとは随分と違っている。

「どうかな、このエプロン。アキくんには可愛い可愛いって絶賛されるんだよ」

「よくお似合いです」

「えへへ、ありがと」

明《あきら》からしてみれば、些細《ささい》なことにも笑顔を振りまく日和が可愛いと言っていそうだなと亜弥は思った。明のことは何も知らないけれど。

「うーん、一之瀬さんはなんか地味だね」

腕《うで》を組んだ日和から品定めされるように言われる。

「せっかく、可愛いんだからエプロンも可愛いの着ようよ。深月に可愛いって思われたいでしょ？」

「どうして私が月代《つきしろ》くんに可愛いと思われないといけないのですか……」

「だって、可愛い女の子が自分の家で手料理を振《ふ》る舞《ま》ってくれるって男子からすれば夢のような状況なんだよ」

「だから？」

「とびっきり可愛い姿で相手してあげたい、ってならない？」

「なりませんね、一切《いっさい》。目の保養よりも栄養を摂取《せっしゅ》してほしいので」

「ふむふむ。それだけ、容姿に自信があると」

「どうしてそうなるんです⁉」

そんなつもりもない亜弥がショックを受ければ日和は笑い声を楽しそうに上げる。

やはり、深月の言っていた通り、日和の相手はとても疲れる。亜弥はすぐにでも帰りたくなった。

「やっぱり、一之瀬さんと話すの楽しいね」

「私は疲れるだけです」

「あはは。ごめんね。でも、悪気はないんだよ？　早く一之瀬さんと仲良くなりたいだけだから」

そんな風に言われても亜弥は戸惑うだけだ。

昔も、日和と同じことを言われて救いを求めた亜弥は何人かの女の子と仲良くしたことはあった。けれども、彼女達《かのじょたち》は亜弥には興味がなくて、亜弥と行動を共にしていれば気になる異性に近付く機会が増えることを狙いとしていて、ただ利用されていただけだった。

それから、亜弥は誰とも交流を深めないように改めて決意した。既《すで》に日和には素敵《すてき》な彼《かれ》氏《し》がいるから過去のようになる可能性は低いが懐《ふところ》に入れるつもりはない。

「脅しておいてよく言えます」

「やっぱり、根に持ってる？」

「さあ、どうですかね？　自分の胸に聞いてみればいかがです？」

「カッチーン。今のはさあ、喧嘩《けんか》売られたってことでいいよね？」

何が日和の逆鱗《げきりん》に触《ふ》れたのか亜弥にはさっぱりだが、日和の目が据《す》わっているのを見れば気に障ることを言ってしまったらしい。

怒《おこ》らせてしまうと何をされるか分からなくて、亜弥は恐《おそ》ろしくなった。

「あの、私、何か失礼なこと言ってしまいましたか？」

「うっわ、無自覚だよ、この子。こわ」

「むっ。怖いとは何ですか、怖いとは」

心外なことを言われ、今度は亜弥も眉尻《まゆじり》を上げた。邪魔者《じゃまもの》にならないように亜弥は他人の顔色ばかりを窺《うかが》って生きている。だから、得意な方なのだ。本音を隠して、相手を嫌な気にさせないように振る舞うことは。

それが、どれだけ疲れることかも知らないであろう日和に勝手なことを言われたくない。

「だって、そうでしょ？　自分の言葉がどれだけ相手を傷付けてるか考えてないんだもん」

「それ、自分にもブーメラン返ってること理解して言ってるんですよね？　だいたい、考え直してもあなたを怒らせるようなこと言ったとは思えないのですけど」

「ご自分のご自慢《じまん》の胸にでも聞いてみればいいんじゃない？　ご自慢の胸に」

視線を下げたまま一点を集中して直視する日和に亜弥は本当は聖女様なんかとは全然違っている胸の内を透《す》かされそうな不安を覚えた。

「ど、どうしてそんなに見てくるのですか……」

「服とエプロンがあっても分かるな、と。膨《ふく》らみが」

「み、見ないでください。訴《うった》えますよ⁉」

全然違った。不安を覚える必要なんてなかった。日和は胸の内なんかではなく、二つの膨らみを見ていた。恥ずかしくなって亜弥はとっさに両腕《りょううで》で隠す。顔が熱い。

「まあまあ、女の子同士だしいいじゃありませんか」

「何もよくありません。それより、作るなら早く作りましょう。このままだと何もしてい

ないのに体力が削《けず》られていくばかりです」

「ま、それもそうだね」

パタパタと冷蔵庫から取り出した色々な材料を日和がキッチンに並べていく。

「そもそも、今日は何を作るつもりなのですか？」

「チョコを使った何か。甘《あま》さ控《ひか》えめのね」

「どうしてそんなややこしいものを」

「アキくんにバレンタインでプレゼントしたくて」

「まだ当日まで随分と日があるように思いますけど」

「付き合って初めてのバレンタインだから失敗したくないし沢山《たくさん》練習したいんだ」

「なるほど。でも、別に私が手伝いに来る必要はなかったような……柴田さんなら沢山知人がいる訳ですし」

「深月が言ってたから。一之瀬さん凄く料理が上手だって。だから、私の知らないアイデアとか出してくれるかもって」

「そ、そうですか」

知らない所でも深月がそう言ってくれていたことを知って、亜弥は胸の内が熱くなった。

「一応ね、ネットでも調べておいたから作り始めよっか」

頬《ほお》を手で扇《あお》いでいた亜弥は、行動を開始した日和の後を慌《あわ》てて追い掛ける。

「先《ま》ずは何を作るつもりですか？」

「ふふん、いい質問だね、一之瀬くん」

「え、あ、はい」

「じゃじゃーん。これだよ、これ」

得意気になった日和に見せられたのは棒状に丸められた春巻きの皮にチョコが塗られたお菓子の写真のスマホ画面。

「これならそんなに甘くないだろうしアキくんも喜んでくれると思うんだ」

「美味しそうですね」

「だよねー。完成したら試食しようね」

「そうですね。それで、何か手伝うことはありますか？」

「んー、特にないかな。一之瀬さんも好きにチョコ作ってよ。材料は何使ってもいいからさ」

「えっ……」

春巻きの皮を切り始めた日和に亜弥は呆然と立ち尽《つ》くす。自慢ではないが、女子高生にすれば亜弥は料理が得意な方だ。だから、てっきり手伝ってほしくて頼《たよ》られているのだと考えていたのに取り残され、日和の自分勝手さにだんだん腹が立ってくる。

こういう時は何かして気を紛らわせるのが一番。何かといってもお菓子作りしかないが。

それに、せっかく来たのだ。時間を無駄《むだ》にするような勿体《もったい》ないことをする気もない。

——一つ、気になっていることもありますしね。

ここ最近の問題を解決するためにも亜弥はチョコを細かく切るところから作業を進めていく。

やや広めのキッチンは二人で作業しても問題がなく、亜弥は快適さを覚える。

スムーズに手を動かしていれば背中合わせの日和から声を掛けられた。

「これまでに一之瀬さんって誰かにチョコ贈《おく》ったことってあるの？」

「ないですよ、一度も」

「義理も？」

「義理も。男の子のこと苦手ですし」

「今年は深月にあげるの？」

「……考えてなかったです。今作っているのは食べてもらおうと思っていましたけど」

これまでバレンタインなんて縁《えん》のない話だと意識したこともなかったから日和に言われるまで頭から抜《ぬ》けていた。少しだけ手を止めて考えてみる。

「当日に贈ったりはしないでしょうね」

可愛《かわい》くラッピングして、自分はオシャレして、緊張《きんちょう》しながらも深月にチョコを渡《わた》す。

そんなことをしている自分の姿が全く想像出来ずに亜弥は答えた。

すると、どういうことか日和が意外そうな声を出す。

「えー、深月のこと好きじゃないの？」

「人としては好きですよ、彼《かれ》は私にとっていい人です。でも、恋愛《れんあい》感情は抱いていないので」

きっぱりと言い切っておく。亜弥がどんな風に深月を思っているのかを誤解されないように。

——そもそも、どうして私が月代くんを好きだと誤解するんでしょう？　この前の店員さんは最初から誤解してこ、恋人《こいびと》同士だと決めつけていましたし……。私と月代くんはただのお隣さん。それ以上でもそれ以下でもありません。

謎《なぞ》だった。亜弥にはそんなつもりがないのに周りにはそう見られることが。

「それなのに、深月に毎晩ご飯作ってあげるのってやっぱり変な感じがするな〜。誰にも言わないから私にだけは本当の気持ち教えてくれていいんだよ。好きなんでしょ？」

「何度もしつこいですね……好きではないですって。むしろ、嫌《きら》いだって何度も言っているほどですよ」

「え、正面から嫌いって言ってくる美女と一緒に過ごしてるの、深月。そういう趣味？」

「月代くんのことは私よりも柴田さんの方が詳《くわ》しいでしょう。付き合い長いんですし」

「うーん、深月って何考えてるかよく分からないんだよね。だから、お互《たが》い掴めないもの同士で深月と一之瀬さんはお似合いだなーって思ってるよ。息も合ってたし」

「またその話に戻《もど》る……お似合いではないですよ、今だって喧嘩中ですし」

「そうなんだ。でも、喧嘩するほど仲がいいとも言うよね」

　ここ最近、深月の態度がどこかよそよそしくて変だ。映画を一緒に見ようと誘《さそ》った時や傘《かさ》に入るように言った時がそうだったように、目を合わせるのも口数も少なくなった。でも、晩ご飯の度に「ありがとう。ご馳走様《ちそうさま》。美味しかった」は相変わらず毎回言ってくれるし、洗い物もしてくれていて何かが大きく変わった訳でもない。

　それでも、冬休みにしていたような馴《な》れ合いはなく、亜弥は避《さ》けられている気がしてならない。

　昨日も食事中に、日和の家に行かなければならなくなったことを相談してどうすればいいか聞いても深月は「ああ。うん。へえ。そうだな」とどこか上の空だった。

　さっき、日和に「自分の言葉がどれだけ相手を傷付けてるか考えてない」と言われて亜弥は内心で焦《あせ》っていた。深月だからこそ、ついつい本音を言ってしまうが深月だって同じ人間だ。普段《ふだん》は気にしないような素振《そぶ》りをしているが心ではどう感じているのか分からず、気付かない間に傷付けていたかもと思ったから。

「それで、一之瀬さんはどうするつもりなの？」

「仲直りしますよ。そのために今こうして作っているんですから」

別に深月とは日和が言うほど仲良くなったとは思っていない。けれど、今のままなのは嫌《いや》だと感じているのも事実だ。また一緒に映画も見たいし、トランプでも遊びたい。くだらないやり取りだって。

だから、亜弥はあっさりと口にした。そこに深い意味は込めていないから。

「そっかあ。美味しいのが出来るといいね」

「私の心配よりもご自分の心配をするべきでは？」

「あはは。そりゃそうだ」

それからは日和が話しかけてくることもなく、亜弥も黙々《もくもく》と作業を続けた。

「見た目に問題はないね、うん」

冷蔵庫でチョコが固まるのを待ち、完成したものを机に広げて日和は満足気に頷《うなず》いている。亜弥も綺麗に丸く仕上がったチョコを手に取りながら気分良く眺《なが》めていると日和が写真を撮《と》り始めた。

「どうして写真を撮るのです？」

「記録用だよ。あとは、ＳＮＳに投稿《とうこう》するためかな。一之瀬さんは撮らないの？」

「してないので必要ないです」

「じゃあ、この機会に始めちゃおうよ。休みの日で会えなくても友達の様子とか見られて楽しいよ。あ、ほら。ちょうどさっき雫《しずく》が更新《こうしん》して――」

その瞬間《しゅんかん》、見てはいけないものを見てしまったかのように日和の動きが固まった。ピクリとも動かない。

雫といえば、うどんの飼い主である。もしかするとうどんに関することが投稿されたのかもと考え、亜弥は日和の後ろから画面をそっと覗《のぞ》き込む。

そこには、うどんに関することが投稿されてあった。猫友のみづきっちが遊びに来てくれたよ～、という一文と深月がうどんと楽しそうに遊んでいる写真付きで。

それを見た瞬間、亜弥の視界が真っ暗になった。当然だ。反射的に目を閉じたのだから。

しかし、どうして目を閉じてしまったのか亜弥は分からない。すごく不思議な感覚に一瞬《いっしゅん》だけ陥《おちい》ったがその感覚の名前はどれだけ言葉のタンスを開けても出てこなくて目を開けた。

やはり、見ている景色は変わらない。

「……私はあなたのことを考えているというのにあなたは女の子と楽しそうに遊んでいいご身分ですねえ」

自分でも信じられないくらいお腹の底から低い声が出て亜弥は驚いた。

肩を跳《は》ねさせた日和は慌てて振り返ると、スマホを背中の後ろに隠《かく》して、誤解を解くように手を振る。

「そ、そんなことないと思うな。これはきっと、何かの間違いだよ」

「何が間違いなんです？　どう見ても楽しそうにされていますが？」

「こわ、怖いよ。そんなに怒らないで」

「怒る？　私は別に月代くんがどこで誰《だれ》と遊ぼうがどうでもいいですし、腹を立てるような間柄《あいだがら》でもないです」

そうだ。亜弥は深月の彼女《かのじょ》でもなければ、将来を誓《ちか》い合った関係でもない。ただのお隣さんだ。深月が亜弥の知らない所で誰と恋仲《こいなか》になろうと知ったことでもないし、腹を立てるなんて論外である。そう理解しているのだ。頭でも心でも。

――なのに、どうしてこうも写真を見たくないと拒絶《きよぜつ》してしまうのでしょう？

以前にも、同じようなことがあった。深月と雫が二人で仲良さそうにしているのを見掛《みか》けて、そんな権利もないのに無性《むしょう》に深月に腹が立って会った瞬間に八つ当たりのようなことを言ってしまった。深月は何も悪くないのにただ一方的に亜弥が原因不明のイライラに体を突き動かされて、そのイライラが段々と時間が経《た》つと共に悲しみに変わった。

結局、それら全部が亜弥が勝手に誤解してのことだと深月に言われ、落ち着いてから考えれば本当にその通りで亜弥は消えたくなるほどの羞恥心《しゅうちしん》に苛《さいな》まれると同時に凄《すご》く安堵《あんど》した。

その時のことも今のことも亜弥は自分の身に何が起きているのか見当もつかない。

「……友達だって言ってたくせに」

こんな言葉が口を衝《つ》いて出てくることもおかしい。誰か頭の中に居て、体を勝手に操作されているのではないかと思ってしまう。

「だ、大丈夫《だいじょうぶ》だよ。雫だって猫友って書いてあるし」

「……ま、どうでもいいですけどね。私にはツーショット写真がありますし」

「そ、そっかあ。はい、甘い物でも食べて落ち着いて」

日和が明に作った試食品を手渡《てわた》され、亜弥は口に含《ふく》んだ。パリパリとした食感に加え、少しもっちりとした感触《かんしょく》も残っていて不思議な感覚だ。けれど、甘さ控えめにされていてもとても美味しくて亜弥の心が落ち着きを取り戻した。

「もう一本」

「は、はい」

お腹を満たせばこの変な感情も忘れてどうにかなるだろう、ともう一本欲《ほ》しいことを伝えれば日和はやけにビクビクと怖がる素振りで試食品を手に載せてくる。

自分がどんな顔をしながら食べているのか亜弥には知る由もなかった。

◇　◇　◇

「あ、やーっと来た。おせーぞ、深月」

「すまん。雫の家でうどんの運動に付き合ってたら遅くなった」

ファストフード店の端《はし》の席で一人寂《さび》しくジュースを飲んでいた明のもとに深月は早歩きで向かい、席に着いた。

「雫の家に寄ってたって？　あ、ほんとだ。ＳＮＳにそう書いてる。珍《めずら》しいこともあるもんだな」

「この前、たまたま猫グッズ見てたらいい遊び道具があったからうどんにプレゼントしようって買っておいたんだよ。で、そのことを雫に昨日話したら明日家まで持ってきて一緒に遊ぼって流れに。来週、学校で渡すって言ったんだけど休日じゃないといっぱいうどんに構えないって泣きつかれてな」

だから、小一時間ほど雫とうどんの相手をして、それから明と約束していたファストフード店までなるべく遅《おく》れないように雫の家から急いで来た。すっかり喉《のど》がカラカラだ。注文していたジュースを飲んで喉に潤《うるお》いを与《あた》える。

「それで、俺《おれ》を呼び出して何かあるのか？」

雫にも昨日誘われたが、明に誘われたのも昨日だった。雫の家に長居するつもりもなかったので二つ返事で一緒に飯食おうという誘いに乗ったのだ。

「んー、今日はヒヨと遊べなくて暇になると思ったから最近やたらと上の空な深月の話でも聞こうかなって」

「俺が上の空？」

「あれ、自覚ない？　最近、ボーッとしてる時間増えただろ、深月」

「そんなつもりないけどな」

「今だってポテト食われてるのに気付いてないじゃん」

「あ、ほんとだ。っておい、人のを勝手に食べるな」

自白してなお盗《ぬす》み食《ぐ》いを止《や》めない明の手の甲《こう》を深月は叩《たた》き落とした。朝から何も食べてなくてお腹が空いているのだ。減らしてほしくない。

「自分がボーッとしてるって気付いた？」

「お前がそう言うならそうなんだろうな」

「で、原因は？」

思い当たるのは一つしかない。というか、そのことばかりが頭の中をグルグルとメリーゴーラウンドのように回り続けている。

「一之瀬との関係をどうしようかなって」

「え、告白でもするつもりなのか？」

「そういうことじゃない」

「じゃあ、どういうことなんだ？」

深月は確かに亜弥のことで悩《なや》んでいる。高校に入学してから今日まで悩み事には全《すべ》て亜弥が関《かか》わっている。厄介な話だと思った。

「俺はさ、一之瀬のことを友達だと思ってる。けど、アイツからすれば俺はただのお隣《となり》さんのままで。だから、どう接するのがいいのか分からなくなってるんだ」

関わることが増えてきて、一緒に過ごす時間も多くなっていつの間にか深月は亜弥を友達だと思っていた。だから、出掛《でか》けたのだって、そのせいで迷惑《めいわく》を掛《か》けているのをどうにかしたくなったのだって友達として当然のこと。

でも、亜弥からすれば深月はただのお隣さんのままで。これまで通り、亜弥と接していて本当にいいのかと思えばどうにも難しくなった。

「これまで通りでいいんじゃねえの？」

「そう。その通りなんだよ。なのにさ、俺は――一之瀬と同じがいいと思ってるんだ」

深月のことを亜弥がただのお隣さんだと思っていてもいい。深月も亜弥のことを以前まてのようにそう認識すればいいだけの話なのだから。

それでも、深月は亜弥のことを友達だと思ってしまった以上、ただのお隣さんには戻れなかった。

「ふーむ。めんどくせえな」

「俺もそう思う。俺、めんどくさいこと気にしてるなって」

たぶん、亜弥の方は何も考えてなくてこれまで通り、今まで通り何も変わらないままでいることが正解で、そうしていればいい。深月だけが意識して空回りしている。

両腕を伸《の》ばし、背もたれに背中を預けてずるずると沈《しず》む。天を仰《あお》ぎながら深月は深い息を吐《つ》いた。

「ほんと、いつからそう思うようになったんだか……一之瀬のこと苦手だったのになあ」

接点を持つようになったきっかけの日まで深月は敢《あ》えて亜弥を避けていた。聖女様と呼ばれる亜弥が深月には眩《まぶ》しかったのだ。

勉学も運動も努力すれば結果が出る——それは、かつて深月が喉から手が出るほど望んでいたもので手に出来なかったものだ。

だから、勝手に羨《うらや》ましくなって、妬《ねた》ましくなって、深月は亜弥が一方的に苦手で避けていた。

だというのに、ほんの些細なきっかけから少しずつ亜弥のことを知っていき、今では避けるどころか、友達だと認識されていなかったことにショックを受けてしまっている。

——本当にいつからそんな風に一之瀬の存在が変わっていったのやら。

「あの人に言えばいいんじゃないか。友達だと思ってるから友達だと思ってくれって」

「それはなんか違《ちが》うだろ。一之瀬の気持ちを考えてないみたいだし、押《お》し付けたくない」

「それで、一人で悩んでるのも馬鹿馬鹿《ばかばか》しくないか？　あの人のことなんて自分の後回しで考えればいいじゃん」

「それ、日和が相手なら同じこと言えないだろ。てか、前から思ってたけど明って一之瀬に対して酷《ひど》くない？」

「俺も苦手なんだ。可愛くて、勉強も運動も完璧《かんぺき》で、性格までいいって逆に近付き難《がた》いから。それに、俺はあの人よりも深月の方が大事だからな。あの人のせいで深月がいつまでも苦しんでるのは見てられん」

亜弥を前にして、明の態度が微妙《びみょう》に不審《ふしん》になっていたのはそういうことらしい。聖女様と呼ばれている亜弥だが、学校の誰にでも好かれている訳ではない。中には明みたいに感じている人ももっといるのかもしれないなと深月は思った。だからといって、亜弥に酷い扱《あつか》いをしようとはならないけれど。

「まあ、深月のやり方に口を挟《はさ》むつもりはないけどさ、落としどころ見つけて早く済ませてくれよ。いつまでも上の空な深月はつまんないし、擦《す》り合わせしてさ」

「擦り合わせ？」

「そ。聖女様と話してお互いに納得《なっとく》するようにするか、自分の中で思い込むんだ」

「思い込むってどんな風に」

「聖女様に友達として接してるし友達だと思っていればいいやって」

簡単に明は口にするが、友達と思っていたからこそただのお隣さんだと言われて悩んでいることを理解していないのだろうか。

「でも、それってちょっと危険じゃないか？」

極端《きょくたん》な話、一方的な思い込みになって、それが相手を傷付けてしまうようなことになったりしないだろうか、と深月は不安になる。保健室で亜弥に告白してフラれた三田《みた》がそんな性格な気がするし、ああはなりたくないから自分は大丈夫だろうと思いたいが。

「深月の心配も分かるけどさ、すっごく楽になれるぜ。俺もヒヨのことが気になり始めて、俺も好きだからヒヨも好きだよな、って思うようにすれば落ち着けたし、告白する勇気も出たから。結果、ヒヨと両想《りょうおも》いで今に至ってるしお勧《すす》め」

「それは、結果論だろ。もし、日和と結ばれてなかったらどうしてたんだよ」

「その時はまたどうにか擦り合わせしてたんじゃないかな。付き合えなかったけど、告白はしたし悔《く》いはないって。そうやって自分が納得するように擦り合わせを繰《く》り返す。自分で自分を苦しめるより、楽にしてあげたいじゃん。自分くらいはさ」

無茶苦茶《むちゃくちゃ》なことを言っているような気もするが、明の言い分は理に適《かな》っているとも深月は思った。ただ、いきなりそうするのは難しそうではあるし中には出来ない人だっているだろう。明が真《ま》っ直《す》ぐだから可能だっただけで。

「深月の場合はもう聖女様の心の内を知ってるんだしさ、あとは自分が納得出来る部分を見つけたら済む話だろ。簡単じゃん」

「気楽に言ってくれるよ、他人事《ひとごと》だと思って」

「経験談だよ。相手の気持ち知らない方が難しいから」

自虐的《じぎゃくてき》でいて、どこか楽しそうに口角を上げる明。日和のことを異性として気にし始めた頃《ころ》のことでも思い返しているのだろう。

「なんじゃそりゃ」と言って深月はハンバーガーに噛《かぶ》り付いた。

――擦り合わせ、か。

やってみる価値はあるかもしれない、と深月は挑戦《ちょうせん》することにした。


「月代くん。少しお時間いいですか？」

「ん、いいよ」

「それなら、こちらにどうぞ。お話があります」

そう言ってソファに座《すわ》らされたのは深月が洗い物を終えて直後のこと。

隣に座った亜弥は体をこちらに向けて、じっと目を見つめてくる。その目は真剣《しんけん》だった。

もしかすると、ここ最近の深月の態度に嫌気《いやけ》が差してこの関係をお終《しま》いにしましょう、と言い出そうとしているのかもしれない。亜弥にも伝わるように明らかに避けていた時だってあるのだ。

十分にあり得る可能性だと深月は急に恐ろしくなり、腰《こし》を浮《う》かした。

「は、話す前に飲み物の用意でも」

「逃《に》げないでください」

うやむやにしようと動けば腕を掴《つか》まれる。亜弥の言う通りだった。

一人でうだうだと考えて、その原因を亜弥に話すこともせずに深月は逃げているだけだ。向き合う時が来てしまったのだろう。大人しく座り直した。

そのことを確認《かくにん》した亜弥は静かに息を吸《す》い込《こ》んでからペコリと頭を下げた。

「ごめんなさい」

突然《とつぜん》の謝罪に深月は目を回す。状況《じょうきょう》についていけてない。

「これはほんの謝罪の気持ちです。受け取ってください」

おまけに、透明《とうめい》な袋《ふくろ》に丸いチョコが何個も入った品を渡され、ますます頭が混乱してきた。

「え、ちょ、待ってくれ。どうして一之瀬が謝るんだ？」

顔を上げた亜弥はどこか不安そうにして、瞳《ひとみ》を泳がせている。

「……だって、月代くんが怒ってるから」

「俺が怒ってる？　一之瀬に？」

小さく頷いて答える亜弥だが深月にはその心当たりがない。亜弥とのことで悩んではいるが腹を立てたりしていることは決してない。

「怒ったりしてないよ」

「……嘘《うそ》つき」

「嘘じゃないって」

「でも、最近態度が変じゃないですか。以前のように目を合わせるのも少ないですし、私のこと避けているような気もしますし。さっきだって、逃げようとしたし……」

「それは、そうだけど……」

亜弥が気にしていることは全て深月が自覚しながら取っていた行動で、そのせいで亜弥は深月を怒らせていると勘違《かんちが》いしているらしい。けど、それは亜弥とどう関わっていけばいいのか悩んでいたからで、亜弥のことを嫌いになったのではない。

「ほら、やはり、私に腹を立てているのでしょう？」

「違うって」

「それなら、どう違うのか納得出来るように説明してください」

説明するのは簡単だ。自分の気持ちを打ち明ければ亜弥にどう解釈《かいしやく》されるかは不明だが怒っていない証明にはなる。

しかし、それもどうなんだろうか。より話がややこしくなったりしないだろうか。

考えが巡《めぐ》る深月の脳裏《のうり》に最適解がふと浮かんできた。

「俺は一之瀬にとってただのお隣さんなんだ。だから、お隣さんをしてただけだよ」

少々ズルい気もするが元はと言えば亜弥がそう言ったのだ。だから、深月は関わる前の頃《ころ》のように亜弥と距離《きょり》を置いていたし、これで亜弥も納得してくれるに違いない。

しかし、そんな深月の考えは一蹴《いっしゅう》された。「納得出来ません」という亜弥の一声に。

「なんでだよ」

「だって、ただのお隣さんならこれまで通りでいいじゃないですか。なのに、違うということは何かあるはずです」

「よくはないだろ。お隣さんの分際で一緒に出掛けたりしないんだから。お前だって、もう一人のお隣さんと出掛けたりしないだろ？」

「ええ、しませんよ。だって、私にはお隣さんはあなたしかいないのだから」

「は？」

そんなことはない。深月の部屋は階の端っこでお隣さんと呼べるのは亜弥しかいないが、亜弥には深月以外にも隣に住んでいる住人がいる。

「いや、いるじゃん。存在消したるなよ」

「いませんよ、お隣さんと呼べる存在は」

「あー……ご近所付き合いがないから？」

「違います。私にとっては関わりのない人――極端になりますが言ってしまえば、存在していない人だからです」

「それは、ちょっと酷くないか？」

「そうですね。でも、私には本当にその通りの人だらけなんです、この世界中。そんな中で月代くんだけは唯一《ゆいいつ》お隣さんと呼べる人だと思えたんです」

世界中の人が亜弥にとっては存在していないのと同じ。そう亜弥が思うようになった背景を深月は詳しく知らない。

けれど、亜弥は言い切ったのだ。深月だけはお隣さんと思えると。

きっと、深月が隣人《りんじん》だと呼ばれるのは隣に住んでいるからで、これが近所に住んでいたならご近所さんと呼ばれ、同じクラスならクラスメイトと呼ばれていたのだろう。

でも、それはただ事実を述べているからではなくて、亜弥が人付き合いをしてこなかったから適切な言葉を知らないだけで本当は深月と同じなのかもしれない。

「だから、その……以前のような月代くんでいてほしいです。変なお願いですけど」

世界中が存在していない人だらけの中で、ただのお隣さんと呼ばれることはとても光栄なことなのではないだろうか。

それを亜弥はずっと亜弥なりに表現してくれていたのに深月は勝手に誤解して、一人であれこれ考えて亜弥を不安にさせて——嬉《うれ》しいというよりも申し訳ない気持ちの方が大きくなって、今度は深月が頭を下げた。

「ほんっっっとうにごめん。悪かった」

「ど、どうして月代くんが謝《あやま》るのですか？　顔を上げてください」

焦った亜弥に言われても合わす顔がなくてなかなか前を向けない。

「ただのお隣さんだって言われて、一之瀬にどう接したらいいのか分からなくなったんだ。俺にとっての隣人ってせいぜい挨拶《あいさつ》するくらいの人をそう呼ぶんだと思ってたから。だから、変な態度になってお前を勘違いさせて悪くもないのに謝らせちまった……悪い」

「それって、月代くんにとって私はただのお隣さんではない、ということですか？」

「……まあ、隣人は一緒《いっしょ》に出掛けたりはしないと思うからな。あくまでも俺個人としては」

「じゃあ、どう言うのが正解なのですか？」

答えに言い淀《よど》む。顔を上げれば亜弥が曇《くも》りない眼を向けてきていて、たったの二文字の言葉が本当に浮かんでいないことが伝わってくる。

いや、そもそも深月の脳裏にある友達という二文字が正解なのかさえ不明瞭《ふめいりょう》だ。まだ何も深月と亜弥の関係は変わっていないのだから。

「正解なんてないよ、きっとな。だから、一之瀬はこれまで通りでいい。俺と変わらないんだって知ったからもう大丈夫だし」

「でも、私はお隣さんではないのでしょう？」

「ああ。でも、一緒だよ」

「それを教えてください。合わせますので」

「俺のは教えない。無理に合わせるって違うし。それに、合わすなら一之瀬に自覚してほしいから。だから、内緒《ないしょ》だ」

明に話せばまた面倒《めんどう》なことを言ったな、と呆《あき》れられるかもしれない。口にしながら深月は呆れた。馬鹿《ばか》なこと言ったな、と。

でも、それくらいは望んだっていいだろう、とも思ったのだ。

「今はただのお隣さんで十分だよ」

亜弥が深月のことを友達と呼んでくれるのはいつになるか分からない。すぐかもしれないし、永遠にないかもしれない。それでも、その日が来るまで待ってみたい。亜弥の友達として。そう余裕《よゆう》が持てるほど深月の心はスッキリとしたから。擦り合わせをして。

「それよりさ、このチョコどうしたんだよ」

「……今日、柴田さんのお家で一緒に作ったんです」

「へえ……食べていいのか？」

頷いた亜弥から了承《りょうしょう》を得たので深月は封《ふう》を開けてチョコを一粒《つぶ》口に放《ほう》り込む。噛《か》んでみれば中からグミのような食感のものが出てきて不思議な感じがする。味はめちゃくちゃ美《お》味《い》しい。

もう一つ食べてみれば今度は中からラムネが出てきた。一粒ごとに違うお菓子《かし》が入っているのかもしれない。またレベル高いことを、と感心しながら堪能《たんのう》していれば亜弥が頬を膨らませていた。

「なんだか、急に態度変わりすぎではないですか？」

「そうか？」

以前のような深月で居てほしい、と言われたし深月自身もスッキリしたから早速《さっそく》以前のようにしていたというのにそれが亜弥には納得がいかないらしい。女心は難しくて深月は困ったように頬を掻《か》いた。

「そうです。どれだけ私が悩んで考えたのか知りもしないくせに。そのチョコだって、何を渡せば月代くんが許してくれるか悩んだことちゃんと理解してほしいです」

腕《うで》を組んでそっぽを向いた亜弥だが、口にしている内容は随分《ずいぶん》と可愛らしくて深月は微笑《ほほえ》ましい気分になる。

「因《ちな》みに、なんでチョコなんだ？」

「甘い物食べれば機嫌《きげん》よくなると閃《ひらめ》いたからです」

大真面目《おおまじめ》な顔をして亜弥が答えたものだから深月は堪《こら》えきれずに笑い始めた。腹を抱《かか》えて。

「い、一之瀬はそうかもしれないけどさ、俺もそうとは限らないだろ」

すると、馬鹿にされたと思ったのか亜弥は大きく頰を膨《ふく》らませると手を伸ばしていきなりチョコを奪《うば》いにくる。

「そんなこと言うなら返してください。もう食べなくていいです」

「嫌だね。もうこれは俺のもんだ」

伸びてくる亜弥の手を深月は回避《かいひ》しながら取り上げられないようにチョコを守る。そうすれば、ムキになった亜弥の勢いが増した。狭《せま》いソファでの格闘《かくとう》は逃げ場も攻《せ》め場もなくて、勢い余った亜弥が深月の胸に飛び込む形になってぶつかる。

「あいたたた……っ⁉」

まるで、階段から降ってきた亜弥の下敷《したじ》きになった時のような体勢。違うのは、亜弥の意識があること。目と鼻の先で亜弥がきょとんと目を丸くしているのがよく見える。

「す、すみません……怪我《けが》はないですか?」

「あ、ああ」

いつもなら、飛び退《の》きそうな亜弥なのになかなか離《はな》れようとしない。体が重なっている部分が熱く、深月の鼓動《こどう》は加速していく。

「……こんなこと、ただのお隣さんでもしないですよね」

「……しないな、絶対」

「……そう、ですよね」

黙《だま》り込んだまま何か考えている亜弥。その無表情からは何も読み取れず、深月はただ早く退いてほしいと願うばかり。

「あ」

押し倒《たお》されるような体勢は柔《やわ》らかな感触を否応《いやおう》にも感じてしまい、気まずくなって視線を逸《そ》らしていればチョコが奪われた。

「それはそれとして、月代くんに反撃《はんげき》しないと気が済みません。そこで、私は閃きました。私は月代くんに辱《はずかし》められたので、月代くんも同じ目に遭《あ》うのが筋なのではないかと。なので、はい、どうぞ」

チョコを摘《つ》まんだ亜弥の指が口元に出され、深月は瞬《まばた》きを繰り返した。

「私は知っているのです。こうすれば月代くんが段々恥《は》ずかしくなって頬《ほお》を赤くすること。だって、私は月代くんのお隣さんですからね。ほうら、赤くなってきた」

何を考えているのかと思えば、とんでもないことを考えていたらしい。

ニヤリ、と口角を上げる亜弥が深月には悪魔《あくま》に見えた。明らかに深月を辱めて楽しんでいる。憂《う》さ晴《ば》らししたくなるほど、亜弥にストレスを与えてしまっていたのなら深月は黙って従うしかないだろう。ただ、反撃しないとも限らないが。

「ふふ……まるで、お出掛けした日のようですね。あの日と同じように沢山《たくさん》恥《は》ずかしい思いを――っ⁉」

長くなりそうだったので、これを食べろという亜弥の意図は見抜《みぬ》けていたから深月はチョコを口に含んだ。亜弥の親指と人差し指まで口に入れてしまうのも仕方のないことだ。だって、チョコを放してくれないのだからこうしないと食べられない。

すると、途端《とたん》に亜弥の頬が真っ赤に染まった。指まで口に入れられるとは思っていなかったようだ。

「い、いきなり何して――ひゃっ⁉」

どうやら、指を舐《な》められるのはくすぐったくて苦手らしい。目にじんわりと涙《なみだ》を浮かべている亜弥を見れば深月もだいぶ気分が良くなる。ざまあみろ、と。美少女の指を舐めて悶《もだ》える姿を観察して興奮するような変態ではないので口を開ければ亜弥は指を急いで抜いた。

「辱めを受けただけだが?」

あくまでも主体的にではなく、受動的だとすっとぼければ亜弥の体が震《ふる》え始める。怒《いか》りからなのか恥ずかしさからなのかは不明だ。

「ほ、本当に可愛げがないですね……」

「求めてないからな、可愛げなんて」

こうなることを予測出来なかったのだろうか。自分から言い出したくせに亜弥の方がダメージを受けて傷付いている。馬鹿だなあ、と思うけれどそんな亜弥が見ていて飽《あ》きない。

「それで、もう終わりなのか?」

「ま、まだ終わりません。でも、月代くんは口を開けて待つしかしちゃだめです」

「む、そうきたか。仕方ないな」

今度こそなす術《すべ》がなくなり、深月は口を開けてただチョコを入れられるのを待つしかない。なんだか、首に鎖《くさり》をつけられて飼われているペットのようだ。全くいい気分ではない。

「ようやく、仕返しする番です……惨《みじ》めな月代くんを眺めるのはとてもいい気分です」

「ほんと、皆《みな》が憧《あこが》れる聖女様とは思えない発言だな」

「いいじゃないですか。ただのお隣さんのあなたの前でくらい聖女様じゃなくたって……それに、私は黒聖女なのでしょう？」

不敵な笑《え》みを浮かべて亜弥が試《ため》すように聞いてくる。

改めて、亜弥は聖女様というよりも黒聖女の方がよく似合っている。優《やさ》しいけれど優しいだけじゃなくて、腹黒で毒舌《どくぜつ》だけど嫌な感じはしなくて。深月はそんな亜弥だからこそ、友達と思えたのだ。友達が楽しそうに笑っていられるのならそれだけでいい。

「そうだな。あ」

口を開ければ亜弥が摘まんだチョコを落とした。さっきよりも甘味《あまみ》が何倍にも膨れ上がったチョコを咀嚼《そしゃく》して飲《の》み込み、また口を開ければもう一つと落とされ喉を通す。

さっき亜弥に言われた通り、深月の頬はとっくに真っ赤に染まっているのだろう。とても満足気に亜弥がニマニマしている。

なんだか、こんな風に亜弥の笑顔《えがお》を見るのも久しぶりな気がした。

――やっぱり、一之瀬には笑っていてほしいよな。俺の前以外でも。うん、やろう。

だから、深月はそっと決意した。笑顔にしたいと思っていたのに笑顔を減らしていた自分への戒《いまし》めも込めて、亜弥の顔を曇らせる要因を少しでも排除《はいじょ》しようと。自分でつけた火種は回収しないとならない。

◇　◇　◇

「急に呼び出してすみません。来てくれてありがとうございます」

とある日の放課後、三田は校舎裏に呼び出されていた。手には三十枚を超《こ》える呼び出しの手紙を握《にぎ》っている。内容はどれも「三田先輩《せんぱい》へ。放課後、校舎裏で待っています」というもの。今朝、下駄箱《げたばこ》に入っているのを見て、ハートのシールが貼《は》られていて最初はラブレターかと喜んだ。

けれど、教室に行けば同じような内容の手紙が机に山盛りにされていて、おまけに教室に入ってくるクラスメイトにも手渡されて途中《とちゅう》から恐怖《きょうふ》に変わった。

クラスも名前も知られているということはきっと顔も知られている。

逃げるに逃げられず、震えながら放課後まで過ごして、いざ辿《たど》り着いた場所には一人の男子生徒が校舎に背中を預けて待っていた。周囲を見回してみても他に誰か居る気配はなく、茂《しげ》みの中にも集団が潜《ひそ》んでいることはなさそうだ。

　てっきり、聖女様の腕を無理に掴んだことに対しての制裁をされるのではないかと不安だったが、いきなり囲まれたりすることはなさそうで、少しだけ安堵して三田は男子生徒を睨《にら》みつける。

「この手紙を出したのはお前か？」

「はい」

「この大量の手紙は何だ！」

　相手が単独だと分かればビクビクする必要はない。先輩と書いてある通り、相手はメガネを掛けた真面目《まじめ》そうな下級生で見た目も細くて、殴《なぐ》り合いになっても野球部で三年間鍛《きた》えた腕力《わんりょく》があれば余裕で勝てる。

　そう判断すると下手に出るのではなく、あえて強気になって相手に恐怖を与えるために手紙を地面に投げ捨てた。

「クラスは分かったんですけど先輩の下駄箱が分からなかったのでクラス全員の下駄箱に入れさせてもらいました。いやあ、無事に受け取っていただけて嬉しいです」

　強気に出ても男子生徒の態度はヘラヘラとしたままで余裕がある。

「お前は誰なんだ」

「あー、オレのこと知らないんですね。知ってるはずなんですけど」

そう言われても三田の脳裏に思い当たる人物像は浮かんでこない。

すると、男子生徒は不敵な笑みを浮かべ両手を広げた。存在を主張するように。

「ある時は鼻血小僧《こぞう》。ある時はただのお隣さん。先輩も聞いたことあるでしょ？」

鼻血小僧もただのお隣さんも三田が知っている相手だ。なんせ、聖女様がクリスマスを共にして、出掛けた相手として学校で噂《うわさ》になっているから。

しかし、鼻血小僧とただのお隣さんは別人だと思っていた。

「……同一人物だったのか」

「そっす。だから、先輩にお願いがあるんですよ。一之瀬の変な噂、流すのやめてもらっていいですか？」

三田が流したのは清純そうなイメージの聖女様が陰《かげ》では男漁《あさ》りをするほどの男好きだということ。フラれた腹いせと、手荒《てあら》な真似《まね》をされたと聖女様に噂を流された仕返しに同じことをしてやろうと企《たくら》んで流してみたが面白《おもしろ》いくらいに広まっている。実際に聖女様のもとまで遊びの誘《さそ》いに行く連中もいるようで、困っているであろう聖女様の顔が浮かんでは気持ちよくなっていた。

「は、やだね。なんで、俺がお前の頼《たの》みを聞かないとなんねーんだよ。だいたい、俺が流した証拠《しょうこ》もないくせに」

「うーん、確かに。証拠もないですし、頼みを聞く必要もないですね」

「そうだろ。分かったら、とっとと帰れ。帰って、お願いしてきた聖女様に、何も出来ずに戻《もど》って来た報告でもしてろ」

「いや。一之瀬からは何も言われてないですよ。全部、オレが単独で行動してるだけなんで」

「は、大好きな彼女《かのじょ》を知らない所で守る彼氏《かれし》か。さぞかし、気分がいいだろうな」

「彼氏とかそういうのでもないいんで勘違い止《や》めてもらっていいですか」

　てっきり、鼻血小僧もただのお隣さんも聖女様の彼氏だと三田は思い込んでいたが違ったらしい。それなら、どうして鼻血小僧が自分を呼び出したのか分からなくなる。

「何のためにお前はこんなことしてるんだ……？」

「そうですね。一之瀬がオレの友達だからですかね」

「とも、だち……っ、お前は聖女様と友達になれたって言うのかよ！」

「ええー……急に怒《おこ》って、情緒《じょうちょ》不安定なんですか。こわー……あ、そっか。先輩は告白してフラれた挙句、友達になろうって申し出も断られてましたね！」

　こっちがどれだけ聖女様に一目惚《ひとめぼ》れしていて、告白してフラれ、友達にもなれずに腹を立てていたのかこれっぽっちも眼中にない様子で、鼻血小僧は愉快《ゆかい》だと言わんばかりの笑顔で口にした。

「だからなんだ。自慢《じまん》か？　自分は聖女様と友達になれたって。言っておくがな、あんな可愛《かわい》げもない女と友達になったってなんも楽しいことなんてねえぞ」

「自慢、出来ればいいんですけどねえ。実は、オレも一之瀬と友達になった訳じゃないんですよね。勝手にそう認識《にんしき》しているだけで」

「なんだ、ただの聖女様のストーカーか」

「いや、ストーカーではないです。だって、一緒にクリスマス過ごして、一緒に年越《としこ》しして、一緒に映画観《み》て、一緒に出掛けて。毎晩一緒に一之瀬の手作り料理食べるってもう立派な友達って呼べるでしょ。なのに、一之瀬の頭の中には友達って言葉はなくて……ほんと、どれだけ人付き合いしてこなかったんだよ。……まあ、でも、それが、一之瀬なんでしょうがないですよね。あと、一之瀬は可愛いし、一緒に居て楽しいですよ」

一目惚れした聖女様が知らないところで、毎晩手作り料理を振《ふ》る舞《ま》って、クリスマスも年越しも映画もお出掛けも共にする異性が居たと言われ、三田は目の前が真っ暗になった。鈍器《どんき》で頭を殴られた感覚に近い。痛みも殴られた経験もないが。

どれだけ想《おも》いを募《つの》らせても聖女様に脈がないと知って、輝《かがや》いて見えていた姿が酷く荒《すさ》んで見えるようになった。だというのに、聖女様が他の異性と仲睦《むつ》まじく過ごしている光景を想像しただけで胃が痛くなって、胸の中が嫉妬《しっと》で熱くなって、その熱に促《うなが》されるように三田の体は動いていた。

鼻血小僧の胸《むな》ぐらを掴み上げる。それでも、鼻血小僧の態度は揺《ゆ》るがずに余裕のまま。むしろ、掴んだ三田の方が恐《おそ》ろしさを感じてしまった。鼻血小僧が射殺すように鋭《するど》い瞳を向けてきていたから。

「聖女様に伝えろ。俺の悪い噂流して憂さ晴らしなんてするから自分も同じことされるんだ。ざまあみろ、ブースってな」

「……あんた、本当に一之瀬のこと何も分かってないんだな。アイツはそんなことするような奴《やつ》じゃねえんだよ。そんなことも知らないくせに、アイツのこと苦しめて楽しいかよ」

初めて鼻血小僧の感情が揺れ動いた。怒りを露《あら》わにした証拠に鋭い眼光を強くする。

怒りの感情を芽生えさせたということは嫌《いや》な気持ちを与えたということで、三田は感情が高揚《こうよう》した。

「ああ、楽しいね」

「そうか。オレは何にも楽しいと思わなかったけどな。あんたの噂広めても」

「は？」

「まだ気付かないのか？　あんたが保健室でしたこと広めたのは一之瀬じゃない。オレだって言ってるんだ」

気付けば三田は反射的に手が出て鼻血小僧の頬を殴っていた。

「いって……」と、尻《しり》もちをついた鼻血小僧が殴られた痕《あと》を擦《さす》りながら睨み上げてくる。

「そうか……お前が犯人だったのか」

鼻血小僧の正体を三田は突《つ》き止《と》めた。この鋭い瞳に相手を舐めきった態度。保健室で聖女様に告白していた時に邪魔《じゃま》をしてきた、男子生徒だ。

あの日も鼻血小僧さえいなければ、聖女様と友達になれていたかもしれない。その芽を摘まれ、日々の生活の調子さえも狂《くる》わされて三田の怒りは頂点に達した。

「お前のせいで俺はクラスで孤立《こりつ》して、周りからは冷ややかな眼差《まなざ》しを向けられるようになって……どんな気持ちで生活してきたか考えたことあるのかよ！」

「さあ、あんたのことなんて知ったこっちゃないんで」

「その鬱陶《うっとう》しい態度も終わりだ。聖女様の噂の相手がお前だって広めてやるよ。わざわざ正体ばれないようにしてるってことは、知られたくないんだろ？」

「とことんどうしようもない奴だな。ま、いいけどさ」

それでも、やっぱり鼻血小僧は余裕のままでズボンの砂埃《すなぼこり》を払《はら》っている。

「い、いいのかよ……？」

「いいよ、覚悟《かくご》はしてたから。オレのことは好きにすればいい。ただし、そのせいで一之瀬にも被害《ひがい》が及《およ》ぶってんならあんたもただで済むとは思うなよ」

何をしても心が動かない鼻血小僧に三田は正体不明の恐怖を抱《いだ》いてしまう。体の奥底《おくそこ》からじわじわと震えが止まらない。

そんな三田のことなど眼中にもない鼻血小僧はズボンのポケットからスマホを取り出す。

「お、きたきた。じゃーん、これなんでしょう？」

スマホの画面に流れていたのは三田が鼻血小僧を殴っている動画だった。慌《あわ》てて三田は周囲を見回してみるものの誰《だれ》もいない。けれど、確実にどこかから誰かが撮影《さつえい》している。鼻血小僧の協力者が。

「これ以上、一之瀬が困ることとするつもりならこの動画先生に見てもらいます」

「なっ……先生出すとか卑怯《ひきょう》じゃねえか！」

「卑怯？　何を甘《あま》えたこと言ってるんだ？　こっちは友達が嫌な思いしてるんだ。守るためにはどんな手段でも使うに決まってるだろ」

不敵に笑う鼻血小僧よりも三田の方が身長も体格も大きいというのに、三田には鼻血小僧がとても大きな存在に見えてしまった。本当にどんな手段でも用いてくるから逃げろ、と三田の本能がそう叫《さけ》んでいる。

「で、もうすぐ卒業だって時期に問題なんて起こしたくないと思うんですけど……どうします？」

この先、大学入試を控《ひか》えている三田には痛い話だった。たかが、フラれた相手の悪い噂を流しただけで内申《ないしん》に響《ひび》き、志望大学に入学出来なかった、なんて馬鹿な話過ぎる。

そもそも、自分の人生を棒に振っていいほど聖女様は大切な存在じゃない。

とことん鼻血小僧には腹が立つがもう三田には何もなす術が残されていなかった。

「……何が望みなんだ」

「言ってるでしょ。一之瀬の変な噂流すのやめてほしいって。そしたら、オレを殴ったこと誰にも言わないので安心してください」

「……約束は守れよ」

「守りますよ。握手《あくしゅ》でもしときます？」

「しねえ！」

差し出してきた鼻血小僧の手を振り払って三田は走り出した。

全力で走るなんて部活を引退してから初めてのことだった。

エピローグ

「さっき、聞いてきたんだけどさ。あの三田《みた》って人、聖女様に謝ったらしいよ。変なこと広めて嫌な気持ちにさせて悪かったって。保健室でのことも頭下げたらしい」

「そうか」

鼻血小僧改め、深月《みづき》が三田を呼び出した翌日の昼休み。トイレに行った帰りに聞いてきてくれたらしい明《あきら》が教えてくれて、深月はひりひりと未《いま》だに痛む頬を押さえながら頷《うなず》いた。

「ほんと、昨日はどうなるかと思ったけど、これで一安心だな」

「ああ。協力してくれてサンキューな」

出掛《でか》けたという噂は本当で今更《いまさら》どうすることも出来ないが、真っ赤な嘘しかない噂はどうにか出来ると深月は考えた。その噂を解消させれば亜弥《あや》が嫌な思いをすることも少なくなるのではないかとも。

だから、三田を呼び出すことに決めた。話し合って、噂を流した張本人である三田に誤解だったと言ってもらえるように持っていこうとして。一応、出掛けた時の髪型《かみがた》に似せていたのは三田に正体を気付かれて話し合いの場が設けられなくなることを防ぐためだ。

と言っても、最初から深月に三田と話し合いで解決するつもりはなかった。頼みを三田が素直《すなお》に聞き入れてくれたらいいが、あの短気な性格からは難しいと思っていたから。

そこで、深月が練った作戦は短気な三田を苛立《いらだ》たせて手を出させること。その場面を明に撮影しておいてもらい、動画を餌《えさ》に三田を脅《おど》して言うことを聞かせる、だった。

こうして、事情を話して賛同を得た明と共に深月は戦いに挑《いど》んだ。

「今更だけど、お前にも厄介《やっかい》な火種が飛んでたかもしれないのに悪いな」

「ま、深月の頼み事だからいいよ。ヒヨが聖女様とお菓子作れて楽しかった、って喜んでたしその礼も含《ふく》めてだからな」

「助かったよ」

わざわざ亜弥に謝罪したということは三田も亜弥には何もされていないことを考え直して行動したのだろう。すぐにとはいかなくても男漁りの男好きという噂だけは時間を掛《か》けてでも消えてほしい。

「でも、聞けば聞くほど三田の野郎《やろう》の言い分には腹が立つな。この動画先生に見せてこらしめてやろうぜ。俺も友達が殴られて腹立ってるんだ」

「いや、いいよ。三田のことは俺も嫌《きら》いだけど、約束は守る。破ってアイツに迷惑《めいわく》掛けることが増えれば本末転倒《ほんまつてんとう》だし。それに、俺も自分が苛立ったからって一方的に女の子のことを傷付けたことがあるからな。三田のことをきつく言えないし、もうしないように戒めとして痛みを覚えておく」

体育祭で亜弥が傷付けられ、その腹いせに深月は女の子相手にも容赦《ようしゃ》なく傷付けたことがある。根本的な部分で三田とは似ているのかもしれない。だから、三田に殴られたことも深月は文句を言うつもりがない。

でも、腹が立ったからといって女の子を傷付けるような部分まで同じようにはなりたくないので今後は気を付けようと思った。

「納得《なっとく》いかねえ」

「納得してくれ」

腕を組んで見るからに不機嫌《ふきげん》な明に深月は苦笑《くしょう》した。手を出される覚悟ではあったし、そのことを事前に明に伝えていたにも拘《かか》わらず、こうして自分のことで怒りを露わにしてくれるのは嬉しかった。嫌な気持ちにさせて申し訳ないな、という気持ちもあるが。

「だいたいよお、深月が痛い思いしてまであの人のために頑張《がんば》る必要なんてあったのかよ。どうせ、深月のことだから何もあの人には話してすらないんだろ？」

「まあ、アイツは何も望んでないからな。恩着せがましくしたくないし」

「はあ、それでいいのかよ……その殴られた痕《あと》はどう説明したんだ？」

「明とふざけ合ってたら肘《ひじ》が入ったって」

「勝手に俺の名前使うなよ……それで、あの人は？」

「仲良しですねえ、って呆れてた。たぶん、馬鹿だと内心で思ってるはず」

「……なんか、深月が損しかしてねえじゃん」

「そんなことない。アイツが嫌な気持ちになることを少しでも減らせた。十分な成果だ」

「ほんと、何でそこまであの人のために……この前まで、あの人に散々悩《なや》まされてただろ」

「昨日も言っただろ」

たとえ、深月の用いる手段が卑怯であっても、自己犠牲《ぎせい》であっても友達が嫌な思いをしているのならどんな方法だったとしても解決したいと思っただけ。

ましてや、三田の件の原因は深月にある。

保健室で亜弥が三田に告白されていた帰り、深月は聞いてしまった。

『三田先輩、聖女様にフラれたからってだいぶ荒《あ》れてるよな。グループトークに可愛くねえとかウザいとかめちゃくちゃ暴言吐《は》いてる』

『それだけ自信あったんだろ。顔いいし、野球も上手《うま》かったからさ』

『確かになあ。てか、ぶっちゃけ聖女様がそう言われても仕方ないよな。あれだけ可愛いくせに誰の告白も受けないでずっと高嶺《たかね》の花《はな》だしさ……正直、可愛げがないっていうか』

『分かるわ』

下駄箱で部活終わりの男子生徒が二人、楽しそうに話していた。

何も知らないくせに好き勝手言うな、と不愉快《ふゆかい》に感じたから深月は教えてやったのだ。

保健室で何があったのかを。そしたら、思わぬほど広まってしまい、結果として亜弥にも不愉快な思いをさせることになってしまった。

だから、深月はその自分でつけた火種を回収しただけなのだ。

「友達だからだよ」

「友達……そう思うことにしたんだ」

「おう。アイツの話聞いて、自分の中で擦《す》り合わせしてそう思うことにした」

亜弥はただのお隣《となり》さんだと思っていればいい。深月は友達として、これまで通り亜弥と接すると決めた。

それを亜弥も望んでいるし、深月ももう悩んだり迷ったり、距離を置こうとしない。

「そか。なら、仕方ないな。でも、ちょっとくらいはご褒美《ほうび》望んだって罰《ばち》は当たらないと思うぞ。あの人に説明してさ」

そんなこと深月は望めない。今回、亜弥と元通りに戻れたのは亜弥が深月を怒らせてしまったと勘違《かんちが》いしてくれたからだ。深月の態度に嫌気《いやけ》が差して縁《えん》を切られていたっておかしくなかった。考えれば考えるほどゾッとする起こりえた未来。

それを回避して、また前みたいに亜弥とくだらないやり取りが出来るようになっただけで深月は満足である。加えて、友達と思えるようにもなったのだ。これ以上のことを亜弥に望めば天罰《てんばつ》が下るに違《ちが》いない。

「アイツは何も知らなくていいんだ。俺は陰の守護者だから」

「陰の守護者？　厨二病《ちゅうにびょう》か？」

「内緒だ」

「何だよそれー。教えろよー」

両肩《りょうかた》を明に掴《つか》まれ、前後に深月は揺さぶられるものの教えるつもりはない。

格好つけた訳ではないが、口にしてしまえば羞恥心《しゅうちしん》みたいなものに襲《おそ》われたから。


「これ、待ってる間にでもよかったら」

晩ご飯を食べ終え、洗い物をする前に深月は亜弥に色々な種類のお菓子を盛った容器を差し出した。

深月が洗い物をしている間、いつも律儀《りちぎ》に待つ亜弥が不思議そうに見つめてくる。

「今日からお菓子セットを置こうと思って。一之瀬《いちのせ》も気軽に食べていい」

「これは、何なのですか?」

「はあ……」

亜弥は微妙《びみよう》に納得していないような、困ったような声で返事をするが視線はお菓子に向けられていて興味は引けているようだ。

亜弥を幸せにする方法――それは、難しくてなかなかこれだという案が思い付かなかった。高価な物でも贈《おく》れば喜んでくれるかもしれないが亜弥は遠慮《えんりよ》しそうだし、何か企んでいると警戒《けいかい》されるかもしれない。

そこで、あまり高価ではなくて、なおかつ、亜弥が喜んでくれる物を考えた結果、お菓子を用意してみることにした。この方法が亜弥を確実に笑顔にさせられるかはまだ不明だ。だけども、お菓子をあまり食べたことがない亜弥は美味しそうに食べて、口角に弧《こ》を描《えが》いていた。試してみる価値は十分にある、と深月は駄菓子屋《だがしや》月代《つきしろ》を開店することに決めたのだ。

「それでは、このチョコチップが入ったクッキーでも……わ。中はしっとりしているのに外はさっくりしていて不思議な食感がします。美味しい……!」

どうやら、このお菓子も亜弥は初めて食べるようで普通《ふつう》のクッキーとは少し違った食感に感動している。

「もう一個食べるか？　それとも、他のにする？」

「いえ、今日はもうやめておきます。また明日、頂きます。すぐに減らしたくないですし」

「減ったらすぐに補充《ほじゅう》するし、遠慮しなくていい」

「遠慮ではありません。毎日、一つずつ頂きます。毎日の楽しみにしたいですから」

言うつもりはないので黙っておくが、これは亜弥のためだけに用意した物で深月は食べるつもりはない。だから、好きなだけ亜弥が食べればいいのだが、可愛らしい理由を口にされては無理に押《お》し付けようという気にもならなかった。

「明日は何を食べようかな……沢山《たくさん》あって迷いますね」

真剣《しんけん》な様子でお菓子を眺《なが》めている亜弥が遠足前に少ないお小遣《こづか》いでどのお菓子を買おうか悩む子どもみたいで微笑ましい。

そんな亜弥に深月はもう一つ、渡《わた》す物を渡した。

「それと、これ。借りてきたから」

「……覚えていてくれたんですね」

亜弥に渡したのはこの前、亜弥が続きを見たいと言っていたゾンビ映画のＤＶＤだ。

また一緒《いっしょ》に見ようと亜弥に誘われた時は、ただのお隣さん同士は一緒に映画は見ない、と思って突き放《はな》すようにしてしまった。あの時、亜弥は少しだけ残念そうにしていたのが深月の記憶《きおく》には鮮明《せんめい》に残っている。続きが気になっているのにいつ見られるのか分からなくて落ち込《こ》んだのだろう。

そんな亜弥を喜ばせるためにも続きをレンタルしてきた。友達なら映画を見るくらいするはずだから――いいや、違う。ただのお隣さんとか友達だからとか関係ない。深月がまた亜弥と一緒に映画を見たかったのだ。亜弥が一緒だと、何度も見たことがある作品でもまた楽しめるから。

「予定合わせて、一緒に見ような」

「……はい。楽しみです」

恐ろしいゾンビがパッケージになっているＤＶＤを手にしながら亜弥は満面の笑みを浮《う》かべる。花が咲《さ》いたように明るい美少女と顔中傷だらけのゾンビを同時に視界に入れた深月は組み合わせの悪さについ口角を緩《ゆる》めてしまう。やはり、亜弥は見ていて飽きない。

――願わくは、こんな楽しい時間がこれからもずっと続きますように。

あらすじを読みながら「いつにしましょうか」と声を弾《はず》ませる亜弥を見て、深月は思わずにはいられなかった。

◇　◇　◇

『今更だけどさ、日和《ひより》の家に行った時キッチンの掃除《そうじ》を一人でしたりとかしてないよな？』

『お邪魔したのだから綺麗《きれい》にして帰るのは当然のことでしょう？』

『……はあ』

『どうしてため息をつくのですか！』

『いや、一之瀬の場合はそうだよなあって。俺、明の家に行って帰る前に部屋の掃除とかしたことないわ。なるべくゴミを出さないようにはするけど捨てるのは任せきりだし』

『つまり、私は常識を知らない世間知らずだと？　嫌いです』

『そうは言ってないだろ。たぶん、迎《むか》える側からすれば一之瀬の行動って凄《すご》く感心されるものだと思うし』

『そうでしょうそうでしょう』

『そこまで威張《いば》ることでもないと思うけどな？』

『むぅ』

『頬を膨らまされてもなあ。くくっ』

寝《ね》る準備を済ませ、ベッドに寝転《ねころ》んだ亜弥は深月との食事中のやり取りを思い出しながら口角を緩ませていた。

また深月とこれまで通りのやり取りが出来るようになって本当によかった。

カチンとすることを言われることもあるけれど、その分こっちも気兼《きが》ねなく本音をぶつけることが出来て、嫌だと思うよりも楽しいという気持ちが勝る。

深月を怒らせてしまったと思っていた間はそういうのがなくてどこか物足りなかった。

だからかもしれない。深月とのやり取りをすぐに思い出せてしまうのも。変な話だ。

『因みに、ちゃんと楽しめたか？』

『楽しめたのは楽しめましたけど……やはり、柴田《しばた》さんの相手をするのは疲《つか》れるなというのが正直な感想です。二人で遊ぶなら月代くんが一番ですね』

『お、おう。そっか』

聞かれたから素直に答えただけだというのに深月の態度が少し変だったのは気になるところ。『な、何でもない』と頑《かたく》なに教えてくれなかったがあの様子は絶対に何かあるはずだ。

そして、気になることといえば亜弥はずっと気になっていることが一つあった。

それは、今でも鮮明に覚えている、深月がうどんと楽しそうに遊んでいる写真だ。何てことのない、ただの一枚のはずなのに撮影したのが雫《しずく》だと考えてしまうとどうにも正体不明の感情が胸の内を埋《う》めていく。

亜弥だって、深月と二人で出掛けたのだ。深月が雫と二人で遊んだって何も咎《とが》められることもないし、亜弥が何か言える立場でもない。そもそも、深月が誰と遊ぼうと自由だ。

そう頭で理解しているはずなのに、どうにも納得しきれない自分が存在しているのも事実だった。

スマホの写真フォルダを開く。十枚も保存されていないデータから深月と出掛けた日に店員さんが撮《と》ってくれた写真を見返した。二人とも人には見せられない顔をしている。深月は頬を赤く染めているもののカメラ目線でピースサインまで作っている。酷《ひど》いのは亜弥の方だ。まともに笑顔も作れていない。ピースサインも指が途中で元気を無くて前倒《だお》れして出来ていない。

あの時、深月と恋人《こいびと》同士だと勘違いされて、亜弥は体が燃えそうなほど羞恥心に悶えていた。普段《ふだん》の自分なら、しっかり説明して間違《まちが》いを訂正《ていせい》していたに違いない。なのに、そう出来なかった原因ははっきりとしている。深月と居ると本来の自分を保てないからだ。

深月とはそういう関係ではない。けれど、一番気を許しているのも確かで。だから、そんな深月との間柄《あいだがら》を間違えられて動揺《どうよう》してしまった。そんなつもりもないのに、周りからはそう見えてしまうのかと。

おまけに、あの場で仲睦まじく過ごしていた自分達《たち》と年齢がそう変わらない恋人同士の姿を重ねてしまって過剰《かじょう》な反応になってしまった。

――可愛くないですね、私。

改めて見てもそう思う。どう見たって楽しそうな二人には見えない。

けど、うどんと遊んでいる深月は満面の笑みをしていて――自分と出掛けても楽しくなかったのかな、なんて深月がどう感じたのか以前なら気にしなかったことまで気にして胸がチクリと痛む。本当に変な話。

『そう言えば、日和が一之瀬さん怒っててめちゃくちゃ怖《こわ》かったって背中バシバシ叩《たた》かれたんだけど機嫌《きげん》悪かったのか？』

『いえ、柴田さんが誤解されているだけなのでは？』

そうやって誤魔化《ごまか》したが、日和の言う通り、あの時の亜弥は確かに虫の居所が悪かった。

でも、それも深月と雫が遊んでいるだけという、癪《しゃく》に障《さわ》るほどの内容でもないはずなのにどうしてだかあの時は無性《むしょう》に腹を立ててしまった。

「私ってこんなにも気が短い怒りんぼでしたっけ？」

いいや、そんなことはないはずだ。だって、これまで亜弥は怒るという感情になるまで興奮することはなかったし、その前に嫌だと感じた時点で割り切るようにしているのだから、怒るということが深月に出会うまでなかった。

「全部、月代くんのせいです。全部全部」

普段なら聞き流せることも深月に言われるとムキになって反撃《はんげき》してしまう。そんな毎日を繰《く》り返しているから深月によって変えられてしまったのだろう。

「またごちゃごちゃしてきました……」

考えれば考えるほど、考えが纏《まと》まらない。

どうして、深月と雫が遊んでいただけでこんなにも嫌だと思ってしまうのだろう。

誰かに答えを教えてほしいけれど、亜弥には頼《たよ》れる相手がいない。けれど、いつまでもずっと悩んでいるのも表に出してしまいそうで、亜弥は仮説を立ててケリをつけることにした。

これは、嫉妬からくるものだと。

「月代くんだけうどんと遊んでズルいです。私だって遊びたいのに」

きっと、亜弥には何も言わずに一人でうどんと遊んだ深月が嫉妬するほど羨《うらや》ましくて腹が立ってしまったのだろう。そう考えればすごく理に適《かな》っていて、亜弥は胸の内がすっとしたような気がした。

「その罰として、今度たくさん遊んでもらわないと」

嫉妬した本当の理由も、嫉妬するようになるまで芽生えた深月への気持ちの名前も亜弥はまだ知らなかった。

了《りょう》

あとがき

お久しぶりの方はお久しぶりです。初めましての方は初めまして。ときたまです。

この度は『黒聖女様に溺愛されるようになった俺も彼女を溺愛している』の二巻を手に取ってくださりありがとうございます。一巻発売から時間が経ちましたがこうして無事に二巻を出版出来たことを嬉しく思います。二巻では深月と亜弥の今の距離感でのイチャイチャがたくさん書けたのではないかな、と思うのですが楽しんで頂けたでしょうか？　楽しんで頂けていると幸いです。

それでは、今回はあとがきのページも限られているので謝辞を。

担当編集のK様。今回もご迷惑をたくさんお掛けしましたがお付き合いくださりありがとうございます。イラストを担当してくださった秋乃える様。今回も可愛いイラストばかりで拝見する度にニヤニヤしています。ありがとうございました。その他、出版するにあたって携わってくださった全ての方に感謝申し上げます。ありがとうございました。

今後とも、黒聖女様をよろしくお願いいたします。

HJ文庫 https://firecross.jp/
1091

黒聖女様に溺愛されるようになった俺も彼女を溺愛している 2

2023年6月1日　初版発行

著者——ときたま

発行者—松下大介
発行所—株式会社ホビージャパン

〒151-0053
東京都渋谷区代々木2-15-8
電話　03(5304)7604（編集）
03(5304)9112（営業）

印刷所——大日本印刷株式会社

装丁——AFTERGLOW／株式会社エストール

Printed in Japan

ISBN978-4-7986-3192-9　C0193

ファンレター、作品のご感想お待ちしております

〒151－0053　東京都渋谷区代々木2－15－8
(株)ホビージャパン HJ文庫編集部 気付
ときたま 先生／秋乃える 先生